KB267554

세종의 나라 1

세종의 나라

김진명
장편소설

1

이타 세종대왕기념사업회

작가의 말

한글은 민족 정체성의 뼈대이자, 외세 속에서 우리 존재를 지켜낸 견고한 방패이다. 또한 인류사적으로 보아도 문자를 권력의 도구에서 인간의 권리로 이동시킨 문명의 전환점이다.

세종의 한글 창제를 주제로 글을 써보라는 권유를 받을 때마다, 나는 이토록 숭엄한 위업을 글로 옮기기에는 내 필력이 부족해 두고두고 흉이 되리라는 생각에 선뜻 나서지 못했다. 이는 오래전, 한 지인이 갓 태어난 아이를 내게 건네며 앞날을 축원해 달라 했을 때 황급히 손을 내저으며 사양했던 기억과 닿아있다. 그 순결한 생명을 안고 축원을 건넬 만큼 내 영혼이 맑지 않다고 여겼기 때문이다.

그러나 세월이 흐르며 생각은 달라졌다. 이 민족사적 일대 사건은 그 자체로 진지하면서도 흡인력이 강해, 이야기를 따라가다 보면 자연스레 한국인으로서의 정체성을 되새기고 제 나라 문화에 대한 자부심에 이르게 한다는 확신이 들었다. 한편으로는 우리나라의 가장 중요한 문화 자산인 한글의 창제에 관해서라면, 비록 졸작일지라도 이를 이야기로 옮겨 논의의 장에 올리는 일이 작가로서 마땅한 길이라는 판단이 결국 나에게 용기를 주었다.

집필에 앞서 나는 한글 창제의 과학적 요소를 조금 더 깊이 들여다보고자 했다. 해례본에 상세히 기록된 바와 같이, 한글의 자음과 모음은 음양오행이라는 당대의 철학적 사유를 바탕으로 구성되었다고 일반적으로 말해진다. 그러나 최근 부쩍 한글에 관심을 보이는 외국인들이 그 과학적 원리를 묻는 자리에서, 이를 그렇게 단정해 버리고 말 수는 없다고 느꼈다.

사람의 발성기관을 본떴다고 전해도 의구심은 남는다. 기관의 수는 몇 개 되지도 않는데, 그 모양을 본떴다는 설명만으로는 왜 다른 언어권에서는 ㄱ·ㄴ과 같은 글자가 나오지 않았는지, 혀와 입술과 목 안의 굴곡진 구조가 어떻게 이토록 반듯한 문자로 정제될 수 있었는지, 한글의 제자 원리는 이해하기도 설명하기도 쉽지 않다.

차분히 한글을 들여다보던 나는 어느 순간 모든 글자가 직선 획 하나의 조합으로 이루어져 있다는 사실을 깨달았다. 한글이 지극히 쉬우면서도 세상의 온갖 소리를 담아내고, 나아가 아직 존재하지 않는 소리까지 만들어 낼 수 있는 이유는 바로 이 직선 한 획이 자유롭게 결합하며 헤아릴 수 없이 많은 글자를 만들어 낼 수 있기 때문이다.

그리하여 나는 한글 창제의 또 다른 한 축이 발성학적 원리 외에, 직선 획의 조합을 통해 무한한 경우의 수를 열어두는 수학적 사고에 있다고 생각하게 되었다.

이러한 시각에서 한글 창제의 원리를 다시 들여다보는 일은 조심스럽고도 어려운 작업이었다. 그럼에도 직선 획 하나의 조합만으로 가장 쉽고 간결하면서도 무한한 소리글자를 만들어 낼 수 있다는 이 수학적 진실은, 함께 생각해 볼 가치가 충분하다고 믿는다.

글을 쓰는 내내 나는 세종대왕의 천재성에 감탄했고, 나라와 백성을 향한 뜨거운 사랑에 거듭 마음이 흔들렸다. 사대주의의 광풍 속에서도 우리의 혼을 일으켜 세워 영원히 비상하게 하려 했던 대왕의 고뇌와 열정 앞에서, 여러 차례

눈시울을 적시기도 했다.

그리하여 함부로 한글 창제를 다루는 일을 경계하던 나는, 결국 혼신의 힘을 이 작품에 쏟아붓게 되었고, 세종 이도·한석리·권숙현이라는 인물들을 창조하게 되었다.

혹여 대왕의 위업을 서투르게 다룬 것은 아닐지 여전한 조바심을 안은 채, 이 책『세종의 나라』를 감히 독자 앞에 내놓는다. 이 작품이 한류의 근원이자 많은 외국인이 배우고 싶어 하는 한글에 대한, 우리 국민의 관심과 애정을 한층 더 끌어올리는 계기가 되기를 바란다.

집필을 권유해 준 최민호 세종시장, 지원을 아끼지 않은 금송 박상혁 회장, 영자신문을 만들며 한글의 소중함을 새삼 깨달았다고 전해준 코리아헤럴드 최진영 회장, 한글이 읽히고 살아 움직이도록 평생을 바쳐온 교보문고 나현수 본부장, 그리고 외솔 최현배 선생의 손자이자 세종대왕기념사업회장을 맡고 있는 최홍식 회장께 깊은 감사를 드린다. 특히 최홍식 회장은 훈민정음 창제 원리를 검증하기 위해 MRI 촬영까지 병행한 여러 연구를 발표하며, 이 원고 또한 기꺼이 검토해 주었다.

늘 걸음을 함께해 준 김희완 의장, 또한 세종시 박경찬 팀장,
그리고 이타북스 박준 편집장과도 탈고의 기쁨을 함께한다.

2026년 2월
김진명

차례

서장序章

그날, 경회루의 공기는 차가웠다. 물 위에 드리운 전각의 그림자조차 숨을 죽였다. 명 사신의 관포 자락 휘날리는 소리가 다가오는 동안 신료들은 굳은 얼굴로 저마다 마음을 다잡고 있었다. 임금, 임금은 무슨 생각을 하시는가. 명 사신이 오거든 임금이 일어나 마중하는 것이 관례이건만 이날 조선의 임금은 다만 자리에 앉아 명의 사신을 기다렸다. 이것은 예禮인가, 비례非禮인가. 신하들은 임금의 기색을 살피며 혼돈 속에 빠졌다. 임금의 뜻을 살피는 것이 우선인가, 명 사신의 기분을 살피는 것이 우선인가. 수많은 생각의 갈래들이 그저 적막 속에 이어지는 가운데 명의 사신은 석교를 건너 경회루 안으로 걸음을 성큼 내디뎠다.

“국왕.”

사신은 아무런 거리낌도 없이 거친 말을 내뱉었다.

“조선 백성의 말소리란 참으로 천박하지 않소?”

“…….”

“같은 글자를 쓰면서도 어찌 그리 짐승 소리 같은 것을 내느냔 말이오. 명에서는 ‘텐天’이라 하는데 조선인들은 ‘천天’이라 하니 이것은 듣는 이들의 귀를 심히 더럽히잖소?”

특별히 기분이 상한 것은 아니었다. 벌써 며칠째 사신은 비슷한 말들을 해왔고 그때마다 조선의 신료들은 얼굴빛을 무겁게 가라앉힌 채 고개만 숙일 뿐이었다.

“어느 나라나 고유한 말소리가 있는 법이옵니다.”

그 처연함을 참지 못한 한 노신이 답했다.

“하면 우리 글자를 쓰지 말아야 할 것 아닌가! 고귀한 한자를 훔쳐다 쓰면서 어찌 소리는 짐승의 신음 따위를 뱉어내느냔 말이야!”

“…….”

“국왕이 답해보시오. 조선은 법률도 명의 대명률을 가져다 써, 월력도 대명력을 가져다 써, 서책도 죄다 명의 것을 가져다 써, 글자조차 명의 것을 빌려 쓰고 있지 않소. 그러면 소리라도 제대로 내야지, 그렇게 제멋대로 바꾸어 버리면 이를 야만의 전횡이라 아니 할 수 있겠소? 차제에 소리를 바르게 하시오. 바이토우샨白頭山을 바이토우샨이라 소리 내야지 백두산이 뭐요! 글자에는 품위가 있소. 그 고귀한 한자의 품위를 이 야만의 땅에서 모두 망쳐버리는 것이 아닌가!"

"……."

"아예 백성들로 하여금 조선말을 쓰지 못하게 하시오. 그러면 조선 백성이 중국 말을 제대로 익혀 머지않아 천자의 나라에 자연스레 빨려들지 않겠소? 말이 곧 나라이니 말이 바뀌면 나라도 바뀌는 법이오."

임금은 한동안 아무 말이 없었다. 경회루 연못 위로 불어온 바람이 물결을 스치자 수면 위에 비친 서까래들이 일그러졌다. 임금은 그 일렁임을 잠시 눈으로 좇다가 시선을 돌려 사신을 바라보았다. 입가에는 옅은 미소가 그려졌으나 눈에는 한없이 차가운 빛이 스쳤다. 가슴속에서 타오르던 분노의 불길은 오히려 고요히 식어가며 단단한 낯빛으로 굳어갔다.

"사신의 뜻은 알겠소. 하나 말이란 나라의 뿌리요. 뿌리가 남의 흙에 심기면 나무가 자랄 수는 있겠지만 향기를 잃는 법 아니겠소?"

사신은 코웃음을 쳤다.

"하! 이미 글자를 빌어다 쓰면서 말은 지키겠다는 게 자랑인가!"

오욕을 감내해야 하는 임금의 얼굴이란 어떤 것일까. 신하들은 감히 올려다보지 못한 임금의 표정이 어떤 것이었는지 알지 못했다. 임금, 세종은 더 말하지 않았다. 그저 참담하게 숙여진 신하들의 머리 위로 정적만이 흐를 뿐이었다. 그러나 그날 그의 답이 무엇이었는지, 그가 어떠한 마음으로 사신의 어깨 너머를 바라보고 있었는지, 훗날의 조선인 중에는 알지 못하는 이가 없었으리라.

세종의 침묵은 무거웠으나 그날, 새로운 조선이 태동하고 있었다.

가난한 선비

연녹색 들판 위로 아지랑이가 피어오르고, 바람에 한들거리는 영산홍 꽃망울 사이로는 낡은 대청마루가 보인다.

"진사님, 계신지요?"

안동 권중언의 집. 예사롭지 않은 한 목소리가 싸리문을 타고 넘자 열서넛 되어 보이는 아이가 얼른 달려 나와 고개를 숙였다.

"어느 어른이시라 여쭐지요?"

"경주부 이방이 왔다 일러주게."

아이의 얼굴에 아연 활기가 돌았다. 경주 부사가 부친의 어릴 적 동문수학하던 벗이며, 지난번 안동 관아에 오셨을 때에는 안동 부사의 잔치에 부친을 초청해 집안의 자랑거리가 되게 해준 사실을 똑똑히 기억하고 있기 때문이었다.

"여기 마루에 잠시 앉으십시오."

아이는 예의 바르게 손님을 안내한 후 안으로 바삐 들어 갔고 이내 사십 대 초반의 한 선비가 읽던 책을 손에 든 채 나타나 반가운 얼굴로 맞았다.

"이방 아닌가? 그래, 부사는 잘 계시는가?"

"네, 진사님. 그간 평안하셨는지요?"

간단한 인사가 끝난 후 이방이 품에서 서한을 꺼내 넘겨 주자 이를 읽는 선비의 얼굴이 차츰 기쁨으로 물들어 갔다.

"대감께서 답을 듣고 오라 하셨습니다."

이에 선비는 크게 고개를 끄덕이며 다소 들뜬 목소리로 답했다.

"오랜 벗이 이렇게나 날 생각해 주니 몸 둘 바를 모르겠 네. 어서 가서 이르게. 내 그간은 여가를 내지 못하였으나 이 번만은 반드시 가겠다 하게. 그건 그렇고, 멀리서 오셨으니 약주나 한잔하고 가시게나."

"아닙니다. 대감께서 얼른 답을 듣고 오라 하셨는데 해도 저무는지라 이 길로 바로 출발하는 게 낫겠습니다."

이방을 보내고 난 선비는 애써 담담한 표정을 지으며 멀 리 보이는 산봉우리에 눈길을 두었다. 선선히 스미는 강바람 이 얼굴을 어루만지고 길게 꼬리를 늘어뜨린 햇살이 마루청에 스며드는 고즈넉한 저녁 무렵이었지만 선비의 가슴은 크게 요동치고 있었다. 하지만 그는 결코 내색하지 않았다. 어둠이 내리고 저녁 반상을 든 후에도 선비는 평소와 다르지 않은 차분함 속에 머물렀다. 은은한 등불 아래, 그는 서재에서 두루마리를 펼쳐놓고 글을 읽었다. 방 안은 오래된 편백나무 향이 은은히 배어있었고, 창을 통해 들어오는 밤바람이 살결을 가볍게 스쳤다. 집 안 곳곳에 느껴지는 담박한 기운과 청빈한 숨결은 사대부의 자존과 내면의 깊이를 보여주는 듯했다. 하지만 거기까지였다. 출타했던 아내가 경주부 이방이 왔다 갔다는 소식에 서재 문을 환하게 열고 들어오자, 그 역시 터져 나갈 듯한 감정을 주체하지 못하고 들뜬 목소리로 내뱉었다.

"내일 경주부로 갈 터이니 숙현이를 준비시키시오."

부인은 책상머리에 놓인 서한을 집어 들며 뭔가 예감이 온 듯 설렘이 가득한 목소리로 물었다.

"무슨 좋은 소식이라도 있나요?"

"김 영감이 아주 흥미로운 제안을 보냈소. 한양 윤혁 대감 자제와 하현수 대감 자제가 경주에 와있다 하오. 내가 숙현이와 같이 왔으면 하던데 부인은 어떻게 생각하시오?"

이미 답이 정해진 물음이었다. 기쁨에 들뜬 권중언의 아내는 서한을 몇 번이나 위아래로 고쳐 들며 아는 글자 몇 개를 찾아 읽는 시늉을 하였다.

"가셔야지요. 아암, 가셔야지요. 김 영감께서 우리를 이렇게나 생각해 주시다니."

그녀의 떨리는 말끝에는 눈물조차 맺혔다.

다음 날 아침. 권중언의 집은 활기로 가득 찼다. 안동에서 경주까지는 이백팔십 리, 빈한한 권중언은 딸 숙현과 둘이 같이 걸을 수도 있었고, 자신은 걷고 숙현을 나귀에 태울 수도 있었지만 친지에게 빚을 내 자신은 나귀를 타고 숙현을 가마에 태웠다. 이태 전 큰맘 먹고 마련해 둔 하양 갑사 저고리와 연녹색 치마를 딸에게 입히고 몇 번이나 차림새를 살핀 뒤 길을 나서는 그의 얼굴에는 커다란 기대와 한편으로는 그에 못지않은 불안이 교차하고 있었다.

권중언은 평생 선비를 자처하며 글을 읽었으나 기실 그는 초시에 겨우 합격했을 뿐 복시에는 계속 떨어져 일찍이 과거를 포기한 처지였다. 사람들이 그를 대접해 진사라 부르고는 있대도 그는 복시에 합격한 사람을 일컫는 진사도 생원도 아닌 초시 급제자일 뿐이었다. 자연히 가세는 기울 대로 기울었고 그럴수록 그는 도피하듯 더욱 열심히 글을 읽을 뿐 생계를 위한 어떤 일도 할 수 없었다. 가난을 견디지 못해 농사에 달려드는 선비가 없는 것은 아니지만 유서 깊은 안동 권씨 문중이 이를 허용할 리 없었으니 그저 문중에 빌어 입에 겨우 풀칠만 하는 것.

그리 빈한하긴 하여도 권중언에게는 남모르게 간직한 큰 뜻이 있었으니 그건 바로 올해 십칠 세가 된 딸 숙현을 기반으로 집안의 운을 바꾸고자 하는 것이었다. 숙현은 빼어난 미모를 지닌 데다 시화와 서예에까지 능하여 안동뿐 아니라 경주와 상주를 비롯한 온 경상도에 소문이 자자한 터, 날이면 날마다 혼청婚請이 날아들었으나 따로 야심이 있는 권중언은 숱한 향관이나 향사 집안의 청혼을 선선히 웃어넘겨오던 중이었다.

하나 이번에는 경우가 달랐다. 명문 중 명문으로 꼽히는 파평 윤씨와 진주 하씨의 자제들이 천년 고도 경주를 유람차 찾은 것이었다. 두 집안 모두 조정의 요로를 장악했을 뿐 아니라 대부호로 이름이 난지라 이들이 경주를 찾은 건 권중언에게는 좀처럼 오지 않을 호기였다. 이 순간을 놓치지 않으리라 다짐하는 그의 눈빛이 은연중에 번득였다. 윤혁의 자제와 하현수의 자제가 경주에 왔다는 사실은 부사인 김경림에게도 큰 경사일 터였다. 첨성대와 석굴암을 비롯한 경주의 유서 깊은 고적들을 보여주며 그들의 마음을 얻고 아울러 천하절색이자 당대의 재녀인 숙현을 소개해 혼인에 이르게 한다면 그의 앞날 또한 크게 트일 터였다.

안동에서 경주까지는 가마로 나흘 걸리는 길이지만 하루라도 앞당기고 싶은 욕심에 권중언은 가마꾼들에게 후한 셈을 치르며 길을 재촉했다.

"숙현아."

묵어 가는 주가酒家에서 권중언은 나지막한 목소리로 사랑하는 딸을 불렀다.

이슬처럼 맑은 두 눈에 초승달 같은 눈썹을 지닌 처자가 다소곳하면서도 서두르는 걸음으로 다가왔다.

"네, 아버님."

"부탁한다."

숙현은 평소와는 달리 다급해진 아버지의 목소리에 가만히 눈을 들어 그를 바라보았다. 한평생을 가난한 선비로만 살아오다 오늘따라 애써 있는 태를 내려는 아버지가 종일 측은하게만 보였다.

"……."

"윤교찬이는 왕실과 혼맥을 이은 명문가의 후예라 두말할 것 없고 하영번이는 일족이 열 명도 넘게 당상관이라 가히 조선 으뜸의 배필감이다."

"……."

"부탁하마."

집안 형편이 어떠한지는 누구보다 잘 알았지만 숙현은 안타까운 눈길로 아버지를 지켜보고도 딱히 뭐라 대답하지 않았다. 하지만 권중언의 집착은 실로 대단했다. 어릴 적부터 재주 뛰어나고 생각 깊은 숙현에게 단 한 번도 이래라저래라 한 적 없던 그였지만 이번만큼은 달라도 너무 달랐다. 경주부에 이르기까지 줄곧 부탁한다는 말만을 되풀이할 정도로 한양에서 온 이 지체 높은 두 젊은이들은 그에게 평생을 기다려 온 숙원이었다.

"어이쿠, 권 진사, 어서 오시게나."

경상도의 이름난 인물들을 잔뜩 불러 한창 잔치를 벌이고 있던 경주 부사 김경림은 권중언이 나타나자 유달리 정을 내보이며 사람들에게 일일이 소개했다. 사실 누가 봐도 가난한 태가 흐르는 시골 선비에 불과했지만 지금 이 순간 그에게 권중언이야말로 가장 반가운 벗이요, 든든한 우군이었다. 김경림은 특히 한양에서 내려온 두 젊은이 앞에서 권중언의 학덕을 칭송하기 바빴다.

"이재에 전혀 관심이 없음은 물론 가벼이 나아가 벼슬하는 걸 경계하시니 참으로 군자의 표상이라 할 만한 분이네."

한양 양반이란 게 사람 알아보는 안목 하나는 확실한 터라 두 젊은이는 평범한 시골 선비에게 건성으로 고개를 숙일 뿐이었으나 김경림의 다음 한마디에는 귀가 솔깃했다.

“그래, 절세가인 숙현이도 같이 왔는가?”

권중언이 의뭉스럽게 고개만 한 번 까딱하자 김경림은 한 바탕 숙현의 덕담을 쏟아낸 후 걱정스러운 표정으로 물었다.

“요사이도 혼청이 그치지 않는가? 아니, 의당 그러하겠지만. 내 얘기는, 아직 혼처를 정하지는 않았겠지?”

권중언은 가타부타 대답을 하지 않은 채 잔칫상에 모여 앉은 젊은이들을 죽 훑어본 후 그냥 술이나 마시자는 듯 잔을 들어 쭉 들이켰다.

“이보게, 권 진사. 여기 두 젊은이는 마음만 먹으면 아무 때나 관에 나아갈 재목들이야. 벼슬에 나아가기 전 먼저 천하를 유람하려 이곳 경주에 왔으니 숙현이를 한번 보여주게. 오랜만에 나도 보고 싶고 말이야.”

권중언이 그리 대수롭지 않은 듯 가볍게 고개를 끄덕이자 김경림은 사령을 숙현의 숙소로 보냈다. 그러나 잠시 후 돌아온 사령이 전한 대답은 묘했다.

“잔치가 파한 후 부사님께 따로 인사를 드리겠다 합니다.”

김경림은 서둘러 관기들을 물렸다.

“그렇지, 이런 자리에 나오기가 편치 않았을 터. 판관, 자네가 가서 관기들은 다 물렸다 이르고 편히 나오라 하게.”

그러나 판관 역시 대답을 듣지 못하고 오자 권중언이 넌

지시 한마디 일렀다.

"말이 잔치이지 기실 뭇 남정네들이 술 마시는 자리가 아닌가. 아이가 가림이 심해 이런 자리에는 안 나올 걸세."

이 말에 김경림은 과장스럽게 무릎을 쳤다.

"그러네. 숙현이가 과년한 것을 내가 잊었네. 그러면 내일 포석정 시회詩會에선 어떤가? 거기는 실상 학문을 논하는 자리이니 무방하지 않을까?"

"그래, 그런 자리라면 내가 과하게 권해보겠네."

다음 날 오전 경주 관아에는 포석정으로 가는 행장이 차려졌다. 평소라면 가마를 타고 갈 터였으나 목민관의 모습을 보이고자 김경림은 걸어가기로 했다. 포석정으로 향하는 부사 일행이 지나가자 백성들 사이에서는 수군거림이 끊이지 않았다. 부사는 백성들이 자신을 칭송하는 줄로만 알았으나 기실 그 술렁임은 숙현을 본 뒤 터져 나온 탄성이었다. 사내들 중에는 앞에서 한 번 고개를 숙이고도 가슴을 부여잡은 채 냅다 달려가 다시 몇 번이나 부사 일행을 기웃거리는 자까지 있었다.

"아아!"

이들은 난생처음 보는 숙현의 미모에 넋이 나갈 정도였는데 도성에서 내려온 윤교찬과 하영번 또한 그와 다르지 않았다. 어제 잔치판에서는 그냥 하는 소리려니 했으나 아침에 숙현의 얼굴이 눈에 들어오자 이들은 숨이 멎는 듯했다. 이후 두 사람은 잠시라도 더 숙현의 눈에 띄고자 분주히 주변을 오갔지만 숙현은 눈을 내리깔 뿐이었다.

"낭자, 찔레꽃이 벌써 꽃망울을 틔웁니다."

윤교찬이 한마디 하자 뒤질세라 하영번이 곧바로 따라붙었다.

"소박하지만 정갈한 것이 마치 낭자와도 흡사합니다."

이처럼 둘은 앞을 다투어 숙현의 눈길을 끌고자 하였으나 숙현은 간혹 한두 마디 응답할 뿐 대개는 말없이 고개만 끄덕였다.

포석정에 다다른 부사 김경림은 참석한 선비들에게 상등의 비단 두 필과 은으로 장식된 벼루를 상으로 내걸고는 판관으로 하여금 어찌 상을 내릴지 아뢰게 했다.

"포석정의 '포'는 조개, '석'은 돌판, '정'은 정자입니다. 지금에 이르러 정자는 없어졌으나 '포석', 즉 전복처럼 생겨 굽이굽이 돌고 있는 이 물길은 술잔이 천천히 흘러가게 만들어져 있습니다. 그러므로 대감께서 여러분 중 누군가의 이름을 불러 나무 술잔을 보내면 호명된 분은 자신 앞에 술잔이 닿을 때까지 시를 끝내야 합니다. 잔이 도착했을 때 시가 끝났으면 축하주 한 잔, 시가 안 끝났으면 벌주 석 잔입니다.

본래 신라 시대에는 익살스러운 춤을 추게 한다든지, 우스꽝스러운 노래를 부르게 한다든지, 코를 빨갛게 칠한다든지 하는 벌을 주었지만 오늘은 다들 점잖은 분들이 모이신 고로 경주 약주를 마시게 하라고 대감께서 명하셨습니다."

"아암, 마시고말고."

선비들은 옛 신라 귀족의 풍류가 물씬 밴 이 자리가 몹시 즐거워 낯빛이 하나같이 밝았다. 그런 중에도 윤교찬과 하영번은 남이 따라올 수 없는 뛰어난 시를 지어 숙현의 마음을 사로잡고자 먹을 가는 손에 힘을 주었다. 스물두어 명 되는 선비들의 채비가 다 끝나자 판관은 먼저 대구에서 온 한 젊은 선비의 이름을 불렀다. 그는 경상 관찰사의 자식으로 경주 부사 김경림이 자신의 직속상관인 관찰사의 자식을 이런 자리에 초빙한 건 당연한 일이었다. 김경림이 잔을 띄우자 선비는 여유로운 웃음을 머금은 채 시를 써나갔다. 잔은 처음엔 물살을 타고 빠르게 흘러 내려가 채 몇 글자 쓰기도 전에 선비에게 닿을 것 같았지만 묘하게도 빙글빙글 돌더니 선비가 완성된 시를 들어 보이고 나서야 그에게 도달했다.

"하하, 포석정 물길이 저를 봐준 것 같습니다."

선비는 예를 차리며 잔을 들어서는 여러 사람과 눈을 맞춘 후 입속에 흘러 넣었다. 김경림은 다음으로 상주 유서 깊은 가문의 자제를 부르고, 다음으로는 진주, 다음으로는 밀양 등 여러 곳에서 온 선비와 유생들을 불러 잔을 띄워 보냈다. 그중에는 잔이 도착하기 전에 수월히 시를 지어 축하주를 마시는 사람도 있었고 짓지 못해 벌주를 들이켜는 사람도 있었지만, 경주 부사로부터 초청을 받았다는 사실에 다들 즐거운 표정이었다.

하지만 윤교찬은 달랐다. 겉으론 여유로운 듯 보였으나 이름이 불리는 순간 그는 마치 임금 앞 전시에 나선 듯 붓을 바삐 놀리기 시작했다.

화개춘일정花開春日靜

포석수류경鮑石水流徑

원경동차경願卿同此景

종일불사성終日不思醒

꽃이 피고 봄날은 고요한데

포석정 물은 가벼이 흐릅니다

그대와 함께 이 풍경을 나누고 싶으니

온종일 꿈결 같아 깨어날 줄 모릅니다

입술을 굳게 다문 채 글을 마치자 그의 얼굴에는 비로소 평온이 돌아왔다. 그는 몹시 만족스러운 듯 자신의 글을 여러 사람이 볼 수 있도록 한참이나 들고 있었다. 권중언은 만면에 희색을 띤 채 숙현에게로 눈길을 돌렸다. 그의 눈길은 이 정도 실력이면 대과 급제는 이미 손에 쥔 것이나 다름없지 않겠느냐 묻고 있었다.

다음으로 경주 부사는 하영번의 이름을 부르고는 술잔을 띄워 보냈다. 방금 윤교찬의 근사한 문장을 본 하영번은 긴장한 기색으로 잔뜩 웅크리고 있다 결단을 내린 듯 중필이 아닌 대필을 들어 대담하게 써 내려갔다.

　　화개춘수류花開春水流
　　천화풍청향天和風淸香
　　원경동차락願卿同此樂
　　소어만평구笑語滿平丘

　　꽃이 피는 봄 개울은 흐르는데
　　온화한 하늘 아래 바람은 맑고 향기롭습니다
　　그대와 이 즐거움 함께하고 싶으니
　　웃음소리 넘치는 평탄한 언덕입니다

"허!"

권중언의 입에서 탄식이 터져 나왔다. 처음 그가 대필을 잡고 화난 듯 휘두르자 윤교찬에게 눌려 포기하나 싶었으나 웬걸, 그에 비추어 조금도 뒤지지 않는 글을 써낸 탓이었다. 게다가 잔을 들어 좌중을 빙 둘러보고 자신만만한 표정으로 단숨에 마시는 모습 또한 권중언의 마음에 쏙 들었다. 권중언의 눈길이 김경림을 향했다. 김경림 또한 온 얼굴에 웃음기를 머금은 채 권중언과 의미심장한 눈길을 교환했다. 두 젊은 선비는 '그대와 같이'라는 뜻의 '원경동願卿同'으로 숙현과 함께하고자 하는 뜻을 내보인 것이었다.

"어허, 기개가 남다른 그대가 오늘 이처럼 나의 문장을 그대로 본뜬 건 다가오는 술잔을 겁내서였나?"

윤교찬은 비록 웃고는 있었지만 하영번이 자신의 글에서 '원경동'이란 글자를 그대로 빼다 쓰자 혹 심사관들이 그 점을 놓칠까 봐 굳이 입에 올렸다.

"하하하, 일부러 그랬네. 그냥 있자니 질투가 나서 견딜 수 없더군. 그래 자네의 문장에서 그 구절을 그대로 가져와 훨씬 낮게 쓰일 수도 있다는 사실을 보여주고 싶었단 말일세."

하영번의 말에 좌중에는 큰 웃음이 일었다. 특히 권중언이 그의 임기응변에 고개를 끄덕이며 지극히 만족한 표정을 보이자 윤교찬은 부아가 치밀었지만 같이 따라 웃으며 대인배인 척하는 수밖에 달리 도리가 없었다.

“이제 오늘의 마지막 잔을 숙현 낭자에게 보내니 부디 그 명성에 걸맞은 시 한 수 부탁하네.”

숙현은 미동도 없이 앉아있다가 부사가 술잔을 띄우고 나자 비로소 먹을 갈기 시작했다.

“아니, 지금 먹을 갈아서야 어떻게 시를 쓸 수 있단 말인가!”

권중언은 숙현이 먹도 안 갈아놓았을 줄은 꿈에도 몰랐던 터라 화들짝 놀라 빠른 물살에 흘러가는 술잔으로 급히 눈을 돌렸다. 그는 윤교찬과 하영번에게 숙현의 재주를 보여주고 싶어 안달이 나있었기 때문에 황급히 손을 뻗어 잔을 거두어들이려 했다. 하지만 벌써 술잔이 떠내려가자 그는 당황해 몇 자리 건너 있던 사람을 부르려 했고, 그때 부사가 그의 팔을 붙잡았다.

“한번 기다려 보세. 술잔이 되돌아오기도 하거든.”

포석정의 신묘한 물길이 술잔을 뒤로 잡아끈다는 것은 권중언도 익히 알고 있었으므로 그는 안타까운 마음으로 흘러가는 술잔에서 눈길을 떼지 못했다. 그러나 권중언의 바람과 달리 술잔은 되돌아오기는커녕 숙현에게로 빠르게 흘러갔다.

“저, 저런!”

“걱정하지 말게. 어디선가 걸리게 되어있어.”

김경림의 말대로 둥글게 휜 어느 지점에서 술잔이 걸리는 걸 본 권중언은 가슴을 쓸어내리며 숙현에게로 눈길을 돌렸다. 하지만 숙현은 먹을 갈다 말고 꼿꼿이 앉아있었다. 이를 본 권중언은 다시 가슴이 철렁 내려앉았다. 이것은 시를 쓰고 말고의 일이 아니었다. 부사이자 아비의 벗이 많은 이들 앞에서 시를 청했는데 먹을 갈다 말고 그대로 앉아있으면 이는 곧 거역이었다. 물론 시간이 짧아 엄두가 안 날 수도 있는 일이었다. 그렇다 하더라도 시늉이라도 해야지 저렇게 꼿꼿이 앉아만 있다는 건 양반집 규수로서는 상상할 수도 없는 일이었다. 태산 같은 파평 윤씨 가문이나 진주 하씨 가문에서 이런 모습의 며느리를 들인다는 건 있을 수 없는 일인 만큼 권중언은 억장이 무너져 내렸다. 지난 닷새간 꾸었던 꿈이 찰나에 모두 사라진 듯하였다. 도저히 그냥 앉아있을 수만은 없었던 권중언이 벌떡 일어나려는데 이번 시회의 심사를 맡은 유림 원로 두 사람의 놀라는 소리가 들렸다.

"허!"

"아니!"

원로 한 사람이 숙현의 앞에 놓인 종이를 들어 올렸다. 거기에는 단 한 줄이 적혀있을 뿐이었지만 두 원로는 연신 탄성을 토해냈다.

"이거야말로!"

“백 줄 글인들 어찌 이 한 줄을 능가하겠는가.”

권중언과 김경림의 눈길이 동시에 원로가 들어 올린 종이로 날아갔다.

라왕사억필불성羅王死憶筆不成

신라 왕의 죽음을 생각하자니 차마 시를 써 내려갈 수가 없습니다

글을 읽어 내려가던 선비들의 입에서 탄성이 연신 터져 나왔다. 이보다 더 포석정이라는 장소에 어울리는 글이 있을 수 있을까. 비록 한 줄이지만 가장 완벽한 서정이었다. 아니, 이는 한 줄로 그쳐야만 살아나는 글로 소위 말하는 촌철살인의 한 문장이었다.

“두보가 살아 온들 오늘의 서정을 이리 잘 그려낼 수 있을 것인가.”

포석정 시회에 모인 선비들이 다들 문장을 뽐냈지만 그 내용은 꽃 피고 새가 운다는 것으로, 실상 누구나 어디서나 쓸 수 있는 상투적인 글이었다. 특히 윤교찬과 하영번은 거기에 더해 숙현에 대한 진하디진한 연정을 뿜어내 수려한 문장을 지어내기는 하였으나 그 내용은 포석정이라는 장소

에 가장 어울리지 않는 글이기도 했다. 포석정은 신라의 마지막 왕 경순왕이 견훤의 군사에게 죽임을 당했다는 설화를 품고 있는 곳으로, 함부로 연정을 뿜어내기에는 마땅치 않은 곳이었다. 이에 대해 숙현이 다만 문장의 화려함으로 답하지 않고 단 한 줄이지만 이 시회의 모자란 면을 채워주니 모두가 감탄한 것이었다. 그러나 무엇보다도 놀라운 건 숙현이 글의 틀을 깨버린 데 있었다. 칠언이든 오언이든 사 행으로 이루어져야 했지만 숙현은 시간적 여유가 충분했음에도 일 행으로 끊어버렸는데, 이는 마음이 아파 더 쓸 수가 없다는 글의 내용과 기가 막히게 들어맞는 것이었다. 숙현은 모두가 관습적으로 따르는 전통을 가볍게 넘어섰지만 그것은 무례로 보이기보다 오히려 감동을 자아내고 있었다. 게다가 숙현의 글에는 신라 왕의 처지를 헤아리는 고고한 연민이 어려 있었다.

"여기에 미사여구 몇 줄이 더 붙는다면 오히려 뜻을 흐려 놓았겠지요."

자리에 모인 사람들은 한결같이 글줄깨나 하는 사람들이기에 진정 이 글의 깊이를 느꼈고 자신들이 이 귀한 자리에 있음을 기뻐했다. 특히 윤교찬과 하영번의 기쁨은 그 누구와도 비견할 수 없었다. 평생을 찾아 헤매도 얻을 수 없는 규수를 만났다는 생각에 윤교찬은 당장 한양으로 올라가 부모님께 고하고 바로 혼청을 해야겠다는 급한 마음이 들었다. 그러지 않으면 아까 자신의 시를 베꼈던 하영번이 먼저 치고 나올 것이라는 불안감이 갑자기 속을 훅 파고들었다. 그것은 하영번도 마찬가지였다. 어떤 핑계를 대서라도 내일 아침 일찍 출발해 윤교찬보다 먼저 손을 써야 한다는 생각에 마음이 그지없이 조급해졌다.

"우리 두 사람이 의논한바 오늘의 장원을 숙현 낭자로 결정하려는데, 이의가 있는 분이 있으면 얘기해 주시오."

두 원로가 진흙 속에서 진주라도 캐낸 양 자못 비장한 어조로 말하자 선비들은 이구동성으로 찬성했고 이를 보는 권중언의 기쁨은 이루 필설에 담을 수 없는 것이었다. 그는 하늘에 대고 한바탕 큰 웃음을 터뜨리고 싶은 심정이었지만 간신히 참아냈고, 김경림 또한 도저히 그냥 있을 수 없어 벌떡 일어났다.

"내 평생 문장을 써왔고 누구 못지아니하다 자부했건만 그 수만 문장이 한낱 낙서에 불과했다는 걸 오늘 숙현 낭자의 글 한 줄에 비로소 깨달았소. 가장 가까운 벗의 여식이라 어릴 때부터 비범한 재주가 있는 건 익히 알고 있었으나 이 정도일 줄은 진정 몰랐소. 여러분들께서는 고향에 돌아가시거든 더도 말고 덜도 말고 오늘 보신 그대로만 얘기해 주시오. 우리 경주 시회에서 단 한 줄로 수백 문장을 압도한 숙현 낭자에 대해 말이오."

　김경림의 발언은 사실 윤교찬과 하영번을 겨냥한 것이었다. 그는 두 사람이 어서 한양으로 올라가 집안 어른들에게 고해 숙현을 데려가기를 바라는 강한 의망意望을 이처럼 은연중에 나타냈다. 만장일치로 숙현에게 장원이 돌아갔으니만치 달리 시간을 낭비할 필요 없이 시상을 거친 다음 술이 곁들여진 식사가 시작되었다.

　"숙현 낭자, 내 잔을 받아주시오."

　젊은이들은 너 나 할 것 없이 잔을 들고 숙현의 주변을 맴돌았으나 숙현은 다만 사양할 뿐 한 잔도 받지 않고 꼿꼿이 앉아만 있었다. 윤교찬과 하영번은 어제와는 딴판으로 권중언에게 깊은 예를 차리며 거듭 잔을 권했다. 이에 권중언은 물론 김경림도 기분이 좋아 사양치 않고 계속 잔을 받던 중 판관이 하늘을 가리켰다.

　"대감, 서둘러 관아로 돌아가야만 하겠습니다. 갑작스레 검은 구름이 몰려오는 게 큰비라도 내릴 것 같습니다."

　판관의 말에 모두 하늘을 향해 고개를 드니 과연 검은 구름이 잔뜩 눈에 들어와 다들 서둘러 주변을 정리한 후 발걸음을 재촉했다.

신묘한 만남

일행이 포석정을 떠나 들판 한가운데로 나오자 후드득 소리와 함께 흙먼지가 피어오르고 소나기가 쏟아지기 시작했다. 모두들 주위를 둘러보았지만 길 양쪽으로 비를 피할 만한 집은커녕 제대로 된 나무 한 그루 없는 들판이라 난감하기 그지없었다.

"허, 이런!"

"이거 빗줄기가 너무 사나운데."

거나하게 취한 부사는 아랫사람들을 닦달했으나 판관도 서리도 사령들도 방법이 없기는 매한가지였다. 젊은 선비들은 궁색한 중에도 틈틈이 눈길을 숙현에게로 향했다. 갑사 치마저고리를 입은 숙현을 우려하면서도 한편으로는 그녀의 맨살이 드러나는 걸 보고 싶은 것이었다. 숙현은 삽시간에 쏟아지는 큰비에 누구보다도 당혹스러워했다. 양팔을 어깨까지 올려 맨몸이 드러나는 걸 막으려 했지만 억센 빗줄기에 소용이 없었다. 저고리뿐만이 아니었다. 얇은 갑사 치마까지 몸에 착 달라붙자 숙현은 맨 뒤로 처져 몸을 돌렸으나 젊은 선비들의 눈길이 자신을 향하고 있을 걸 생각하니 민망하기 짝이 없었다. 그러나 몸을 돌린다고 해결될 일도 아니라 고개를 숙이고 서있기만 하는데 등 뒤에서 낮은 목소리가 들려왔다.

"이걸 걸치십시오."

숙현이 고개를 들자, 한 낯선 선비가 대답할 틈도 주지 않고 입고 있던 긴 옷을 급히 벗어 그녀의 머리에 씌우는 것이었다.

"아, 아니!"

숙현은 소스라치게 놀랐으나 선비는 개의치 않고 옷에 달린 끈을 묶어 앞섶까지 다 가려주었다. 다행스러운 건 선비가 눈길을 옆으로 돌리고도 능숙한 솜씨로 끈을 묶은 것이었다.

"워낙 큰비라 소용없을 듯합니다."

"아니, 그렇지 않습니다. 이 옷을 입으면 비가 전혀 스며들지 않습니다."

정말이었다. 비는 더욱 세차게 쏟아졌지만 신기하게도 모두 동글동글 굴러 내릴 뿐 단 한 방울도 몸을 적시지 않았다. 제 옷을 벗어 씌워준 탓에 금세 온몸이 비에 젖어버린 선비의 모습 앞에서 숙현의 마음이 알 수 없이 흔들렸다. 미안함과 고마움이 뒤섞였고 그 낯선 배려 앞에서 어떤 태도를 보여야 할지 당혹스러웠다. 하지만 그의 시선이 맑고 단정해 보여 숙현은 한편 마음이 놓였다.

"비를 너무 맞으십니다."

숙현이 옷을 벗으려는 태를 보이자 선비는 저 많은 사람들 앞에서 다 젖은 모습을 보여야 하는 숙현의 마음을 안다는 듯 웃으며 말했다.

"저에게보다 쓰임이 더 클 것입니다."

말을 잇던 그는 문득 숙현의 눈과 시선이 마주치는 순간 입술을 닫아버렸다. 여느 여인과는 결이 다른 아름다움. 서늘하면서도 동시에 깊은 곳에서 울림이 번져 나오는 묘한 따스함이 느껴지는 눈이었다. 선비는 난생처음 어떤 기묘한 힘이 자신을 끌어당기는 걸 느꼈지만 비옷을 벗어준 행위가 자칫 오해를 살까 고개를 비껴두었다. 찰나의 침묵이 흐른 후 선비가 발걸음을 옮겨 떠나려 하자 숙현의 입에서는 의도치 않은 말이 흘러나왔다.

"이 옷 참 묘하네요. 손수 만드셨어요?"

"네. 연잎의 이치를 따른 겁니다."

"연잎이요?"

"연잎은 물에 젖지 않습니다. 비가 닿자마자 바로 동그랗게 말려버리지요. 그 이치가 뭔지는 알 수 없지만 모든 연잎은 이렇게 비를 막아냅니다."

"신묘하네요. 그러면 이 옷은 연잎으로 만든 거예요?"

"그렇습니다. 무명옷에 아교를 써서 연잎을 겹으로 붙이고 기름을 먹인 겁니다."

"그런데 그걸 어떻게 아셨어요?"

"관찰입니다."

"관찰? 처음 들어보는 말이에요."

"한 친구와 저만 쓰는 말입니다. 오래 살펴보고 헤아린다는 뜻으로 '관찰사'에서 따왔지요."

그의 말은 너무도 신선하게 다가왔다. 모든 선비가 무턱대고 "논어"를 외고 "중용"을 외고 "예기"를 외는데 이 낯선 선비는 아무도 쓰지 않는 말을 아무렇지 않게 꺼냈다. 선비가 거듭 발걸음을 떼려 하자 숙현은 자기도 모르게 얼른 손을 뻗어 그의 걸음을 막았다.

"송구합니다. 벌써 다 젖으셨는데."

"사내가 비 좀 맞았기로서니 무슨 그리 큰일이겠습니까? 어서 댁으로 돌아가셔서 젖은 옷을 말리시지요."

“이 옷은 어떻게 돌려드리지요?”

“그냥 가지십시오.”

“이 귀한 걸요?”

“저는 또 만들면 됩니다.”

“그럴 수는 없습니다. 어디 사는 누구신지 알려주세요.”

숙현은 순간적으로 선비의 눈가에 스치는 망설임을 보았다. 바람과 자제심이 얽힌 묘한 눈빛이었지만 그 눈빛은 너무나 짧게 비치고는 사라져 버렸다.

“의도치 않게 곤란한 일이 생기기도 하는 법이니 저는 그냥 가겠습니다.”

선비가 돌아서려 할 때 하영번이 온몸이 흠뻑 젖은 채 다가왔다. 그는 다짜고짜 고함을 질렀다.

“네 이놈, 어디서 감히 수작질이냐!”

노기와 시기가 섞인 음성이 선비의 얼굴에 퍼부어지자 그는 담담한 목소리로 대답했다.

“가던 길이었을 뿐일세.”

“그런데 이 괴상한 옷은 네가 입던 걸 낭자께 드렸단 말이냐?”

“세찬 비를 막아드려야 한다는 생각뿐이었으리.”

“뭐라고? 이놈이 정신이 나갔구나. 보아하니 미천한 시골 서생 같은데 너는 저 경주 부사의 깃발이 보이지 않는단 말이냐? 그리고 나로 말하면 하현수 대감 댁 장자이다. 지엄하신 경주 부사 행차에 하찮은 자가 어느 안전이라고 감히 대거리하는 것이냐! 여봐라, 이리들 오너라!"

하영번의 한마디에 그의 수하는 물론 윤교찬의 수종들까지 달려왔다. 뿐만 아니라 경주부의 나졸들까지 우르르 달려왔지만 선비는 전연 겁먹는 기색이 없었다. 오히려 길 건너편에서 말고삐를 잡은 채 기다리던 일행이 다가오려 하자 손을 들어 물렸다.

"너는 뭐 하는 놈이냐? 냉큼 사는 곳과 이름을 아뢰어라!"

"굳이 대꾸할 까닭이 있을까?"

하영번은 상대를 아래위로 훑어보았다. 권세가 하늘을 찌른다는 하현수라는 성명이 귀에 박혔음에도 꼿꼿이 허리를 세우고 선 놈의 상판을 한 대 후려치고 싶었지만 숙현의 앞이라 숨을 골랐다.

"네놈, 한양에서라면 당장 집으로 끌고 가 물고를 냈으리란 것만 알아두어라!"

뒤늦게 다가온 윤교찬이 형편을 한눈에 알아보고 점잖은 태를 차렸다.

"네 뜻은 짐작하겠으나 법도에 어긋난 일이니 어서 가거라."

숙현이 뭐라 말문을 여는 순간 선비는 숙현에게 가볍게

고개를 숙인 후 발걸음을 옮겼다.

"고맙습니다!"

숙현의 작은 외침이 입술에 맴돌며 빗소리에 파묻히는 사이 선비는 성큼성큼 걸음을 옮겨 말 위에 오르더니 어느새 자취를 감추었다.

"보아하니 부랑자인데 저런 놈들은 아예 상대하시면 안 됩니다."

"우리가 있었으니 망정이지 큰일 날 뻔했습니다."

두 사람이 말하는 사이 숙현은 선비가 건넨 옷을 자신이 아무런 거리낌 없이 그대로 덥석 받아 입었다는 사실에 새삼 놀라고 있었다.

안동으로 돌아온 숙현은 선비가 남기고 간 우의를 보며 그가 했던 말을 곰곰이 되씹었다. 어렸을 때부터 글을 읽고 시를 쓰고 그림을 그렸지만, 그가 말한 것처럼 무언가를 오랫동안 지켜보고 헤아린 적은 없었다. 정해진 글을 읽고 정해진 주제의 시를 쓰고 정해진 그림을 그렸을 뿐 사물의 이치를 주의 깊게 살펴보거나 조사해 본 적은 없었다는 생각에 숙현은 묘한 기분이 들었다. 자신만이 아니라 글줄이나 펜다는 선비가 모두 그랬다.

사서삼경을 비롯해 성현이 남긴 글을 얼마나 외우느냐가

지식의 전부이고 출세를 가늠하는 잣대인 좁은 세상에서 그가 했던 말은 새롭다 못해 생각의 틀을 흔들었다. 그는 도대체 어떤 사람이기에 이제껏 들어본 적 없던 말을 그리 쉽게 했을까. 게다가 하늘을 나는 새도 떨어뜨린다는 세도가의 자제 앞에서 그의 언행은 당당하고 의연했다.

그 후로 숙현은 뭔가 서두르는 듯한 부모의 시선에 불편함을 느끼며 깊은 생각에 잠기곤 했다. 우의를 건넨 그 낯선 사람의 몇 마디가 겉으로 평온해 보이기만 했던 그녀의 삶을 흔들어 놓았다. 모든 선비들이 그리도 읽어대는 경전과 문헌은 오직 과거 급제를 위한 수단일 뿐 껍데기에 불과하다는 생각에 숙현은 회의하지 않을 수 없었다. 남의 얘기가 아니라 이것은 자신에게도 마찬가지로 해당하는 일이었다. 십 년 이상 글을 읽었지만 이제껏 읽은 글이 과연 삶에 무슨 의미가 있나 스스로에게 아무리 물어도 결코 대답할 수 없었다.

"숙현아."

한창 생각에 빠져있을 때 다가온 권중언의 은근한 목소리는 숙현의 가슴속에 눌려있던 부아를 건드렸다.

"네."

"윤 대감 댁에서 물건을 또 보내왔구나. 지난번에는 그 귀한 개성 인삼을 보내셨더니 이번에는 나주 배를 보내셨어.

하 대감 댁에서도 벌써 세 번이나 물건을 보내셨는데 이제
는 받는 게 자꾸 마음이 무거워진다. 어느 한 집안을 섭섭하
게 만들 텐데 혹 후환이나 입지 않을까 두려워진단 말이다.”

권중언은 한동안 말을 두었다가 마침내 뜻을 드러냈다.

“그래, 네 마음에는 둘 중 누가 낫더냐? 내가 볼 때는 윤
교찬이도, 하영번이도 그 나름으로 장점이 있어 딱히 누가
낫다 가리기 힘들더라만.”

“…….”

“이제는 한쪽을 정해 대답을 해주어야만 한다. 더 이상 귀
한 예물만 받고 앉아있을 수는 없는 일이니 말이다.”

숙현이 대답을 하지 않자 저녁 밥상머리에서는 어머니가
아예 작정하고 나섰다.

“애야, 생각해 봐라. 우리 집안이 벌써 오 대째 작은 벼슬
하나도 하지 못하는 바람에 이제는 끼니조차 잇기 어려울
정도이다. 그간은 내가 뒤에서 상거지 소리 들어가며 권씨
문중의 일이라면 앞뒤 안 가리고 품 아닌 품을 팔아 간신히
입에 풀칠은 해왔다만 이제는 이 짓도 지칠 대로 지쳤다.”

“…….”

“도대체 네 속을 모르겠다. 남들은 그런 집안에 시집을 가
지 못해 안달인데 넌 도대체 왜 그러는 거냐? 윤교찬이든 하
영번이든 어디 하나 흠잡을 데 없이 조선에서 으뜸가는 배

필감인데 네 눈에는 그게 왜 안 보이는 거냐?"

"……."

이상한 일이었다. 아버지, 어머니가 두 권세가의 자제들을 칭송하느라 열을 올릴 때마다 숙현의 뇌리에는 그날 우의를 입혀주던 선비의 모습이 더 뚜렷하게 떠오르는 것이었다. 한 방울의 비도 스며들지 않는 이상한 우의, 자신을 일깨워 준 한마디, 잘난 체하느라 정신없는 윤교찬과 하영번의 겁박에 당당히 맞서던 모습, 그리고 무엇보다도 비에 젖은 치마저고리가 찰싹 달라붙어 자신의 맨살이 드러날 걸 염려하여 입고 있던 우의를 벗어주던 배려심이 번갈아 떠올라 숙현은 마음에도 없는 말을 하기가 싫어지는 것이었다.

숙현이 끝까지 대답하지 않자 어머니는 아껴두었던 마지막 수를 꺼내 들었다. 맏이인 숙현이 평소 동생들을 끔찍이 보살피고 아끼는 걸 너무도 잘 아는 까닭이었다.

"저 줄줄이 달린 동생들을 보아라. 한결같이 착하디착한 애들 아니냐. 지난 세월 저 어린 것들 곡기를 끊은 게 몇 번이더냐? 쟤들 제대로 키워 시집 장가 보내려면 네가 권세가에 시집가는 길밖에 없다. 달리 길이 있다면 말해보아라."

"생각해 보겠어요."

숙현의 대답에 잔뜩 찌푸렸던 부모의 미간이 활짝 펴졌다. 이제껏 무응답으로 일관하다 생각해 보겠다 말한 건 승낙과 다름없다 판단한 권중언이 내처 물었다.

"그래, 고맙다. 숙현아, 고마워. 그런데 둘 중에는 누가 더 나으냐? 윤교찬은 임금의 척족인 데다 대대로 재산이 쌓인 집안이고 하영번의 집안은 정삼품 이상 벼슬하는 이만 열 명이 넘는다. 물론 재산 또한 한가득이고."

숙현은 대답 없이 일어나 밖으로 나가버렸지만 권중언 내외는 두 집안을 견주어 보느라 정신없었다.

어이 그 길뿐이랴

빗방울이 조금씩 듣는 어느 날 이른 아침 "논어"를 읽어 내려가던 숙현은 여느 때와 달리 글자가 전혀 머리에 들어오지 않자 조용히 책을 내려놓았다. 예전에는 그토록 중요하게 생각되어 매일 소리 높여 읽던 충, 효, 예가 일순간 의미를 잃은 소리 조각이 되어 읽으면 읽을수록 공허한 메아리로 되돌아올 뿐이었다. 그 대신 숙현의 머리에 또다시 그 선비가 자리 잡기 시작했다. 그가 말한 관찰이라는 새로운 길이 자꾸 떠올랐다. 그냥 말의 장난이라 여기기에는 너무도 뚜렷한 성과가 있었고, 그것이 바로 단 한 방울의 비도 새지 않는 우의였다.

"호호호!"

숙현은 갑자기 소리 내 웃었다. 자신이 읽었던 그 수많은 서책의 한두 쪽만이라도 연잎의 이치를 알려주는 데가 있었더라면 참으로 쓰임새가 많았을 거란 생각이 드는 순간 자신도 모르게 터져 나온 웃음이었다. 그 수백 권 서책이 모두 일상의 보탬과는 거리가 멀다는 사실이 새삼 떠오르자 숙현은 윤교찬과 하영번의 마음만 먹으면 과거에 급제할 수 있다던 호언이 더더욱 우습게 여겨졌다. 그리고 글 실력이 있어야만 재산을 가질 수 있다는 사실에 회의가 느껴졌다.

처마 끝에 맺히던 빗방울이 차츰 굵어지자 숙현은 자신도 모르게 일어나 장 속에 곱게 접어 넣어둔 우의를 꺼냈다. 머리 위부터 덮어쓰니 발목까지 충분히 덮이는 게 왠지 누군가로부터 포근하게 보호받는 느낌이 들었다. 숙현은 앞섶의 끈을 묶다 저절로 얼굴이 빨개졌다. 그날 그 선비가 서슴없이 자신의 가슴께까지 손을 뻗어 끈을 묶어줄 때 피하지 않고 있었던 일이 떠올랐기 때문이었다. 어린 남동생이 그랬어도 절대로 가만있지 않았을 게 자명한데 왜 그땐 그냥 길가의 버드나무처럼 가만히 서있기만 했을까. 빗줄기가 더욱 거세지자 숙현은 문을 열고 나섰다. 집 밖으로 나와 한 걸음 한 걸음 옮길 때마다 벅찬 환희가 가슴속 깊은 데서부터 치밀어 올랐다. 폭우가 쏟아지던 날, 남다른 사람을 만나 별난 우의를 주고받았던 그 기억이 이토록 깊숙이 남아있을 줄이야.

그는 분명 남과 달랐고 자신도 문득 그 선비처럼 남과 달라지고 싶은 기분이 치솟았다. 불과 얼마 전까지만 해도 남과 다르면 초조하고 불안하기만 하던 것이 이제는 오히려 크게 소리라도 질러 남과 달라지고 싶었다. 급기야 숙현은 뜻도 알 수 없는 소리를 지르고야 말았다.

"아이야!"

빗소리와 같이 허공으로 흩어져 가는 자신의 목소리가 대견했고 무엇보다도 마냥 시원하기만 했다. 그렇게 숙현은 홀로 아무도 없는 세찬 빗속을 걷고 또 걸으며 태어나 한 번도 해보지 않았던 짓을 여러 번 저질렀고 그럴 때마다 가슴이 들떴다. 특히 도롱이를 통째로 덮어쓰고도 온몸이 젖어있는 이들과 마주칠 때면 색다른 기쁨이 터질 듯 북받쳐 올랐다. 그러고 보니 그날 경주에서 자신도 모르게 그런 뜻밖의 시를 쓴 것이나 그 선비가 이 신기한 우의를 건네준 것이나 모두 평상의 것들과는 크게 다른 일이었다. 아니, 다르다는 말로는 이루 다 설명할 수 없는 별난 일이었다. 여기까지 생각하던 숙현은 살포시 미소를 지었다. 그런데 그는 왜 자신의 사는 곳도 이름도 밝히지 않고 가버렸을까. 서운하기 짝이 없었지만 한편으로는 하영번이 그 잘나빠진 신분을 내세우며 윽박지를 때 대답하지 않겠다던 그의 모습은 시원하기 그지없었다.

사념이 끊임없이 이어지며 숙현은 걷고 또 걸었다. 점심을 먹지 않았어도 전혀 배가 고프지도, 기운이 달리지도 않았다. 알지 못할 쾌감에 도취된 채 한 발 한 발 내딛던 숙현은 어느새 안동 향교 초입에까지 이르자 잠시 멈추었다. 보통 때 같으면 대문 안으로 걸음을 떼었겠지만 왠지 그러기 싫었다. 평생 글을 읽은 아버지는 이 향교의 훈도가 되고 싶어 무진 애를 썼지만 초시에 그친 형편이라 그 기회는 내내 오지 않았다.

어린 시절 숙현은 자신이 아버지 대신 소과든 대과든 응시하고 싶어 했던 기억을 떠올렸다. 자신이라면 대과에 응시해도 얼마든지 급제할 수 있다 자신했고, 그리하면 아버지를 대신해 살림을 꾸릴 수 있을 거라 생각했다. 하지만 조선이란 나라에서 여인이 과거를 본다는 건 꿈도 꿀 수 없는 일이었다. 아버지가 향교의 훈도라도 하고 싶어 했던 건 오로지 체면 때문이었다. 매일 끼니를 걱정하면서도 그 걱정을 덜어줄 생업 하나 갖지 못했던 아버지의 나날을 떠올리던 숙현의 머릿속에 번개처럼 어떤 생각 하나가 스쳤다. 그리고 향교에서 집으로 돌아오는 내내 숙현의 머릿속은 이 새로운 상상으로 가득 찼다.

"넌 도대체 이 비에 어딜 그렇게 쏘다닌 거냐? 이제 곧 혼사를 올릴 아이가 조심에 조심을 거듭하고 나들이를 극히 삼가야지.”

동생들을 들먹이자 숙현이 꼼짝 못 하는 걸 본 어머니는 이제까지와는 달리 숙현을 완전히 통제하려 들었다. 그녀로서는 집안의 운명을 짊어진 숙현이 빗속을 반나절이나 쏘다닌 게 마땅할 리가 없을 터였다.

“좀 걸었어요.”

“아, 윤 선비와 하 선비 중 누가 더 나은지 종일 생각했던 게로구나. 그래, 깊은 생각 할 때는 걷는 게 상책이다. 근데 누구로 결정했냐?”

어느 틈에 권중언도 대청마루에 나와 숙현의 대답에 귀를 기울이는 모습이었다.

“아버님.”

“으응, 그래. 편히 말해라.”

“어머니.”

“괜찮다, 부끄러워 말고 말하라니까. 나도 네 나이 무렵에 그랬다. 그리고 누굴 택해도 실수가 아니다. 네 아버지와 이것저것 다 따져봤는데 어느 하나가 반드시 낫고 못하고를 구분할 수 없었다. 윤 대감 댁은…….”

권중언은 미간을 찌푸리며 팔을 내뻗어 아내의 말을 가로막았다. 부모의 이런 모습을 눈에 담으며 우의를 털어 곱게 개던 숙현의 입에서는 놀라운 말이 터져 나왔다.

“우리 집안을 일으켜 세우는 길이 어찌 꼭 원치 않는 집안에 시집가는 길밖에 없단 말입니까?”

“뭐?”

“뭐라?”

이제 다 끝난 일이라 믿었던 권중언 내외의 놀라움은 이루 말할 수 없을 정도였다. 특히 부인은 놀라 비틀거리며 기둥을 붙들었고 위엄을 갖추었던 권중언의 얼굴 또한 순식간에 일그러졌다. 더 이상 말을 잇지 못하는 부모를 보며 숙현은 흔들림 없는 목소리로 말했다.

“한 달만 기간을 주시면 우리 집 주춧돌부터 서까래까지 밴 가난을 싹 날려버릴 테니 지켜봐 주시면 좋겠어요.”

“뭐라고? 가난을 날린다고? 네가 무슨 수로? 권세가에 시집가는 길 외에 도대체 무슨 길이 있다는 말이냐?”

“애야, 정신 차려라. 네가 종일 비를 맞고 돌아다니더니 헛소리를 하는 게로구나.”

부모의 근심 어린 성화를 뒤로한 채 숙현은 방으로 들어가 버리고 말았다.

다음 날 숙현은 동생들을 데리고 부근의 연못으로 갔다. 연못은 아직 연잎으로 덮여있어 숙현의 얼굴이 환해졌다. 숙현은 동생들과 같이 한 광주리 가득 연잎을 따서는 집으로 가지고 와 잘 말렸다. 그런 다음 숙현은 두 살 터울의 동생으로 하여금 남부럽지 않게 사는 친지네 하인에게 부탁해 아교를 만들어 오도록 했다. 동생들은 맨날 글만 읽던 누이가 하는 일을 무척 궁금해하며 시키는 대로 뭐든 군말 없이 도왔다.

숙현이 연잎을 고르게 자른 후 아교를 발라 낡은 무명옷에 세 겹으로 붙인 다음 그 위에 쇠기름을 발라 말리니 예전 그 선비에게서 받은 우의와 똑같이 되었다.

"너 이거 입고 나가봐."

비가 오는 날을 기다려 동생에게 우의를 입고 나가라 하니 동생은 머리를 갸웃거리며 밖에 나섰지만 돌아올 때는 환희에 들뜬 모습이 되었다. 지난번 자신이 느꼈던 알 수 없는 희열을 동생도 똑같이 맛보고 돌아온 표정이었다.

"누이, 이거 정말 대단해요."

"너도 신이 나든?"

"사람들이 뭔지 몰라 멀뚱멀뚱 쳐다보기만 하는데 나는 비 한 방울 안 젖으니 얼마나 기분이 좋았는지 몰라. 그런데 이런 걸 어디서 배웠어요?"

"이제 입 꼭 닫고 내가 시키는 대로만 해야 한다."

숙현은 동생들과 같이 뒤뜰에 작은 공방을 차리고는 여유 있는 친지의 집을 돌며 헌 옷가지를 있는 대로 모아 오게 한

다음 연잎을 붙였다. 신기한 우의의 맛을 보았던 터라 동생들은 신이 나 열성적으로 매달렸고 이에 따라 작업은 점점 빨라졌다.

"누이, 이게 글 읽는 것보다 훨씬 재미있어요. '소학'이니 '동몽수지'니 하는 책들은 읽기 싫은데 이 일은 하는 내내 신이 나요. 그런데 누이, 이건 만들어 뭐에 쓰지?"

"좀 있어봐."

숙현은 일을 재미있어하는 동생들을 보며 안쓰러운 생각이 들었다. 아이들이 어려서부터 잘 먹지 못해 체격은 왜소했고 얼굴에는 흰 버짐이 피어오르는 일도 있었다. 그런데도 줄곧 글만 읽어야 하니 가난한 선비의 집에 태어나는 것이야말로 세상에서 가장 큰 형벌이 아닐 수 없었다. 끼니를 때우지 못해 머리가 어질어질해도 밖에서는 배불리 먹은 듯 처신해야 하고, 땔감이 없어 몸이 얼어붙고 입술이 파래져도 양반은 곁불을 쬐지 않는다며 엄동설한에 얼음장 같은 방 안에서 버텨야 했다.

오로지 책을 읽어 과거에 붙는 것만이 생계를 유지할 수 있는 방법인데 그 과거란 초시에 붙고 그다음 시험인 복시에 붙어봐야 생원이니 진사니 하는 호칭만 받을 뿐이다. 이런 소과를 거쳐 한양에서 치르는 대과에 합격해야 종구품 말직을 얻어 비로소 녹봉을 받게 되니 그 어려움이란 비할 데가 없었다. 그러므로 대다수의 선비는 운명적으로 가난을 마주해야 하고 청빈이란 말로 위안을 삼아야 한다. 설사 과거에 합격해 벼슬을 얻는다 해도 자리는 적고 사람은 많으니 다투지 않을 수 없다. 혼자서는 이 싸움에서 항상 이길 수 없어 자연히 붕당을 지어야 하므로 당파 싸움이 또한 조선 벼슬아치의 숙명인 것이다. 그러므로 양반은 일을 해서는 안 된다는 새 나라의 법도야말로 천하의 악법이었다. 숙현은 언젠가 바로 아래 동생이 묻던 말을 떠올렸다.

"누이, 나는 글 읽기가 정말 싫은데 농사를 짓거나 다른 일을 하면 안 돼?"

"그러면 양반 신분을 잃어."

"양반 신분을 잃더라도 일해서 배부르게 살고 싶은데."

참 안타까운 대화였다. 일하는 자체로 바로 천대받는 신분으로 떨어져 버리는 세상이 조선 외에 세상천지 어디 있을까 싶지만 이런 세상을 깨야 할 똑똑한 사람들이 그 맨 앞에 서서 지켜나가는 게 또 이 괴상한 나라였다. 숙현은 이제 기회가 왔다고 믿었다. 그리고 평생 배고프게 살 수밖에 없다고 믿고 있는 동생들을 위해 이 기회를 붙들어야 한다고 여겼다.

"누이, 이제 연잎 따놓은 거 다 썼어요. 모두 스물여섯 벌이에요."

"그래, 고생들 했다. 이제 기다렸다 장날이 되면 덕보를 불러오너라."

덕보는 가세가 아주 기울기 전 집에 있던 충직한 하인으로 혼인해 집을 떠난 이후로도 늘 허드렛일을 앞장서 해주는 고마운 사람이었다. 숙현의 총명함과 신중함을 잘 아는 그는 그녀의 일이라면 물불을 가리지 않았다. 통 부르는 일이 없었던 숙현이 장날 자신을 부르자 덕보는 한달음에 달려왔다.

"아범, 아이들은 잘 있어요?"

"그럼요, 지난번에 아씨께서 주신 '천자문'을 앞에 놓고 낑낑거리는데 도저히 머리에 안 들어오는지 무척 힘들어합니다요."

"아이들 엄마도 잘 있고요?"

"참, 애들 어멈이 먼저 인사 여쭈어 달라고 했는데 제가 또 늦었구먼요. 참, 장에 다녀올 일이 있는지요?"

숙현이 고개를 끄덕이며 낮은 목소리로 덕보에게 이리저리 이르자 덕보는 왕방울만큼 커진 눈으로 우의를 바라보며 말을 잇지 못했다.

꿈이냐, 생시냐

닷새에 한 번씩 열리는 안동장은 고려 시대부터 시작되어 나라 안에서도 손꼽히는 큰 장이었다. 특히 안동이 전통적으로 선비 문화가 발달한 곳인 만치 목공예, 한지, 도자기, 시화, 서적 등의 거래가 활발해 장날이면 안동뿐만 아니라 대구, 경주, 심지어는 한양에서까지 사람들이 몰려와 북적거렸다.

덕보는 주가酒家에 가서 큰 물통을 빌려 장터 한가운데 있는 우물가에 놓은 다음 물을 가득 채웠다. 그러고 나서 연잎 우의를 입고 통 옆에 서자 사람들은 무슨 볼거리라도 시작되는 줄 알고 몰려들었다. 본래 장터에는 이런저런 민속극이나 굿판이 벌어지기 마련이라 딱히 무얼 사거나 팔 게 없어도 구경하러 오는 사람들이 많았다. 말주변이 없는 덕보는 주변을 둘러보고 씩 웃은 다음 신발을 벗고 물바가지를 집어 들었다. 대개 탈춤이든 굿이든 여럿이 하기 마련이지만 혹 입심 좋은 재담꾼이 혼자 하는 때도 있어 사람들은 덕보 주위에 몰려들었다. 그들은 덕보가 입은 이상한 옷을 바라보며 잔뜩 기대를 머금은 채 그의 일거수일투족에 흥미로운 눈길을 던졌고 아이들은 아예 땅바닥에 퍼질러 앉았다.

덕보가 우의를 벗고 맨몸에 한지를 여기저기 붙인 다음 다시 우의를 입으니 사람들은 저 친구가 도대체 무슨 짓을 하려나 싶어 잠자코 지켜보았다. 덕보는 아무 말 없이 바가지로 물을 퍼서는 머리에서부터 주르륵 끼얹었다. 사람들은 흥미로운 눈길로 다음 장면을 기대했으나 덕보는 입을 꾹 다문 채 다시 물을 끼얹었고 이에 사람들은 더욱 기대되는 눈초리로 다음 동작을 기다렸다. 그러나 덕보에게서는 어떠한 특이하거나 재미있는 동작도 나오지 않았다. 이 사내가 그저 물을 끼얹기만 할 뿐 아무 말도 하지 않자 거개는 실망해 자리를 떠나버렸다. 아이들만이 깔깔거리며 연신 웃는 가운데 오가는 사람들은 도대체 무슨 짓거리를 하나 잠시 서서 보다 지나쳐 버리기 일쑤였다.

"그런데 저놈 온종일 저러고 있잖아."

"도대체 뭐 하는 짓이지?"

　장터는 한 번 스쳐 지나치고 마는 곳이 아니라 사람들이 오면가면 물건을 구경하고 흥정도 하기 마련이라 덕보가 자리를 떠나지 않고 계속 물만 부어대자 이윽고 사람들의 눈길이 그에게 쏠리기 시작했다.

　“저 친구 아까 몸에 종이를 붙였잖아. 그걸로 무슨 재주를 피우는 게 아냐?”

　“글쎄, 종이가 다 젖어 떨어졌을 텐데.”

　사람들이 흘끔거리며 이런 대화를 나누자 덕보는 돌연 우의를 벗어 던지며 소리쳤다.

　“보소! 보소! 이 종이 쪼가리 젖었습니꺼? 말짱하지 않습니꺼! 장맛비가 억수로 쏟아져도 이 옷 한 벌이면 끄떡없다 아입니꺼. 본래 쌀 한 석 받아야 마땅하나, 오늘만 딱 반값에 모십니더!”

　덕보가 몸에서 마른 종이를 떼어내 사람들 앞에 내밀자 너도나도 손을 뻗어 종이를 만져보고 한마디씩 내뱉었다.

　“이거 무슨 속임수 아냐?”

　“어림잡아 물을 수백 바가지는 퍼부었는데 어떻게 종이가 안 젖어?”

　“야, 이놈아, 종이 말고 옷을 입고 해봐!”

　덕보는 여유 있게 대답했다.

　“이보쇼, 종이가 안 젖는데 옷이 젖겠수?”

“네놈이 종이에 무슨 수작질을 했는지 어떻게 알아? 자, 내 옷을 입고 해봐. 내 옷이 안 젖으면 그 도깨비 같은 비옷 내가 산다.”

덕보는 여유 있는 동작으로 사내의 옷을 받아 안에 입었다.

“두 눈 크게 뜨고 잘들 보쇼.”

덕보가 자신만만한 동작으로 연잎 우의를 그 위에 걸친 다음 턱끈과 가슴팍에서부터 아랫배까지의 세 군데 달린 끈을 묶는 동안 사람들이 점점 많이 모여들었다. 비를 막는 용도로는 쇠가죽 옷이 쓰이긴 하였으나 비에 젖으면 금세 무거워지고 물이 스미는 바람에 소용이 없었다. 삼베에 기름을 먹여 쓰거나 대나무를 엮어 비옷을 만들기도 하지만 큰비를 만나면 아무 효과가 없었다. 그런데 지금 물을 수백 바가지나 부어도 전혀 젖지 않는 비옷이 나타났다 하니 사람들의 호기심은 탈춤이나 광대놀이를 보는 것에 견줄 바 아니었다.

“자, 직접 부어보쇼.”

덕보가 아예 물바가지를 사람들에게 내주자 어른부터 아이까지 나서 너 나 할 것 없이 물을 붓는데 이들은 물이 동그랗게 방울져 단 한 방울도 비옷에 스미지 않은 채 미끄러지자 신기한 표정을 감추지 못했다.

덕보가 원하는 모든 사람에게 바가지로 퍼붓게 한 후 우의를 벗자 사람들 사이에서 일제히 탄성이 터져 나왔다.

"오오!"

"저럴 수가!"

"진짜 도깨비 옷이다."

그다음은 누구도 예상하지 못한 일이 벌어졌다.

"그거 전부 몇 벌이냐? 내가 다 사마."

아까부터 팔짱을 끼고 서서 구경만 하고 있던 건장한 중년 사내가 한 발 앞으로 나서며 모두 사들이려 하자 이제껏 반신반의하던 군중들 사이에서 큰 소요가 일었다.

"나부터야."

"이놈아, 내가 처음부터 끝까지 보고 있었는데 도대체 네가 뭔데 다 긁어 가겠다는 거냐?"

"나는 안골 김 대감 댁 청지기다. 누구보다도 먼저 김 대감께 진상하는 게 도리 아니냐? 어서 열 벌은 이리 내놓아라."

"우린 두 식구밖에 안 되는데 먼저 좀 가져가게 해주쇼!"

생각지도 못한 열기에 덕보는 어안이 벙벙했다. 숙현 아씨가 시킨 일이라 무턱대고 하긴 하였지만 사실 속으로는 반신반의, 아니 과연 이런 걸 사려는 사람이 있을지 의심했던 그는 실제 이 괴상한 옷 한 벌이 쌀 반 석과 바뀌는 걸 눈앞에서 목도하자 벌어진 입을 다물지 못했다.

"밀치지 마쇼, 한 사람 앞에 한 벌이오!"

덕보는 순식간에 가져온 스물여섯 벌을 다 팔고는 의기양양해 어깨에 힘주어 가며 쌀 열세 석을 소달구지에 싣도록 했다. 짐을 싣는 동안에도 장돌뱅이를 비롯한 사람들이 몰려들었다. 그들이 앞을 다투어 국밥집에서 막걸리 한잔 대접하며 다음 장날에 우의를 얼마나 갖다줄 수 있느냐 묻자 덕보는 흥이 날 대로 나 돌아오는 길에 덩실덩실 춤을 추었다.

"숙현 아씨!"

놀란 건 덕보만이 아니었다. 숙현 자신도 이만한 경사는 생각지도 못했던 터라 아랫입술을 깨물며 감정을 절제했다. 이것은 실로 내다볼 수 없었던 성과였다.

"수고했어요, 아범. 두 석은 아범 집에 들여요."

"무, 무슨 말씀을요! 제가 고까짓 걸 했다고 쌀을 받다니요!"

덕보는 기겁을 했다. 쌀 두 석이면 네 식구가 매일 배불리 먹어도 반년 이상 먹을 수 있는 양이고 아껴 먹으면 일 년도 먹을 수 있었다. 장에 잠시 다녀왔다고 받을 수 있는 대가가 전혀 아니었다. 덕보는 아무런 대가가 없이도 숙현 아씨의 명이라면 열 번이고 스무 번이고 할 수 있는 일이라 생각하던 터였다. 그러나 숙현이 완고하게 쌀 두 석을 받지 않으면 네 석을 달라는 뜻으로 알겠다고 하자 덕보는 고개를 백 번도 더 넘게 숙이며 쌀을 받아 갔다.

인근의 잔치집에 갔다 돌아온 권중언 내외는 앞뜰을 가득 채운 쌀을 보자 벌린 입을 다물지 못했다.

"이 쌀 윤 대감 댁에서 보내오신 거냐? 아니면 하 대감 댁이냐?"

신이 난 숙현의 동생들이 너 나 할 것 없이 달려가 줄줄이 누이가 해낸 일임을 읊어대는데 권중언의 얼굴은 도리어 하얗게 질렸다.

"이거 관에 잡혀갈 일 아니냐?"

"왜 잡혀가요?"

"그, 글쎄."

벼슬을 하는 외에는 먹을 걸 마련하는 길이 없다고 철석같이 믿어온 권중언에게 생각지도 못했던 이런 일은 왈칵 두려움부터 불러일으켰다. 하여 그는 숙현에게 이리 묻고 저리 물으며 근심과 불안을 달래기 바빴다. 그 와중에 자식들로부터 누이가 덕보에게 쌀 두 석을 주었다는 얘기를 들은 권중언의 아내는 울화에 몸을 가누지 못했다.

"뭐, 뭐라고! 쌀 두 석이라니, 당치도 않다! 그게 뉘 집 쌀인데, 그래 준다고 덥석 받아 가? 그것도 두 석이나! 내 가서 한 석 닷 말은 도로 가져와야겠다."

"그러면 안 돼요."

숙현의 단호한 표정을 본 어머니는 입을 꾹 다물고 말았다. 본래부터 어려운 딸자식이었지만 믿을 수 없는 이런 대사를 치러낸 숙현에게 시시비비를 가리자고 덤벼들 수는 없는 일이었다.

"어머니. 이걸로 갚아야 할 빚 다 갚으셔요."

"아암, 그러고말고. 안 그래도 오늘 권 생원 댁에서 먼저 나오는데 뒷골이 당기더라. 여편네들이 겉으로는 살살거려도 나 없는 데서 무슨 말들을 해대는지 내가 모를까 봐."

숙현이 다시 연잎을 따 오도록 하자 동생들은 신이 나 이틀에 걸쳐 지난번과는 비교할 수 없을 정도로 많은 연잎을 따 왔다.

"누이, 이게 마지막이야. 가장자리가 누렇게 변한 것들도 꽤 있어요."

"그래."

무언가를 곰곰 생각하던 숙현은 짚신부터 나막신까지 동네에 남아도는 신발을 다 모아 오도록 했다. 여러 신발을 비교한 후 종이에 새로운 모양을 그린 숙현은 동생들이 우의를 만드는 동안 공방 한편에서 별도의 물건을 만들었다. 숙현은 자신이 그린 그림을 따라 나막신에 삼베를 붙인 후 그 위에 쇠기름을 여러 번 발라 말렸다. 그런 다음 겉에 연잎을 아교로 붙이고 그 위에 옻칠을 해서 마무리했다. 다시 신발 안쪽에 쇠가죽을 넣고 그 밑에는 짚을 넣어 푹신하게 만들 었다. 마지막으로 나막신 밑바닥은 칼집을 내 미끄러지지 않 도록 하자 머릿속으로 그렸던 신발이 온전히 갖추어졌다.

"누이, 그건 뭐야? 비 올 때 신는 신발이야?"

"그래."

"와. 이 비옷에 이 신발까지 신으면 그야말로 물샐틈없어 지네."

"이것을 있는 대로 만들자."

숙현은 아버지와 어머니가 매일 출타해 모르는 체하는 가 운데 동생들과 우의와 신발을 만든 다음 다시 덕보를 불러 장에 가지고 나가도록 했다. 덕보는 큰 지게에 물건을 다 실 은 후 의기양양하게 떠났으나 지난번과는 달리 가자마자 돌 아오고 말았다. 그의 낙담할 대로 낙담한 얼굴과 빈 지게는 기대에 잔뜩 들떠있던 동생들을 크게 실망시켰다.

"아범, 무슨 일이라도 생긴 거야?"

동생들이 아무리 물어도 시종 시무룩한 얼굴로 한사코 입 을 닫고 있던 덕보는 숙현이 마루로 나오자 비로소 입을 뗐 다.

"장터에 포졸들이 나왔어요."

숙현은 아랫입술을 깨물었다. 지난번 불과 며칠간의 수고로 웬만한 관리가 일 년 받는 녹봉을 능가하는 벌이가 되었으니 무슨 탈이 나도 날 거라 짐작한 게 맞아 들어간 듯했다. 그러면서도 포졸들이 덕보를 이렇듯 빈손으로 돌려보낸 건 너무한 처사라는 생각에 분이 치솟았다.

"그래서요?"

"이 양반들이 소문을 듣고 나왔는지 장돌뱅이들하고 크게 한판 붙었습지요. 장돌뱅이들은 싹 쓸어 갈 작정을 하고 쌀이니 포목이니 잔뜩 준비해 기다리고 있던 판에 포졸들이 끼어드니 죽기 살기로 대들었구먼요. 결국 판관이 나와 장돌뱅이들 거라 판정해 준 덕에 이들이 쓸어 갔습니다요."

"그런데 왜 빈손이오?"

"아, 쌀이 마흔 석이니 소달구지로 석 대나 되어 이네들이 실어 오는 중입니다요. 이번에는 물바가지를 끼얹고 자시고 할 것도 없었습지요. 장터에 도착하자마자 바로 숫자부터 세고 우의에 더해 신발까지 보더니 아주 환장해 바로 빼앗아 가듯 셈을 치렀다 아닙니까요."

"그럼 좋은 일인데 아범은 왜 그리 힘 빠진 표정이에요?"

"이제 소인이 할 일이 없어져 버렸으니까요. 아무리 말려도 이들이 한사코 여기까지 짐을 실어 오겠다는 겁니다요. 장터에 나가면 서로 물건을 차지하겠다며 시시비비가 끊이

질 않으니 자기들이 아예 여기 와서 기다리다 물건을 다 가
져가겠다는 심산입지요. 그런데 제가 제 욕심이 나서 그러는
건 절대루 아닙니다요. 저는 백 년이고 천 년이고 아씨를 위
해서는 뭐든 거저 해드립지요. 지난번 쌀을 두 석이나 주셔
서 우리 식구들이 모두 울었구먼요. 그러믄요. 아씨를 위해
제 할 도리가 없어져서 그게 슬플 뿐입니다요. 아, 저기 오는
구먼요.”

과연 덕보가 가리키는 방향을 보니 소달구지 석 대가 쌀
과 포목을 가득 싣고 오는지라 동생들은 물론 숙현도 기쁨
을 감출 도리가 없었다.

“아니요, 앞으로도 아범이 일을 해주어야 해요. 오늘도 두
석 가져가요.”

“아닙니다요. 그러면 제가 천벌을 받는구먼요. 오늘은 죽
어도 못 받습니다요.”

과연 덕보의 말대로 짐을 부리고 난 장돌뱅이들은 다음부
터는 장터가 아니라 여기 와서 물건을 받아 가게 해달라 통
사정을 하고서야 떠나갔다.

일부러 집을 비웠다 어둑할 무렵이 되어서야 돌아온 권중
언 부부는 앞뒤 마당에 산더미처럼 들어찬 쌀과 포목을 보
고는 벌어진 입을 다물지 못했다.

“이, 이게 도대체 무슨 조화란 말이냐? 내가 혹 허깨비를

보는 건 아니냐?"

권중언 부부는 덩실덩실 춤을 추었고 그런 중에도 권중언의 아내는 잔뜩 경계하는 목소리로 자식들에게 혹 오늘도 덕보가 쌀을 가져갔는지 물었다가 대답을 듣자 얼굴이 환히 펴졌다.

"이번에도 받아 갔으면 내 당장 쫓아가 물고를 내려 하였다만 제 놈도 사람 새끼니 차마 받아 가든 못 하였구나. 그런데 아, 이건 너무 좋구나. 쌀 마흔 석에 목면이 서른 포라니. 이제 우리는 부자야, 부자. 내가 이러한 날이 올 줄 알고 우리 숙현이를 세 살 때부터 글을 읽히고 시화를 가르치지 않았더냐."

"부인, 이건 글을 읽어 벌어들인 게 아닌 듯하오만."

"무슨 소릴 하셔요? 우리 숙현이가 어릴 때부터 글을 읽어 머리가 틔었으니 이런 일도 도모하는 게 아닙니까?"

그까짓 건 아무래도 좋았다. 비록 양반이지만 오랜 가난 속에 궁기가 낄 대로 낀 권중언 부부는 내내 쌀을 만지고 포목을 품었다가 한밤중에도 잠이 깨어 쌀이 제대로 있는지 몇 번이나 앞뒤 뜰에 나가보곤 했다.

당신들의 세상

"중언이, 네 이놈!"

다음 날 아침 일찍부터 앞뒤 뜰로 부지런히 다니며 가마니를 헐어 독에 쏟아붓는 등 정신을 차리지 못하던 권중언 부부는 벽력같은 목소리에 화들짝 놀랐다. 노기가 뻗칠 대로 뻗친 목소리에 이어 나타난 삼십여 명의 문중 어른들이 앞마당에 가득 들어차자 권중언은 낯빛이 확 변했다.

"크, 큰아버님. 그간 별고 없으셨는지요?"

"듣자니 저자에 나가 옷을 판다면서!"

"그, 그게 그냥 옷이 아니고 비가 한 방울도 새지 않는 비옷이옵니다."

"비옷은 옷이 아니더냐?"

“그렇긴 합니다만 이것은…….”

권중언의 말은 이어진 당숙부의 호통에 끊겨버렸다. 돌아가신 아버지의 사촌 형인 당숙부는 한양에서 참찬 벼슬까지 한 사람으로 권씨 문중뿐만 아니라 안동 천지에 그 칼칼한 성격으로 소문이 난 사람이었다.

“이 불손한 놈이 어디서 말대꾸냐? 네놈이 진사과에도 노상 떨어지고 생원과에도 번번이 떨어져 가문의 수치가 된 지 오래되었어도 내 참고 참았다만 이제는 아예 저잣거리에 나가 문중에 욕을 보이니 도대체 무슨 심보로 그리하는 것이냐. 네놈이 아주 실성한 것이냐, 이 경을 쳐도 시원치 않을 놈아!”

당숙부의 호통에 이어 백부, 숙부는 물론 육촌 형, 심지어는 이종, 고종 종제까지 분기탱천해 고함을 질러대자 권중언은 마당에 납작 엎드릴 수밖에 없었다.

“벼슬자리에 나가지 못했으면 조용히 은거하여 책이나 읽을 노릇이지 네놈 하나로 말미암아 이제 우리 문중은 고개를 들고 다니지 못하게 되고 말았구나! 이 죽일 놈아! 죽은 네 아비가 이 자리에 있다면 네놈을 얼마나 치욕스럽게 생각하겠느냐! 어서 맹세하여라. 다시는 가문에 욕된 짓을 하지 않겠다고.”

“그, 그게.”

"어허, 이놈이 아무래도 물고를 내야 제 잘못을 깨닫는단 말이냐? 더 이상 저자에 나가 삿된 짓을 하지 않겠다고 어서 고하지 못할까?"

권중언이 대답을 하지 못하고 망설이자 욕설과 함께 발길질이 날아들었다. 성미가 불같은 육촌 종형이었다.

"이 자식이 보자 보자 하니까 돈에 환장한 놈이네. 이 쌍놈의 새끼야, 네놈 한 놈 때문에 자식들 혼삿길이 줄줄이 막힐 게 눈에 안 보이냐? 너 그 짓 또 할 거면 아예 족보 파고 나가버려!"

육촌 종형을 시작으로 무수히 날아드는 발길질과 욕설에는 권씨 문중의 진정한 분노가 담겨있었다. 조선 팔도에서 권문세가를 꼽자면 청송 심씨, 풍양 조씨, 진주 하씨, 안동 권씨, 여흥 민씨, 파평 윤씨의 여섯 가문을 꼽을 수 있는데 이 중에서도 안동 권씨는 다른 가문과 달리 학문의 깊이로 인정받는 문벌이라 자존심을 꺾인 이들의 분노는 진정 하늘을 찔렀다.

"그만요! 그만 멈추세요!"

안방에서 겁에 질려 부들부들 떠는 어머니 최 씨를 꼭 붙들어 주고 있던 숙현이 날 선 목소리와 함께 나섰다.

"아버님은 죄 없어요. 제가 한 일이에요. 저는 그 일에 한 점 부끄러움이 없습니다. 잘못한 일이 아니에요."

"무어라?"

"그게 어째 잘못이에요? 비 오는 날 몸을 적시지 않은 채 열심히 농사짓고 제 할 일 하는 사람들이 잘못이라는 거예요? 아니면 아늑하게 갈 길 가는 사람이 잘못이라는 거예요?"

"무슨 소릴 하는 거냐?"

"그 사람들 죄 없어요. 그 사람들이 죄 없다면 그런 기발한 비옷 만들어 주는 사람도 죄가 없는 거예요."

"네가 만들었다고?"

"저는 얼마 전 어떤 분으로부터 그런 옷을 얻었어요. 그 옷을 입고 비 오는 날 나섰는데 그 상쾌함이 이루 말할 수 없었어요. 삼베 저고리 하나 걸친 듯 가볍지만 비는 단 한 방울도 안으로 못 들어와요. 그날은 비가 세차게 내려 경주 부사님을 비롯해 모두 물에 흠뻑 젖었지만 그 옷을 입은 저는 물 한 방울도 젖지 않았어요."

"필시 명나라에서 들어온 것이로구나."

"천만에요. 그분이 만든 거예요. 그리고 저는 연잎을 따 그분이 말해주신 이치에 따라 비옷을 만들었어요. 그게 뭐가 잘못이라는 거예요?"

"이 발칙한 것이! 너는 양반이 그런 걸 만들어서는 안 된다는 걸 모르느냐? 네 애비 에미가 그것도 안 가르쳤느냐?"

"그게 도대체 왜 안 된다는 거예요? 양반이 일하면 안 된다는 법도가 얼마나 우스운 줄 모르세요? 양반이 일을 안 하면 결국 힘없고 가난한 사람들 걸 빼앗아 먹어야 한다는 이치가 눈에 안 보이세요? 그런 양반이 도적과 다를 게 뭐예요?"

"저런 못된 것이, 이놈아, 어서 네 딸년 아가리 틀어막지 못하겠느냐?"

무수한 발길질에 피를 흘리며 나동그라져 있던 권중언은 몸을 일으키려 했으나 머리가 어지럽고 몸에 힘이 붙지 않았다. 그러면서도 그는 허공에 팔을 저으며 숙현을 말리려 몸부림쳤다.

"양반이 일을 않고 종일 책만 읽어대는 건 땀 흘려 모은 남의 재산을 빼앗기 위한 수단이라는 생각 해본 적 없으셔요? 우리 권씨 문중이 학문으로 이름이 높다면 무엇보다도 먼저 이러한 잘못된 제도를 조리로 밝혀야 하지 않겠어요? 그리고 더 큰 과오가 있어요."

이제 어느 정도 정신을 차린 권중언은 숙현의 입을 막으려 엉금엉금 기어 왔지만 숙현은 두 눈을 똑바로 뜬 채 말을 이어갔다.

"조정을 보셔요. 신하들 간의 편 가름이 마치 갈라진 강줄기 같지 않나요? 내 편 잘못은 대들보라도 눈에 들어오지 않고 상대편 잘못은 티끌이라도 태산 보듯 하지 않나요? 왜 그런가요? 혼자서는 아무리 유능해도 벼슬자리 지킬 힘이 없으니 파당 지어야 하고 저편 벼슬자리 빼앗아야 내 편이 벼슬을 하니 그런 것 아닌지요? 대가 이어질수록 양반 수는 점점 늘어가고 벼슬자리는 한정되어 있으니 양반이 계속 이렇게 일을 안 하면 결국 조선은 당파 싸움으로 날을 지새우다 망하고 말 거예요.”

“뭐, 뭐라! 보자 보자 하니 저년의 망발을 더 이상 차마 들을 수가 없구나! 저년을 잡아 주리를 틀어야겠다. 형틀이 누구 집에 있느냐? 어서 형틀을 대령하라!”

“주리뿐입니까? 인두로 아가리를 지질 년입니다.”

“저건 역적이나 하는 말 아니냐. 이거 바깥에 소문이라도 나면 큰일이다. 어서 서둘러 족보에서 끊어내야만 할 년이다!”

“저 아가리를 그냥 두면 한양 의금부에서 나올 듯싶습니다!”

난생처음 들어본 숙현의 말에 문중 어른들은 대경실색해 혀를 차고 욕지거리를 내뱉고 형틀을 가져오느라 허둥댔으나 숙현은 눈을 내리깐 채 미동도 하지 않았다. 하지만 권중언은 부들부들 몸을 떨며 무릎을 조아린 채 빌고 또 빌었다.

“백부님, 숙부님, 형님, 이건 모두 제 잘못입니다. 제가 올

바로 가르쳐야 했는데 소홀히 한 때문에 이리되었으니 이건 모두 제 잘못입니다. 앞으로 다시는 이런 일이 없도록 할 테니 족보에서 파버린다는 말씀만은 거두어 주십시오.”

그럼에도 문중 어른들의 분노가 줄지 않자 안방에서 문틈으로 내다보던 권중언의 부인 최 씨가 버선발로 달려 나와 권중언 곁에 무릎을 꿇었다.

“백부님, 그리고 어르신들. 예로부터 딸자식은 그 어미를 따른다 하였으니 저야말로 벌받을 년입니다. 무슨 벌을 내리셔도 달게 받겠으니 제발 안동 권씨 족보만은 지키고 살게 해주십시오.”

해가 중천에 이르도록 부부가 싹싹 빌었으나 노소를 막론하고 문중 사람들의 분노는 조금도 식을 줄 몰랐고 속히 대령한 형틀에 권중언을 묶으려 드는 무리도 있었다. 뼈대 있는 양반 문중은 외부의 권속이 함부로 손대지 못하는 대신에 문중 내에 형을 다스리는 형틀을 준비해 두기도 했었던 것이다.

그러나 문중의 가장 연장자인 백부와 참찬 벼슬을 한 당숙은 곤장을 치거나 주리를 틀었다가는 소문이 크게 날 것을 염려했다. 소문이 나면 숙현이 내뱉은 위태한 발언은 자칫 문중에 크나큰 부담으로 올 수도 있을 것이었다. 이들은 귓속말을 나눈 후 권중언 부처와 숙현을 선영에 유배시키기로 했다.

"이놈 중언아, 일찍 죽은 네 아비를 보아 이번만큼은 네놈의 대과를 눈감아 주기로 하였으니 너희 셋은 선영에 올라가 한 달간 뉘우치고 오도록 하라!"

백부의 이 말에 권중언은 깊이 머리를 조아렸고 부인 최 씨는 숙현이 뭐라 반발할까 봐 얼른 숙현을 끌어당겨 주저앉히고는 손바닥으로 숙현의 입을 틀어막았다.

부모가 죽으면 죄인을 자처하며 묘소 근처에 움막을 짓고 길게는 삼 년간 매일 아침저녁으로 제사를 지내기도 하는 터라 한 달간의 유배는 권중언 부부에게는 일도 아니었다. 하지만 우환은 역시 숙현이었다. 권중언과 부인 최 씨는 숙현을 달래고 달래 간신히 움막에서 한 달간의 묘살이를 마치고는 만면에 희색을 띠었다. 하지만 집에 돌아온 권중언 부부는 벌어진 입을 다물지 못했다. 쌀가마니로 가득 찼던 앞뒤 뜰이 깨끗이 비어버린 것이었다.

"헉! 이게 도, 도대체 어떻게 된 일이냐!"

"아니, 아버님, 모르고 계셨어요?"

"어떻게 된 일이냔 말이다."

"문중 어른들이 다 가져가셨어요."

"누구 맘대로? 어디로?"

“수십 댁 하인들이 와서 실어 갔으니 다 나눠 가진 듯합
니다. 저희는 족보에서 안 내쫓기는 대가로 아버님께서 그리
하신 줄로만 알았는데요.”

“뭐? 내가!”

부자간 대화를 듣고 있던 부인 최 씨의 곡소리가 온 마당
을 울렸다.

“이런 도둑놈들이 있나! 그래 온갖 점잔이란 점잔은 다
떨던 문중 어른이란 것들이 앞다퉈 쌀가마를 도적질해? 그
게 안동 권씨냐? 너희들이 진정 안동 권씨냔 말이다!”

이를 지켜보다 방으로 들어간 숙현의 웃음소리가 최 씨의
곡소리를 삼켜버렸다.

“아하하, 하하!”

이어 책장 넘어가는 소리, 책 집어던지는 소리와 함께 “시
경”, “서경”, “논어”, “맹자”, “주자가례”, “중용”, “대학” 할
것 없이 주옥같은 문헌 서책들이 밖으로 내던져졌다. 평소
같으면 혼비백산하여 이 위대한 문헌들을 집으려 허둥거렸
을 권중언 부부이지만 이번에는 잠자코 지켜만 볼 뿐 아무
말이 없었다. 숙현의 움직임이 끝나자 멈추었던 부인 최 씨
의 통곡이 다시 이어졌다.

“숙현아, 내 딸 숙현아. 제발 이 어미 원수 좀 갚아다오.
제발 윤 대감이든, 하 대감이든 이 나라 제일가는 권세가와

보란 듯이 혼인하여 이 원수를 갚아다오. 안동 권씨가 조선 육 대 가문이라지만 사실 글 읽는 학자 많은 거밖에 뭐 있느냐! 진짜 권세가란 임금과 혼인한 파평 윤씨나 당상관이 열 명도 넘는 진주 하씨 아니냐? 바로 윤교찬 선비나 하영번 선비 말이다. 너만 마음먹으면 둘 중 누구든 택할 수 있는데 도대체 왜 그렇게 에미 애비 속을 썩이는 거냐? 네 눈에는 저 불쌍한 동생들이 안 보이는 거냐? 못 먹어 허옇게 버짐이 핀 얼굴이 안 보이냔 말이다. 저런 도적들한테 상거지 소리 들어가며 이 집 저 집 헤픈 웃음 팔아가며 뼈 빠지게 일하고 겨우 쌀 두 되 얻어 오는 이 에미가 불쌍하지도 않은 거냐? 덕보 이 쌍놈의 새끼, 내 곧장 달려가 한 석 아홉 말은 도로 가져와야겠다.”

최 씨가 당장이라도 뛰쳐나가려 하자 숙현이 밖으로 나왔다. 그녀의 눈길이 권중언의 얼굴과 최 씨의 얼굴을 지나 간절한 바람을 담은 동생들의 얼굴에 머물렀다. 짧은 시일이나마 그간의 깊은 시름을 떨쳐냈던 환한 얼굴은 어느새 사라지고 다시금 어둡고 우울한 낯빛으로 애타게 누이를 바라보는 동생들의 눈길은 애처롭다 못해 처연하기까지 했다. 숙현은 담담한 목소리로 말했다.

“그러지 마세요, 어머니. 그러면 우리도 저들과 똑같은 사람 돼요. 한번 주었으니 그건 분명 덕보 아범 것이에요. 그리고 저는 하 선비에게 답서를 쓰겠어요.”

“뭐라고? 하 선비에게 답서를 쓰겠다고! 하 선비, 하영번 선비에게 말이냐? 오오, 그랬구나. 네가 윤교찬보다는 하영번에게 마음이 있었구나. 암, 하영번이 백번 낫고말고.”

눈물에 절어있던 최 씨의 목소리가 순식간에 환성으로 돌변했다. 놀라기는 권중언도 마찬가지였다. 그는 거듭거듭 숙현을 향해 고개를 숙였다.

“고맙다, 숙현아. 고마워. 조선 천지에 너 같은 효녀가 또 어디 있단 말이냐. 이 못난 애비 만난 게 네 팔자일 뿐이지. 고맙다, 참으로 고맙다.”

사신 강백창

　며칠째 비가 이어지던 국경, 회색빛 먹구름이 압록강 위로 드리워졌다. 강물은 장대비를 머금어 거칠게 흐르고, 강기슭의 버드나무들은 물길에 반쯤 잠겨 늘어진 채 가녀린 잎새들이 윙윙 소리 내어 울고 있었다. 강 저편에서 사신단의 행렬이 희미하게 모습을 드러냈다. 비에 젖은 붉은 깃발이 바람결에 축 늘어졌고, 방울 달린 말들은 질척이는 흙탕길을 힘겹게 밟으며 서서히 압록강 변으로 다가왔다.

　의주 강안진에는 이미 조선의 관리들이 비를 맞으며 줄지어 서있었다. 영접을 맡은 의주 부윤은 비에 흠뻑 젖은 관복 자락을 틀어쥐며 먼발치에서 사신단을 바라보았다. 얇은 갓을 통해 빗방울이 쉴 새 없이 흘러내렸고, 젖은 도포 자락이 무거운 듯 몸에 달라붙었다.

"명나라 사신께서 강을 건너실 채비를 마친 듯합니다."

"그렇구나."

의주 부윤은 기대 반 걱정 반의 표정이었다. 어떤 인물이 사신으로 오느냐에 따라 자신의 운명이 결정되기 때문이었다. 그는 길게 한숨을 내쉬고는 빗속에서 영선을 살폈다. 영선은 명나라 사신의 안전하고 편안한 도강을 위해 조선이 마련한 배로 단순한 도강의 목적을 넘어 조선이 명나라 사신을 얼마나 정중하게 대우하는지를 보여주는 표징이었다.

"저런, 이 일을 어쩐단 말이냐!"

한동안 영선을 지켜보던 의주 부윤은 안절부절못했다. 멀리서 봐도 사신 일행을 태운 영선이 거세게 출렁이는 강물에 의해 좌우로 크게 흔들렸기 때문이었다. 지켜보는 동안 빗살이 더욱 거세졌고 바람까지 휘몰아쳐 사공들은 연신 노를 움켜쥐며 안간힘을 쓰고 있었지만 아랑곳없이 넘실거리는 물살에 배는 멋대로 춤을 췄다. 빗줄기가 시야를 가리는 가운데 조선의 영빈단은 긴장된 얼굴로 숨을 죽이며 이 광경을 지켜보았다.

마침내 질척거리는 땅을 밟은 사신 강백창은 젖은 관모를 벗으며 잔뜩 짜증 난 목소리를 내뱉었다.

"황제께 이 조선이 충심을 다하고 있음을 고하고자 하였건만, 영접이 이리도 어설퍼서야 되겠는가?”

의주 부윤은 가슴이 철렁했다.

“죄를 다스려 주옵소서.”

강백창이 불쾌한 기색을 한껏 드러내며 느릿하게 가마에 몸을 싣자 빗줄기 속에서 의주 관아로 향하는 행렬이 시작되었고, 길가에서 비를 맞으며 기다리던 백성들이 땅에 엎드렸다. 하지만 강백창의 눈빛은 냉랭하기만 했다. 가마가 의주 관아에 이르자 붉은 깃털이 꽂힌 화려한 갑옷의 포교들이 검을 교차시켜 사신을 영접하는 예를 취했다. 그러나 가마에서 내린 강백창은 냉랭한 표정을 풀지 않았다. 가마 곁을 지키던 포교가 얼른 죽산을 씌우고 한양에서 올라온 영접관 예조판서가 깊이 허리를 숙이며 인사를 올렸지만 강백창의 입가에는 비릿한 웃음만 스쳤다.

“이토록 비가 퍼붓는 날 어찌 나루터에 모래 한 줌 깔지 않았단 말인가?”

터무니없는 트집에 예조판서는 다시금 허리를 숙였다.

“송구하옵니다. 미처 대비하지 못한 점, 사신께서 널리 양해해 주시길 청하옵니다.”

그의 목소리는 쏟아지는 빗속에서 무겁게 울려 퍼졌고 늘어선 조선의 관리들은 젖은 옷자락을 부여잡은 채 고개를 떨구었다.

"영접관은 옷을 벗으라!"

강백창의 한마디에 움찔한 예조판서는 앞으로 나섰다. 그는 사색이 된 얼굴로 모래를 깔지 못한 죄를 변명하려 했지만, 말문이 트이기 전에 강백창의 손짓이 떨어졌다.

"저놈의 옷을 벗기고 매 열 대를 쳐라!"

강백창의 일갈에 그를 수행한 위졸들이 나서 억센 손아귀로 예조판서의 목을 틀어쥔 채 옷을 벗겼고 이어 매질이 시작되었다. 위졸 하나가 들고 있던 채찍으로 무자비하게 그의 등을 내리치자 예조판서는 비명을 삼키고 쓰러졌다. 이를 보는 강백창의 눈빛은 차가웠고 조선 관리들의 얼굴은 침묵 속에서 더욱 창백해졌다.

강백창은 본래 조선 사람이었다. 그는 열두 살 때 명나라에 바쳐진 공녀들과 함께 압록강을 건너 북경으로 향했다. 북경에 도착하자 모든 것이 낯설고 두려웠으며 거세까지 당하였다. 황궁의 성벽은 하늘을 찌를 듯했고, 거대한 붉은 기둥들은 자신을 압도했다. 그럼에도 명에 건너간 첫해의 기억 속에는 부모의 얼굴과 고향 마을의 풍경이 있었다. 하지만 기억은 점차 흐려지고 대신 찬란한 자금성의 황금빛 천장, 장엄한 의식들만이 그의 삶을 에워싼 풍경이 되어갔다. 차츰 그는 자신이 조선인인 것이 부끄러워졌다. 황궁의 화려한 복도, 비단으로 덮인 실내, 향이 짙게 깔린 자금성의 화원

속에서 그는 자신에게 남은 조선의 흔적을 완전히 지우고자 했고 그토록 바라던 정사가 되어 의주에 당도하자 조선인을 학대하고 싶은 욕구가 저 깊은 속에서 몸부림쳤다.

영접관인 예조판서가 호된 매질을 당한 터라 조선 조정에서는 한 품계 위인 좌찬성을 접빈사로 지정해 무악재에서 강백창을 맞게 했다. 나루터에 모래를 깔지 않은 이유로 판서가 무참히 당했다는 소식을 접한 좌찬성은 사람들을 풀어 무악재 길에 급히 멍석을 깔게 한 후 그 위에 비단을 덮어 사신의 가마꾼조차 흙을 밟지 않게 했다. 그러고는 악대를 배치하고 도총사를 비롯해 온갖 지방관들이 화려한 관복을 입고 늘어서 기다리게 했다.

둥둥둥!

요란한 북소리와 함께 사신이 탄 가마가 무악재를 넘자 좌찬성은 늘어선 모든 관리와 함께 깊이 고개를 숙인 후 잠시 편경, 편종, 대금, 거문고, 좌고 등으로 구성된 악대로 하여금 연주하게 했다. 이어 자신이 직접 말을 타고 앞에 선 후 관리들로 하여금 뒤를 따르게 해 경복궁까지 행진하니 강백창은 야릇한 미소를 띠며 길 양쪽에 엎드린 백성들을 힐끔거렸다.

강백창이 경복궁에 도착하자 임금은 왕비와 함께 광화문

앞에 나와 그를 맞았다. 임금의 뒤로는 영의정을 비롯한 삼정승, 그 뒤로는 육조판서가 두 줄로 정렬하고 그 옆으로는 판중추원사, 판의금부사가 섰고 그 뒤로는 각부의 참판과 대사헌, 대사간이 늘어서 사신을 향했다. 그 뒤로는 정랑, 좌랑, 낭청 등 끝이 보이지 않을 정도의 신하들이 모두 시립하고 있다 왕과 왕비가 깊이 허리를 숙이자 이를 신호로 일제히 무릎을 꿇고 엎드리며 우렁차게 외쳤다.

"하늘 아래 명 황제의 사신을 영접하오니 길이 평안하옵소서!"

강백창은 잔뜩 거만한 표정으로 절을 받았다.

"저를 따르시옵소서!"

다시 앞으로 나온 좌찬성이 앞장서자 강백창은 자못 오만한 표정을 숨기지 않고 그의 인도를 받아 홍례문, 근정문을 거쳐 근정전까지 앞서 걸었다. 그 뒤를 임금 내외와 청홍의 복색을 갖춘 문무백관이 따르니 장중하면서도 침묵이 짙게 깔린 행렬이었다.

근정전 앞에 선 강백창이 느릿한 동작으로 품속에서 조서를 꺼내자 왕과 왕비는 무릎을 꿇은 채 허리를 숙이고 문무백관은 땅바닥에 머리를 댄 채 대기했다. 강백창은 조서를 읽으며 조선이 바쳐야 할 공물로 말과 소, 금은, 삼베, 비단, 약재, 향료, 인삼, 종이 등을 언급한 다음 마지막으로 모두가 깜짝 놀랄 한마디를 내던졌다.

"황제를 모실 공녀 세 명을 바치라. 다만 공녀는 반드시 양반 출신으로 외모가 출중해야 하니 내일부로 전국에 금혼령을 내리고 신속히 뽑으라. 하지만 그 미색이 하늘을 뒤덮는 여인이라면 양반이 아니어도 괜찮으니 반상 구분 없이 모든 백성 중에 샅샅이 찾으라!"

조서 낭독이 끝나자 모든 문무백관이 깊이 고개를 숙여 복종을 표시했다.

"황은이 망극하옵니다."

강백창이 근정전에서의 조서 낭독을 끝내고 빈청에 들자 사람들이 긴 줄을 이루었다.

"물렀거라, 좌참찬 댁에서 오신 분이다!"

줄을 선 사람들이 자리를 열어주자 잠시 후에 더욱 우렁찬 음성이 들렸다.

"병판 대감 댁에서 오셨다."

소리가 한 번 날 때마다 맨 앞줄에서부터 자꾸 순위가 바뀌더니 결국 정일품 집의 청지기부터 종일품, 다음으로 정이품, 종이품의 순으로, 어전 조회 때와 똑같은 순서로 청지기들이 늘어섰다. 이들은 한결같이 노비를 거느렸는데 모두 희귀한 예물을 들고 진 채였다. 강백창은 들어온 예물이라고 모두 받지는 않았다. 수행원이 끝없이 들어오는 예물을 가려 진귀하고 희귀한 것만 들이고 나머지는 그대로 돌려보내자, 예물이 받아들여진 청지기와 노비들은 의기양양해 목을 꼿꼿이 세웠고 퇴짜 맞은 청지기와 노비들은 등을 굽힌 채 고개를 숙이고 돌아섰다. 순서를 따지는 건 예물만이 아니었다. 정일품인 영중추원사, 판중추원사를 비롯해 종일품인 좌찬성, 우찬성, 정이품인 각 조의 판서들, 종이품인 참판들, 대사헌, 정삼품인 대사간까지 당상관 이상의 벼슬아치들이 빽빽이 늘어서 강백창을 알현하려 하니 이것은 조선 조정을 그대로 명나라 사신의 빈청 앞에 옮겨놓은 바와 다름없었다.

강백창뿐만이 아니었다. 강백창의 아버지 집에도 예물을 지참한 관리들이 줄을 섰는데 차이가 있다면 강백창이 머무는 빈청을 찾아간 인물들이 죄 정삼품 이상인 당상관이었다면 강백창의 아버지를 찾아간 사람들은 거의 당하관들인 점이었다.

도승지는 이 모습을 보고 크게 개탄하며 임금에게 아뢰었으나 임금이라고 도리가 있을 리 없었다. 백성을 조공으로 바치는 걸 무엇보다 싫어했던 임금은 명의 무리한 조공을 거역하려 한 적이 있었으나 아무 소용이 없었다. 국조가 명과의 관계를 사대로 확고부동하게 못 박은 데다 조정 관료

들뿐 아니라 온 나라 선비들이 주야로 공자를 읽고, 사서삼경을 읽고, 주자를 읽어대며 명 황제를 모시는 데 있어 조금이라도 어긋나면 임금이라도 용서치 않겠다는 기세로 덤벼드니 어찌할 도리가 없는 것이었다.

임금은 어둑해진 경회루를 거닐었다. 달빛이 어린 연못에 붉은 꽃잎이 떨어져 있었다. 임금은 환한 보름달을 올려다보며 한동안 말이 없었다.

"도승지, 공녀를 내놓으라니 이 일을 어찌 처리하면 좋은가?"

"반상을 가리지 말라니 사신이 조선 사람인 게 오히려 독이 되었사옵니다."

"사신이 내일부로 금혼령을 내리라지만 일단 혼약을 맺은 이들은 제외하도록 하라."

"그리는 아니 될 것이옵니다. 그리하시면 사신의 표독함으로 보아 반드시 크나큰 우환을 일으킬 것이옵니다."

"하지만 실제 혼인을 약속한 규수를 명에 공녀로 보낼 수는 없지 않은가."

"이 일은 반드시 말썽이 될 것이옵니다. 자칫하면 되로 줄 걸 말로 주어야 할까 두렵사옵니다. 사신은 여간 험악하지 않은 자로 나루터에 모래를 깔지 않은 트집으로 예조판서를 채찍으로 내려쳤사옵니다. 행여 전하께 해가 미칠까 심히 우려되옵니다.”

“사신이 모르게 하면 되지 않는가?”

“황송하오나 조정에는 자신을 조선의 신하이기에 앞서 명 황제의 신하라 생각하는 인물들이 즐비하여 자칫 일이 커질까 몹시 두렵사옵니다.”

“으음!”

임금은 가슴이 아팠다. 금혼령. 이것이 얼마나 많은 집안의 고통과 비극을 초래할지는 안 봐도 훤한 일이었다.

그날 밤 임금은 좌의정 맹사성을 불러 술잔을 기울였다. 맹사성은 태조와 대립했던 최영 장군의 손녀사위로 내력을 따지면 역적이었으나 임금은 그를 중용하여 의정부의 가장 책임 있는 자리까지 맡긴 것이었다.

“좌상, 한 잔 쭈욱 들이켜고 철령위의 속사정을 얘기해 주시오.”

철령위란 맹사성의 처조부인 최영이 관련된 일로 만약 이런 대화를 나눈 사실이 조정에 새어 나간다면 큰 파문을 일으킬 것이었다. 임금은 문무백관의 거센 반대를 무릅쓰고 최영의 손녀사위인 맹사성을 고집스럽게 발탁했는데 사실 이것은 태조에 대한 반역이었고 무엇보다도 명에 대한 반역이었다.

“조심스럽사옵니다, 전하.”

“괜찮으니 편히 얘기하시오.”

맹사성은 주위를 살폈다. 비록 임금의 처소라 하나 말 한 마디만 밖으로 새어도 곧 큰 변고로 이어질 수 있는 일이었다.

“명 태조께서 원을 몰아내고 요동을 지배하게 되자 고려에 통첩하기를 철령을 경계로 하여 이남은 고려 땅이고 이북은 명의 땅이라는 교서를 보내왔사옵니다.”

“철령은 어디를 말함인가?”

임금은 익히 알면서도 다시 물었다.

“전하, 철령은 요양위와 심양위 사이 요동 땅에 있는 큰 산령이옵고 철령위는 거기에 세운 명나라의 군사 거점이옵니다.”

“그런데?”

“이에 처조부께서 격노하시어 온 나라의 힘을 거두어 오만 정병을 일으키고 태조께 요동 정벌을 명하셨사옵니다.”

맹사성이 따르는 술을 받는 임금의 눈가에 잔잔한 미소가 번졌다.

“오호, 요동 정벌을!”

임금은 일부러 목소리에 힘을 주며 요동 정벌이란 말을 되뇌었다.

“그렇사옵니다.”

그러나 임금의 얼굴에 번지던 미소는 곧 사라지고, 형언할 수 없는 미묘한 눈빛만이 남았다.

“그런데 태조께서 회군하셨군.”

맹사성은 주위를 둘러보며 목소리를 낮추었다. 한잔하여서 그런지 임금의 목소리가 커지고 있는 게 무척 염려스러웠다.

“지금은 잊혔지만 한때 태조께서는 다시 요동 정벌을 꿈꾸셨습니다.”

“…….”

맹사성은 임금의 눈 깊숙한 곳에 무겁게 깔리는 아쉬움을 보았다. 이와 동시에 스쳐 가는 범상치 않은 결의를 본 듯도 했다. 아마도 최영의 자손이나 다름없는 자신을 발탁할 때부터 가슴속 깊이 품어온 포부일 것이었다. 이 아쉬움과 결의와 포부는 공녀 셋 주어버리면 그만인 일을 그토록 고민하고 번뇌하는 모습에 고스란히 배어있었다. 다행히도 더 이상 요동 회군과 관련한 말은 없었고 임금은 거듭 술잔만 들었다.

“그런데 양녕대군께서는 여전히 전언이 없으신가?”

“그렇사옵니다. 뿐만 아니라 이제 더 이상 여쭈어서도 아니 될 줄 아옵니다.”

"무슨 일이라도 있었는가?"

"이번에는 '날더러 자진自盡하라는 말이냐.' 하며 크게 역정을 내셨사옵니다. 틀림없이 돌아가시는 그날까지도 함구하실 것 같사오니 이제 더 이상 묻지 아니하심이 옳을 것이옵니다."

"으음!"

임금은 신음을 흘렸다. 곧이어 잔뜩 근심을 머금은 목소리가 흘러나왔다.

"그리하라. 앞으로 대군께는 절대 그 일을 거론하지 않도록 하라!"

임금에게는 왕자 시절부터 품어온 하나의 풀리지 않는 의문이 있었다. 그런데 그 의문을 풀어줄 수 있는 유일한 인물인 양녕대군은 한사코 그 답을 무덤까지 가져가겠다는 침묵 속에 있는 것이었다.

맹사성의 곤혹스러워하는 얼굴을 아득히 바라보며 세종은 한숨을 삼켰다.

소식 한 줄기

지난번 주신 서신은 반갑게 받았습니다. 마침 아버님을
모시고 한양의 당숙 댁에 다녀올 예정이라 그때 말씀주
신 대로 아버님과 함께 댁에 들르도록 하겠습니다.

숙현이 하영번에게 편지를 쓰자 집안에는 아연 활기가 돌
았다. 권중언과 동생들의 기쁨은 하늘 높이 솟구쳤고 특히
어머니 최 씨의 들뜬 기운이 온 집 안을 휘감았다.

"이제 되었다! 이제 되었어. 이제는 내가 안동 권씨 백일
잔치, 돌잔치, 환갑, 회갑 할 것 없이 잔치란 잔치는 온통 돌
아치며 나물이다, 떡이다, 전이다, 이 눈치 저 눈치 보아가며
슬쩍슬쩍 챙길 일도 없게 생겼다. 그래, 숙현아. 잘 생각했다.

자고로 여인은 시집 잘 가는 게 최고란다. 하영번이가 윤교찬이보다 백배는 낫다. 암, 낫고말고."

권중언이 너무 나대는 최 씨를 은근히 나무랐다.

"숙현이가 누군들 마음에 들겠소? 못난 아비 대신 집안을 건지겠다고 나선 거지. 그런데 부인, 두 사람을 보기나 했소?"

"압니다. 우리 숙현이가 좋아서 나서는 건 아니지요. 그리고 내가 그 두 사람 보고 말고가 뭐 중합니까? 집안 보고 가는 거지요. 아, 왕실하고 달랑 혼맥 하나 갖고 있는 집안과 당상관이 열이나 되는 집안의 차이를 말하는 겁니다."

"이 사람 다 된 밥에 재 빠뜨리겠네. 제발 말조심하시오. 그나저나 이 서찰이면 충분하겠지? 사돈 맺자는 뜻으로 알겠지?"

"알다마다요. 과년한 처녀가 아버지 모시고 안동에서 한양으로 올라와 총각 집을 찾아가는데 그게 달리 무슨 뜻이겠어요?"

"그런데 이거 큰일이네. 예물을 가지고 가야 할 텐데 무얼 가지고 가나? 그리고 숙현이는 또 무얼 태워서 가지? 막상 저 집에서 혼인을 하자 해도 형편 맞추기가 너무 힘드네."

"그런 걱정일랑 오뉴월 장마에 떠내려 보내요. 천하의 하현수 대감 집안과 혼인하는데 안동 권씨 문중에서 가만있겠어요? 사돈의 팔촌까지 나서서 뭐라도 내놓지.”

“맞아, 우선 이 서찰을 어떻게 보낸다? 위신 있게 보내야
할 텐데.”

숙현이 나섰다.

“샘골 충원 오라버니에게 부탁하셔요. 지난번 경주에서
하 선비와 얼굴도 익혔으니까요.”

“참, 그렇지. 그날 시회에 충원이도 왔었지. 그리고 그 집
에 말도 있어.”

권중언의 얼굴이 환해졌다. 샘골 충원은 오촌 당질로 살
림살이도 넉넉한 데다 풍채도 좋아 어디 내놓아도 부끄럽지
않은 청년이었다. 게다가 지난번 시회에도 참석했으니 이보
다 더 나은 인물을 찾을 수가 없었다.

권중언이 샘골 사촌의 집으로 출발하려 하자 최 씨가 따
라나섰다.

“대감, 같이 갑시다. 한양 하현수 대감 댁에 심부름 보낸
다고 하면 그 집 형님도 입이 귀에 걸리겠구먼. 날 보던 그
싸늘한 눈길도 싹 달라질 테지요.”

권중언은 난데없이 부인이 자신을 대감이라 부르자 당혹
해하면서도 은근히 우쭐해졌다. 하지만 그는 겉으로는 점잖
게 나무랐다.

“입조심하시오.”

숙현의 육촌 오빠인 충원은 말을 잘 다루어 누구보다도 빨리 한양 하영번의 집에 다녀왔다. 본래도 호걸풍인 그는 후한 대접을 받았는지 기분 좋은 얼굴로 권중언의 집을 찾아왔다.

"이것은 그 댁에서 당숙께 드리는 선물이고 이것은 당숙모께 드리는 선물입니다."

"아이고, 선물을 따로 보내셨구나! 그런데 우리가 보낸 꿀은 좋아하셨어?"

"네, 무척 좋아하셨어요. 그 집에 꿀이야 넘치겠지만 당숙께서 보내셨으니 좋아하는 거지요."

"그래, 그렇지."

"제게도 노자를 후하게 주셨어요. 안 받는다고 해도 얼마나 챙겨주시는지."

최 씨의 귀가 꿈틀했다.

"노자도 받았다고? 무얼 얼마나 받았어?"

충원이 어색해하자 권중언이 얼른 말을 돌렸다.

"어허! 이 사람이 참! 그래, 답장은 받아 왔나?"

"네, 여기 있습니다. 저는 먼저 가볼 테니 천천히 읽어보십시오. 그런데 숙현이는 어디 있어요?"

"아랫동네 연못가에 갔다. 걔가 갑자기 연을 좋아하는구나. 전에는 그렇게 보러 다닐 정도는 아니었는데."

충원은 한양을 다녀와 피로함에도 굳이 숙현을 찾아 나섰다. 과연 숙현은 연못가에서 연을 보며 시를 읊고 있었다.

우헐장제초색다雨歇長堤草色多
송군남포동비가送君南浦動悲歌
대동강수하시진大同江水何時盡
별루연년첨록파別淚年年添綠波

비 그친 둑길에 풀빛은 짙어가는데
그대 보낸 남포에서 슬픈 노래 읊조리네
대동강 물은 언제 다 마르려나
이별의 눈물이 해마다 물결에 스며드네

말에서 내린 충원은 숙현의 등 뒤에 가만히 서서 나지막한 목소리를 던졌다.

"하하, 낭군 소식 기다리는 규수답지 않은데."

"아, 언제 오셨어요? 먼 길에 고생하셨어요."

"그런데 이 시는 정지상 학사가 지은 거 아니니?"

"맞아요."

"오래전 고려 사람이잖아?"

숙현은 말없이 고개를 끄덕였다. 그녀의 안색에는 알 수 없는 음영이 드리워 있었다.

"표정이 왜 그래? 내가 도성까지 달려가 낭군님 서찰을 받아 왔는데. 하영번이 네게 따로 전해달라고 이 서찰을 주었어. 그런데 설마 슬픈 거야?"

숙현은 서찰을 받아 옆에 놓고는 잠시 머뭇거리다 대답했다.

"시가 참 좋네요. 묘하게 마음을 움직여요."

충원은 고개를 가로저었다.

"너 참 이상하다. 가슴 아픈 이별시나 쓰고 서찰에는 관심이 없어 보이는구나. 다른 규수들이라면 당장 열어볼 텐데."

충원은 이상한 듯 고개를 갸우뚱거리다 은근한 목소리로 물었다.

"너 사실은 하영번보다 윤교찬에게 더 마음이 있구나. 당숙부와 당숙모가 우겨서 하영번을 택하긴 했지만. 하긴 윤교찬네 집안이 하영번네 집안보다 나은 대목도 있지. 흐흐, 그런데 네가 하영번하고 혼인하면 윤교찬은 미쳐버리겠더라. 둘이 워낙 친하던데 의나 안 상할지 모르겠네."

"먼 길 갔다 왔는데 어서 집에 가요."

충원은 진정 두 사람 사이가 걱정되는 듯 한마디 더했다.

"이번에 윤교찬도 봤어. 하영번 집에 놀러 와 셋이 함께 한잔했는데 겉으로 보아서는 둘이 죽고 못 사는 사이 같았어. 참, 그런데 지난번 네게 우의 주었던 그 선비 말이야. 그 선비가 윤교찬네 집에 머무르고 있다던데.”

“네? 그 선비라면?”

숙현의 목소리에 미묘한 떨림이 감돌았다.

“경주에서 비 억수같이 오던 날 자기 입고 있던 우의 벗어서 네게 준 선비 있잖아. 하영번에게 미천한 시골 서생에 부랑자라고 놀림받던.”

“그분 시골 선비 아니었어요?”

“이유는 모르지만 윤교찬네 객사에 있다고 했어.”

“그럴 리가. 그때는 분명 둘이 모르는 사이였는데.”

“그래, 맞아. 그런데 윤혁 대감이 어느 날 집에 들였다는군. 아, 참. 서고에 있는 서책들 때문이랬던가. 그 집 장서가 산더미 같아 집현전 교리校理들이 당분간 머무른다는군. 윤 대감이 교찬에게 교리들과 종묘제례 구경을 같이 가라고 했다며 툴툴거렸어. 자기는 어차피 음서로 벼슬길 나갈 텐데 뭔 교리들이냐며.”

숙현의 눈길이 연못을 향했다. 표정은 차분했으나 설렘이 햇살처럼 입가에 번졌다. 그녀는 충원이 가고 나자 급한 손길로 문방사우를 싸서는 바삐 걸음을 옮겼다.

“뭐라고! 윤 선비에게도 편지를 쓰겠다고?”

"네."

"왜? 마음이 바뀌었니? 윤 선비가 더 나아 보여?"

"두 사람을 다 만나보아야겠어요. 좀 더 차분히 판단해 보려고요."

근심스러운 표정으로 숙현을 바라보는 권중언과 달리 최씨는 자지러지는 웃음을 터뜨렸다.

"그래, 그게 맞다. 좀 더 확실히 알아보는 게 맞아. 얼마 전에 그 웃골 권 생원도 충주 박 부자 댁과 혼사 맺었다가 지금 후회막심이라잖니. 부잣집인 줄 알고 혼사를 치렀는데 막상 가서 살아보니 빈털터리였다더라. 이 사람들 집안은 그럴 리 없는 금성철벽이지만 그래도 모르는 일이니 두 집 살림을 속속들이 파보거라."

"허어, 이 사람이! 숙현아, 이건 잘못하면 우리 집이 큰 위험에 빠질 수 있다. 괜히 헛맘 먹기 전에 한 집안은 확실히 잘라야 해."

숙현이 이제까지와는 달리 가벼운 표정으로 말했다.

"오히려 그 반대일 수도 있어요. 한양에 올라와 하 선비 댁에만 들르고 갔다 하면 윤 선비가 실망이 크겠지요. 하 선비 댁에서는 저녁을 같이하고 종묘제례 구경은 윤 선비와 같이 가면 이번 한양행이 어느 한쪽의 손가락질 받을 일은 없을 거예요."

근심에 차있던 권중언은 숙현이 방에 들어가 편지를 써 오자 그런대로 고개를 끄덕였다.

한양 가는 길에 아버님 모시고 하 선비님 댁에 잠시 들르기로 하였습니다. 마침 종묘제례가 그 무렵인데 윤 선비님께서 제게 구경을 시켜주실 수 있을는지요.

한양 가는 길

충원이 종각 앞에서 기다릴 것이라는 윤교찬의 답장을 받
아 오자 숙현은 바로 집을 나섰다. 노자를 겁냈던 권중언은
부인 최 씨가 수완 좋게 문중에서 가마를 지원받고 예물도
충실하게 조달하자 표정이 환해졌다.

"대감, 꼭 성사시키고 오셔야 합니다."

"여부가 있겠소? 그런데 하 대감 댁만 가는 게 맞지 않나
하는 생각에 심히 우려되오."

"그건 그렇지 않아요. 다다익선이라 하지 않습니까?"

"글쎄, 나는 끝내 어느 한 집 원한을 살까 봐서 걱정이오."

"그래서 숙현이가 윤 대감 댁에는 행렬 구경을 같이 가자
한 것 아닙니까? 두 집을 착실히 비교해 보고 하나 택하면

그걸로 끝이지 그게 무슨 원한거리가 된답니까?”

“하긴, 내가 너무 조바심을 냈나 보오. 그럼 잘 다녀오겠소.”

숙현은 동네 어귀까지 나와 작별하는 동생들을 보자 가슴이 뭉클했다.

“다녀올게.”

기대를 가득 머금은 동생들과 눈을 마주치기 싫어 숙현은 고개를 옆으로 돌리고 말았지만 마음속으로는 어떻게 해서든 동생들을 살리겠다고 스스로에게 다짐하고 있었다.

숙현이 탄 가마는 안동에서 출발해 북서쪽으로 방향을 잡았다. 예천을 지날 때는 맑은 내성천이 유유히 흐르는 풍경을 보며 두보의 시를 떠올렸고 함창에서는 드넓은 들판이 황금빛으로 물들어 가는 가을의 풍요로움을 한눈에 담을 수 있었다. 문경에 이르러서는 웅장한 산세와 울창한 숲이 어우러진 절경이 그녀를 맞이하였다. 새재를 넘을 때는 시원한 바람이 불어와 길에서 쌓인 노곤함이 가셨고 산새들의 지저귐이 그녀의 귀를 즐겁게 하였다.

충주에 이르자 남한강 강변을 따라 늘어선 은행나무들이 바람에 살랑거리는 모습이 한 폭의 그림 같았고 여주에서는 비옥한 평야와 그 사이를 흐르는 강줄기가 어우러져 한가하면서도 아련한 풍경을 자아냈다.

"이제 이천이다."

이천에 도착하자 권중언은 신이 나는지 숙현을 가마에서 내리게 해 벼가 익어가는 널따란 들판을 손으로 가리켰다.

"여긴 쌀이 좋아 밥집들이 많단다. 나도 예전에 과거 보는 선비들과 한양 다닐 때면 꼭 여기서 밥을 먹곤 했다."

"대과에 나갔던 적도 있으셔요?"

"아니, 나는 평생 한 번 소과에 합격한 적도 없으니 대과를 볼 일이 있을 리 없지. 하지만 한양에는 자주 갔었다. 소과에 합격한 문중 아우들이 많다 보니 내가 인솔해 다니곤 했었어. 허드렛일도 해주면서."

숙현은 웃었다. 이제는 초연해져 마음 편히 아픈 기억을 꺼내놓는 아버지가 그저 고마웠다.

"오늘은 여기 밥집에서 행장을 풀고 하룻밤 자자꾸나."

권중언이 주가酒家에 들어서자 한 여인이 온 얼굴에 반가운 기색을 띠며 종종걸음으로 분주히 다가왔다.

"에그, 이게 누구야. 권 진사님 아니셔."

"진사는 무슨. 복시에 합격한 적이 없는데."

"그래도 내게는 진사님이유. 세상만사 받아들이기 나름 아니에요?"

"여기는 내 딸 숙현이야."

"에구머니나! 세상에 이렇게 예쁜 따님이 있으셨구나. 내

당장 중매 서야겠어요. 오늘 맞선 보면 내일 혼인하자는 집안이 조선 천지에 차고 넘치겠구먼.”

주모는 한창 말하다 말고 자신의 입을 손으로 가렸다.

“아차, 금혼령 내렸지.”

“금혼령이 그리 무서워?”

“그래, 몰랐수? 한양에서 멀리 떨어져 사시니까 그거 하나는 좋네. 여기는 금혼령 때문에 처녀들이 씨가 말랐어. 일절 밖에 나오질 않는다니까.”

“왜, 잡아가나?”

“잡아가기만 하면 양반이지, 한양은 명나라 놈들이 집집마다 찾아다닌대요.”

“원, 저런!”

“따님도 조심하시우. 이런 천하절색이 어딜 그렇게 돌아다녀요?”

“애는 양반인데 뭘 걱정해?”

“아, 반상을 가리지 않는다니까요.”

순간 권중언의 얼굴이 노래졌다. 안동에서는 금혼령이 내렸다는 소식 정도에 그쳐 내막을 몰랐지만 고향 떠난 곳에서 붙들리면 꼼짝 못 하고 잡혀갈 수밖에 없다 생각하니 이제까지의 즐거움은 싹 사라지고 얼굴에 짙은 근심의 그림자가 드리워졌다.

"한양에 어디 아는 사람 없수? 힘깨나 쓰는 사람 말이우."

"그러면?"

"아무래도 낫지. 낫고말고. 아, 하현수 대감이나 윤혁 대감 같은 사람 알면 털끝만큼도 걱정할 건 없어요. 누가 감히 그런 이름을 무시할 수 있겠수, 이 조선 땅에서."

"어흠, 내 딸이 바로 그분들……."

숙현이 옷자락을 잡아당기는 바람에 권중언은 하는 수 없이 말을 멈추었다.

"어쨌든 한 상 차려 와. 좁쌀 둥둥 띄운 막걸리 한 사발하고."

숙현은 안동에서와는 판이하게 다른 모습의 아버지를 보자 자꾸 웃음이 났다. 군자의 덕이라는 가리개를 벗고 주모와 거리낌 없는 대화를 나누는 아버지는 솔직하고 친근하고 재미있는 사람이었다. 숙현은 과거에 거듭 실패한 아버지에게 품었던 은근한 원망이 다 사라지는 느낌이 들었다.

광주를 거쳐 한양에 도착한 권중언은 종로에 살고 있는 사촌의 집을 찾아갔다. 한 살 아래인 그는 일찍이 과거에 붙어 한양에서 벼슬살이를 하고 있기는 했으나 종팔품에서 더 이상 올라가지 못하고 있었다. 권중언과는 워낙 어렸을 때부터 친했던 터라 그는 권중언 부녀를 크게 반겼다.

"형님, 뭘 이런 걸 다 가져왔어? 내 집에 오는데 맨몸으로 와야지.”

“이번에 좀 오래 있을지 몰라 큰 신세 지겠네.”

“방도 많으니 염려 말고 있어. 숙현이는 정말 예뻐졌구나. 언제 이렇게 천하절색으로 컸을꼬.”

“감사해요.”

그는 이미 친지들로부터 기별을 받아 권중언 부녀가 하현수 대감을 만난다는 사실을 알고 있었다.

“하 대감 댁 큰 자제가 정신 못 차리는 게 무리도 아니네. 시장할 텐데 어서 진지 드세.”

며칠 푹 쉰 권중언과 숙현은 때맞춰 도착한 충원을 앞장세워 하현수 대감 집으로 갔다. 충원은 으리으리한 기와집 앞에 서서는 망설임 없이 대문을 두드렸다. 바로 대문이 열리고 충원과 안면이 있는 행랑아비가 나와서는 몸을 낮추어 맞이했다. 이어 청지기가 부리나케 달려 나오고 그 뒤로 십여 명의 노비가 줄지어 고개를 숙이자 권중언은 처음 받아 보는 환대에 잠시 놀랐지만 이내 입가에 여유로운 미소를 띠며 고개를 끄덕였다.

기별을 받은 하영번이 달려 나와 머리를 조아렸다.

“어르신, 아버님께서 이른 아침부터 안절부절못하고 기다리셨습니다. 어서 안으로 드십시오.”

이어 그는 충원과 반갑게 인사를 나누고 나서 여비에게 숙현의 신발을 벗기라 일렀다. 숙현은 손짓으로 여비를 물리고 스스로 신발을 벗은 후 다소곳이 고개를 숙인 채 걸음을 옮겼다. 여섯 간도 더 되어 보이는 대청을 지나자 방 앞에서 기다리고 있던 하영번의 아버지가 큰 소리로 반겼다.

"제가 하현수올시다. 먼 길 와주시어 감사합니다. 힘들지는 않으셨는지요?"

"권중언입니다. 염려해 주신 덕분에 편히 오긴 하였으나 이천쯤 오니까 금혼령 운운하며 양반집 규수도 잡아간다기에 당혹스러웠습니다."

"허허, 그런 일이 있으셨군요. 앞으로는 제 이름을 대면 어떠한 탈도 없겠습니다."

방으로 들어가자 분주히 여종들을 부리던 하현수의 부인이 권중언과 반절을 한 후 숙현의 손을 잡았다.

"네가 숙현이구나. 과연 우리 영번이가 눈이 멀어 보챌 만도 하다. 어서 이리 앉거라."

권중언이 넌지시 일렀다.

"먼저 큰절을 드려야지."

숙현이 하현수 내외에게 예를 올리자 하영번도 권중언 앞에 나아가 큰절을 했다.

"장인께 인사드립니다."

"허허, 아직은 과분한 호칭이네."

이어 하현수가 푸짐하게 차려진 상 앞으로 권중언을 이끌었고 이내 두 사람은 술잔을 주고받았다.

"가벼이 얼굴만 뵈려 했는데 이렇게 환대를 해주시니 몸 둘 바를 모르겠습니다."

"무슨 말씀을, 사돈어른이 오셨는데 당연하지요. 이제 한양에 집이 한 채 생겼다 생각하십시오."

한껏 기분이 고조된 권중언은 하현수가 던지는 말 한마디 한마디에 더욱 들떠갔다. 그럴 때마다 두 사람은 술잔을 주고받았고 종내 별말이 다 오갔다.

"이제 이 조선 팔도에서 사돈을 건드릴 자는 아무도 없습니다. 혹 안동에 불편한 놈이 있다면 지금 이 자리에서 말씀만 주십시오. 그런데 안동 부사는 사돈께 잘하는지요?"

"예, 안동 부사는 제게 잘합니다. 암, 그렇고말고요. 우리 집안이 안동에서는 그래도 뼈대가 굵지요. 부사들은 오고 갈 때마다 우리 집에 인사를 옵니다. 우리가 벼슬을 안 해서 그렇지 글은 평생 읽었거든요."

"아무렴, 그렇고말고요. 그런데 숙현이가 시를 그렇게 잘 짓는다면서요? 그게 다 아버지에게서 나오지 어디서 나오겠습니까?"

"나는 벼슬이 싫습니다. 그래서 초시만 치르고 복시니, 대과니 하는 건 아예 보지를 않았어요. 그래도 고향 사람들이 나를 진사님이라 부릅니다. 벼슬이 아니라 내 학식이나 인품을 보고 그리 부르는 것이겠지요."

"그렇고말고요. 제가 관상을 좀 보는데 사돈께서는 벼슬길에 나섰으면 능히 판서에 오르고도 남을 분이올시다."

"하, 사돈께서 관상까지 보십니까?"

"좀 배웠습니다."

"하하, 판서라니 과찬이십니다. 사실 사람들이 진사라 불러주어 그리 듣고 있습니다만, 나는 권 초시라 불리는 게 맞지요. 초시밖에는 안 쳤으니까요, 허허, 벼슬에는 연연하고 싶지 않아서 말입니다, 사돈."

권중언은 방금 들었던 판서라는 말에 굳이 자신이 초시임을 강조했다. 뿐만 아니라 굳이 존칭을 쓰지 않았다. 이는 까마득한 사돈 앞에서 기죽지 않으려는 그 나름의 버팀이었다.

"허허, 판서 같은 초시입니다."

"내가 벼슬길에 나섰으면 지금쯤 함께 나랏일 걱정하며 한잔 나누고 있지 않겠습니까?"

"그러다마다요."

권중언은 한참 도를 넘은 얘기를 하고 있었지만 숙현은 제지하고 싶지 않았다. 며칠 전 이천에서 주모와 양반이라는 허울을 벗고 얘기할 때 그리 편해했듯이 지금 아버지는 평생 한 번 만나지도 못할 사람을 상대로 자신이 꾸었던 꿈 이야기를 하는 것이었다. 보기에 늘 안타까웠던 아버지의 삶이니만큼 숙현 자신만 부끄러움을 견디면 될 일이었다.

"사돈, 그러면 아예 날짜를 잡으실까요?"

하현수는 어차피 상대의 집안 같은 건 안중에도 없었기 때문에 숙현이 마음에 드는지라 바로 날을 잡으려 했다.

"그런데 하 대감."

권중언은 취한 중에도 중요한 얘기가 나오자 갑자기 호칭을 바꾸며 꿈에서 깨어나는 듯했다.

"네, 사돈."

"그게 참, 우리 안동 권가는 문중에 어른들이 구름같이 모여있습니다. 하여 반드시 문중에 여쭈어야 하니 날을 잡는 건 요다음에 하기로 하시지요."

"설마 문중에서 반대할 리가 있겠습니까?"

"당연히 그럴 일은 없을 겁니다. 하지만 우리 권가는 이런 큰일을 어른들께 여쭙지 않고 결정하면 족보를 파는 경우도 생깁니다. 진주 하씨는 안 그렇습니까?"

"아, 예, 우리도 어른들께 여쭙기는 하지요."

당연히 앉은 자리에서 승낙할 줄 알았던 시골 선비가 문중 운운하며 즉답을 회피하자 하현수는 기분이 나빴지만 일방으로 우길 일은 아닌지라 고개를 끄덕일 수밖에 없었다.

"그러면 오늘 폐를 끼쳤습니다."

떨떠름한 표정으로 권중언과 맞절을 마친 하현수는 숙현의 절을 받고서야 마음이 풀어졌다. 어딜 봐도 하나 나무랄데 없는 규수인 데다 칠칠맞지 못한 아버지가 망언에 가까운 얘기를 쏟아내도 표정 하나 바꾸지 않고 묵묵히 듣는 모습은 정말 마음에 들었다.

"그럼 속히 답변 주시기 바랍니다."

하현수는 충원의 말에 있는 대로 선물을 싣도록 한 다음 대문 앞까지 나와 배웅했다. 권중언 일행이 돌아가고 나자 하현수는 혼자 하늘을 보고 중얼거렸다.

"저런 아비에 어떻게 저런 여식이 났을꼬."

탑돌이

종묘제례 날이 다가오자, 숙현은 전날부터 잠을 이루지 못했다.

"참, 신묘한 분."

새벽녘에야 살포시 잠이 들었다가 눈을 뜬 숙현은 창호 사이로 스며드는 은은한 빛을 받으며 그의 모습을 떠올렸다.

흰 속옷 차림의 숙현은 가느다란 손가락으로 머리를 쓸어 올리며 작은 청동거울을 집어 들었다. 거울에 비친 그녀의 얼굴은 아침의 고요함처럼 평온하고 단정했다. 참빗을 들어 밤새 풀린 머리를 조심스럽게 빗어 올리며 숙현은 깊은 한숨을 내쉬었다. 그날 만났던 그의 모습이 새삼스럽게 선명히 다가오는 것이었다. 그는 어떤 연유로 윤교찬 집 객사에 머무르게 되었을까. 의문이 꼬리를 무는 가운데 머리를 단정히 정리한 숙현은 방 한쪽에 곱게 개켜두었던 순백의 속치마와 비단 치마저고리를 겹쳐 입고 옷고름을 고르게 맸다.

조반을 마친 숙현은 육촌 언니와 함께 길을 나섰다.

"여기가 종각이야."

종각이라는 말이 귀에 들어오자 숙현의 눈빛이 달라졌다. 눈을 내리깐 중에도 주변을 분주히 살피던 그녀의 눈길 안으로 몇 사람의 사내가 들어왔다. 분명 윤교찬과 그를 수행하는 노비였다. 급히 좌우를 훑던 숙현의 눈은 어느새 맥이 풀리고 말았다. 교리들도 그 선비도 없는 것이었다.

"숙현 아씨!"

윤교찬의 목소리가 들리고 그가 데리고 온 수행 노비들이 허리를 굽히며 인사를 올리는 목소리가 들렸지만 선비의 모습은 어디에도 없었고 그의 목소리 또한 귀에 들어오지 않았다.

"편히 오셨습니까? 요 잠깐 기다리는 동안에도 저는 눈이 빠지는 줄 알았습니다."

"네."

절절한 윤교찬에 비해 숙현의 대답은 짤막했지만 윤교찬은 이런 숙현의 모습이 더 좋았다. 그간 셀 수도 없을 정도로 많은 기녀와 규수를 보아왔지만 숙현처럼 뭐라 말하기 힘든 조용한 기품과 결기를 함께 가진 여인은 처음이었다. 그 아취는 단지 얼굴이 예쁘거나 가문이 좋다 해서 가질 수 있는 게 아니었다. 윤교찬의 머리에 경주에서 숙현이 지었던 글이 떠올랐다. 그 자리에서 그런 비범한 글을 내놓을 사람은 조선 천지에 아무도 없을 것이었다. 먹을 조용히 갈면서 보는 이들의 애를 태우다가 과감하게 한 행을 순식간에 써 내려간 그 과단성이라니, 그것도 여인의 몸으로.

"이분은 누구신지요?"

"육촌 언니예요."

윤교찬은 유난히 공손하게 몸을 낮추는 숙현 또래의 처자에게 마주 예를 갖추었으나 이미 눈길은 곧장 숙현에게로 돌아가 있었다. 윤교찬은 이 여인 숙현만 곁에 둘 수 있다면 더 바랄 것이 없다고 여기며 손을 들어 멀리서 다가오는 제례 행렬을 가리켰다.

뎅— 덩—

편종과 편경 소리가 희미하게 들리더니 이어 악공들이 먼저 나타났다. 그들의 옷은 화려하지 않았으되 색이 분명했고, 손과 손 사이의 간격, 발과 발 사이의 거리가 정확히 같았다.

그 뒤로 문무백관의 행렬이 이어졌다. 문관은 검붉은 관복에 학이 수놓인 흉배와 패옥을 차고 있었으며, 무관은 단정한 붉은색 전복戰服 위에 화려한 장식이 달린 환도와 등채를 지니고 있었다. 제례 행렬의 정중한 격조로 인해 백관 중 누구도 옆을 보지 않았고, 고개를 들지도 않았다. 다만 흐린 날씨에 갑자기 밀려온 추위로 길 양옆에 구경 나온 백성들이나 아이들은 몸을 웅크렸다.

행렬은 육조거리의 끝자락에 이르자 길을 동쪽으로 틀며 종로에 들어섰다. 숙현과 윤교찬이 있는 종각 앞에는 이미 사람들이 겹겹이 모여있었다. 상인들은 좌판을 접은 채 행렬을 향해 목을 길게 빼고 서있었고, 여인들은 아이의 손을 더욱 꼭 붙잡았다.

잠시 후 모습을 드러낸 상감의 가마는 결코 화려하지 않았다. 장식은 절제되어 있었으나 장중한 위엄을 뿜어내는 그 가마가 지나가는 자리에는 아이들의 숨소리마저 낮아졌다. 숙현은 윤교찬이 데려온 노비들의 뒤로 몸을 숨겼고 이와는 반대로 윤교찬은 사람들을 헤치고 맨 앞줄에 나가 거듭 고개를 숙였다. 행렬 중 아무도 그를 바라보지 않았으나 그는 이따금 숙현을 힐끔거리며 과장스럽게 고개를 숙이고 또 숙였다.

"갑작스러운 추위에 행렬이 너무도 빨리 지나가 버렸습니다. 낭자께서 일부러 오셨는데 참 안타깝기만 합니다."

"괜찮습니다. 잘 보았어요."

"멀리서 한양 구경을 오셨다가 이대로 가시기는 너무도 아쉬우니 요 바로 앞에 있는 흥천사라도 들렀다 가시지요."

망설이던 숙현은 앞장서는 윤교찬의 뒤를 따랐다.

흥천사는 태조가 계비 신덕왕후를 위해 지은 원찰로, 너무도 빨리 지나가 버린 제례 행렬의 아쉬움을 달래주기에 적합했다. 게다가 지금 윤교찬과 헤어지면 이름도 모르는 그 선비를 다시는 볼 수 없을 것만 같아 숙현은 복잡한 심사를 발걸음에 담았다. 윤교찬은 앞장서 천왕문 안으로 발걸음을 들여놓으며 연신 활기찬 목소리를 내밀었다. 사람이 넘치는 종각보다 이 고즈넉한 사찰에 당도하자 기분이 훨씬 좋아졌던 것이다.

"흥천사는 이 사대천왕이 참으로 좋습니다. 웅장하지는 않아도 왕실의 원찰답게 화려하지요."

"네."

"동서남북의 네 방향에서 수미산을 지키는 이 천왕들은 용을 다스리고 검과 보주를 갖고 있지요. 그런데 동방을 수호하는 지국천왕은 색다르게 비파를 들고 있는데 그 뜻을 혹시 아시는지요?"

"아니요."

"조화입니다. 남방 증장천왕이 검으로 세상을 제압하는

데 반해 이 양반은 비파를 뜯어 만물을 조화롭게 함으로써
세상을 평화롭게 이끈다는 거지요."

"네."

숙현의 가슴속 깊은 곳에서 헤아릴 수 없는 실망이 일었
으나 무슨 연유로 교리들은 종각에 나오지 않았는지, 아니
어째서 그 선비와 같이 오지 않았는지 물어볼 수는 없는 노
릇이었다. 감추지 못한 마음은 말끝을 흐리게 하고 태도마저
한결 잠잠하게 만들었다. 이러한 기색을 눈치채지 못할 윤교
찬이 아니었다. 그는 아무렇지 않은 얼굴로 말을 이어가며
아는 바를 늘어놓았으나 숙현의 낯빛이 가라앉은 까닭이 하
영번에게 있으리라 지레짐작하였다.

"참, 하 대감 댁에는 다녀오셨는지요."

"네."

"그 댁에서 아주 잘해주셨겠습니다."

"네."

윤교찬은 사람 사이의 형편을 살피는 데에 유난히 밝은
인물이었다. 누구에게도 미움받거나 해가 되지 않는 언행으
로 불편한 형편을 해결하는 데는 타고난 재주가 있었다. 그
의 이런 매끄러운 처신은 말과 태도가 단순한 하영번과는
자연스레 대비되었다.

"하 대감은 참 훌륭한 분이시지요. 영번이는 부친 덕을 참

많이 보는 친구입니다. 사고 칠 때마다 부친이 나서 막아주니까요. 언젠가는 기생과 살림을 차려 그걸 떼어놓느라 온 집안사람들이 혼쭐이 났었지요."

"네."

은근한 험담을 던지고 난 윤교찬은 숙현이 하영번에 대해 큰 관심이 없는 듯 보이자 기분이 좋아졌다. 그는 하영번과 자신이 숙현을 두고 맞서고 있음을 알고 있었기에 오늘 이 자리에서 그녀의 마음을 단단히 붙들어 맬 작정이었다.

"저기 탑돌이를 하는군요. 탑을 돌면서 소원을 비는 거지요. 같이 하는 게 어떻습니까?"

숙현은 육촌 언니의 손을 잡아끌었다.

"네. 언니, 우리 같이 탑돌이 해."

"그래."

윤교찬은 숙현과 둘이서만 탑돌이를 하고 싶었으나 아쉬움을 삼킨 채 앞에 섰다.

"저는 숙현 아씨와의 백년해로를 빌려 합니다."

"……."

"하하, 숙현 아씨가 무슨 소원을 빌지 묻지는 않겠습니다. 다만 지성이면 감천이라고 열심히 빌면 부처님 법력이 숙현 아씨에게 미치지 않겠습니까? 가시지요, 날이 추우니 서둘러야겠습니다."

두 여인이 고개를 끄덕이자 윤교찬은 신이 나 걸음을 뗐다. 왕실 사찰 흥천사는 불교를 억제하려는 조정의 기조 속에서 만들어진 터라 탑 또한 다층 석탑이 아니라 종 모양의 단순하고 둥그런 탑이었다. 고승이나 왕실 인사의 사리를 봉안한 사리탑이니만치 부처님 진신 사리를 모신 탑처럼 신통력이 있을 리는 없었다. 그럼에도 윤교찬을 벗어나 홀로 생각할 시간이 필요했던 숙현에게는 여느 대탑 못지않은 소중한 탑이었다.

"나무석가모니불! 옴마니밧메훔! 백년해로 비나이다!"

윤교찬은 사방에 들릴 정도의 큰 소리로 주문을 외고 탑을 돌며 간간이 장난스럽게 뒤를 돌아다보았다.

"세 바퀴를 돌았으니 이제 그만하실까요?"

윤교찬은 불가에서는 불, 법, 승의 삼보를 공경한다는 말을 구실로 삼아 지금은 세 바퀴가 알맞다고 덧붙였다.

숙현이 육촌 언니를 향해 가만히 눈짓하자 그녀는 윤교찬을 따라 걸음을 멈춘 후 그가 이끄는 대로 대열에서 벗어났다. 그러나 숙현은 그대로 자리에 남아 아무 말 없이 다시 탑을 돌기 시작했다. 물끄러미 그 광경을 바라보던 윤교찬은 특유의 처신으로 서운한 속내를 감추며 추위를 피할 수 있는 가림막으로 육촌 언니를 인도했다.

"하하, 일곱 번을 돌려 하시는군요. 하지만 날도 추운데 아홉 번까지는 욕심내지 말고 가림막으로 오십시오.”

“바랄 게 많아서요.”

숙현이 가볍게 대답하고 계속 걸음을 옮기자 윤교찬은 설핏 고개를 숙이고는 아무 말 없이 돌아섰다. 두 사람이 사라지자 숙현은 마음이 편해졌다. 하지만 한편으로는 훨씬 생각이 복잡해지기 시작했다. 그 선비가 윤교찬과 같이 종묘제례 행렬을 구경하기로 되어있었다는 충원의 말이 잘못된 것일까. 하지만 충원의 말에 따르면 윤 대감은 분명 윤교찬에게 교리들과 함께 제례 행렬을 보라 했다는데, 그런 말은 충원이 함부로 지어낼 수 있는 게 아니었다. 머리가 어지러운 가운데 숙현은 염불만을 외었다.

“석가모니불, 석가모니불.”

숙현은 오직 하나의 염원을 머리에 그리며 탑을 돌고 또 돌았다. 누가 들을세라 결코 입 밖에 낼 수 없는 염원이었지만 쉴 새 없이 탑을 돌며 그 선비의 안녕을 빌고 또 빌었다. 어차피 자신은 하영번이나 윤교찬 둘 중 한 사람과 혼인할 수밖에 없는 운명이었고 이 기도가 그를 위해 자신이 할 수 있는 마지막 일이라 여겨지자 탑을 도는 걸음마다 마음은 점점 간절해졌다. 입 밖에 낼 수 없는 바람이었기에 그 간구는 말 대신 숨결에까지 스며들었다.

“옴마니밧메훔! 옴마니밧메훔!”

숙현은 주문을 외면서 탑돌이 횟수를 열심히 세었다. 백팔 번. 이 횟수는 염원이기도 했고 씻어야 할 번뇌의 숫자이기도 했다. 무언가를 바라면 번뇌가 생기는 게 세상의 이치라고 설파한 부처가 신통하게 다가오면서도 한편으로는 원망스럽기 짝이 없었다. 처음으로 무언가 바라는 것이 생겼건만 그것이 지워야 하는 번뇌라니. 잠깐 마주친 사람을 이렇게 간절히 그리는 자신이 우스웠지만 그는 분명 자신에게 새로운 세상을 느끼게 해준 사람이었다.

"이름 모를 선비님, 강녕하시기를."

숙현은 이제 이 백팔 번의 탑돌이를 끝으로 그를 마음에서 완전히 지우고자 결심했다.

"아씨!"

숙현은 갑자기 뒤에서 들려온 텁텁한 목소리에 흠칫 놀랐다. 분명 윤교찬의 목소리는 아니었고 그 선비의 목소리도 아니었다. 숙현이 뒤를 돌아보자 윤교찬을 수행해 온 노비한 사람이 뭔가를 내밀었다.

"아침에 객사 손님이 오늘 날씨가 갑자기 춥다고 아씨께 이걸 드리라 했습니다요."

숙현의 귀가 번쩍 뜨였다.

"객사 손님이요? 그분이 누군지요?"

"경주에서 뵌 적 있다 말씀드리면 기억하실지도 모른다

했습니다요. 그분 성명은 한, 석, 리, 한석리 나리이십니다
요.”

“아!”

숙현은 머리가 어찔하며 넘어질 것 같았지만 간신히 자세
를 바로잡았다.

“그런데 이게 뭐죠?”

“이걸 몇 번 흔들라 하셨습니다요. 오늘 날씨가 갑작스럽
게 추워져 이게 큰 도움이 될 거라 하셨습니다.”

숙현은 노비가 건네주는 색동 주머니를 받았다. 손에 꼭
들어오는 예쁜 주머니였다. 숙현은 그 사람에 관해 물어볼
게 너무도 많았다. 어떤 연유로 윤교찬 집 객사에 머무는 것
인지, 왜 오늘은 나오지 않았는지까지 묻고 싶은 게 끝이 없
었다. 하지만 노비는 윤교찬이 있는 쪽을 힐끔거리며 낮은
목소리로 말했다.

“작은 어른 눈에 안 띄는 게 좋겠습니다요.”

노비의 말에 숙현은 곧바로 윤교찬이 왜 그 선비와 같이
나오지 않았는지 짐작할 수 있었다. 경주에서의 그날, 그 비
가 쏟아지는 와중에도 그 선비를 마구 핍박하던 하영번과
분노를 교묘히 숨기던 윤교찬의 표정이 선명하게 떠올랐다.

“꼭 감사하다고 전해주세요.”

노비는 마음이 급한지 얼른 대열에서 벗어나 바삐 걸음을

124

옮기며 고개를 끄덕였다. 간신히 고요해졌던 숙현의 마음이 급격히 요동치기 시작했다. 우선 그의 이름이 한석리란 걸 알게 되었다는 것만 해도 얼마나 큰일인지 몰랐다.

한석리.

숙현은 입속으로 이 이름을 몇 번이나 되뇌었다. 한석리 였구나. 돌처럼 단단하면서도 고향 마을 같은 정취가 묻어나는 이름이었다. 부처님을 향한 염원에 그의 이름이 들어가자 좀 더 생생해졌고, 부처님이 이 이름만큼은 기억해 두었다가 나중에라도 소원을 들어주실 것만 같았다.

이름을 알게 되자 그의 내력이 더욱 궁금해졌다. 그는 대체 어떤 연유로 윤교찬의 집 객사에 머물고 있으며 무얼 하는 사람일까. 탑돌이를 하며 궁금증을 키워가던 숙현은 이내 고개를 가로저으며 헛된 바람을 밀어내고자 했다. 부질없는 일이었다. 그녀는 연달아 세차게 고개를 저으며 입 밖으로 가느다란 염불 소리를 흘려냈다.

"관세음보살, 나무아미타불!"

한석리라는 이름이 마음을 어지럽히는 가운데 숙현은 손에 쥔 색동 주머니를 내려다보았다. 조금 전 노비가 했던 말은 참으로 이상했다. 날씨가 추워 보내는 것이니 몇 번 흔들라고. 숙현은 가만 그 뜻을 헤아려 보았으나 도무지 알아챌 수 없었다. 갑작스러운 추위와 이 조그만 주머니가 도대체 무슨 관계가 있다는 건지 짐작이 가지 않았다.

"아!"

문득 숙현은 고개를 끄덕였다. 날이 추우니 손을 펴지 말고 주먹을 쥐라는 뜻이리라. 그때 주먹 안에 뭔가 들어있으면 좀 더 낫다는 뜻일 것이었다. 숙현은 색동 주머니를 꽉 쥔 채 계속 걸음을 옮기다 구태여 주머니를 흔들라 했던 노비의 예사롭지 않은 당부를 다시 떠올렸다. 그냥 손에 쥐는 것과 쥐고 흔드는 것 사이에 무슨 차이가 있을 것인가. 하지만 그게 선비의 당부인 바에야 따르지 않을 이유가 없었다. 숙현은 주머니를 위아래로 몇 번 흔들어 보았다.

"어머!"

숙현의 눈이 놀란 황소 눈처럼 둥그레졌다. 너무 놀란 나머지 숙현은 얼른 오른손에 쥐었던 색동 주머니를 황급히 왼손으로 옮겼지만 놀라움은 가시지 않았다. 아니, 그것은 단순한 놀라움이 아니었다. 생각지도 못했던 다른 세상과의 접촉이었다. 숙현은 색동 주머니를 얼어붙은 뺨에 대고, 귓가에 대고, 코에 대고, 손등에 갖다 댔다. 안에 불덩이라도 있는 듯 말할 수 없이 따뜻하였다.

"참으로 신묘한 분이시군요!"

자기도 모르게 입 밖으로 새어 나온 소리에 숙현은 얼른 손을 들어 입을 막았다. 하지만 너무도 경이로운 색동 주머니에 눈이 가는 순간 숙현은 혼잣말을 이어가지 않을 수 없었다.

"이게 무슨 조화인가요, 선비님은 어디서 오신 분인가요."

숙현은 색동 주머니를 더욱 큰 동작으로 흔들어 보았다. 쥐고 있기가 힘들 정도로 주머니는 뜨거워졌고 파랗게 얼어붙은 손과 얼굴은 금세 녹아들며 따스한 기운이 가슴에까지 흘러들었다.

"옴마니밧메훔! 옴마니밧메훔!"

숙현의 주문이 점점 격렬해졌다.

"대자대비하신 부처님, 이제 마지막 백여덟 바퀴를 올리옵니다. 원하옵건대 한석리 선비님의 앞길을 자비로 인도하시어 그분의 앞날이 광영으로 뒤덮이게 하시옵소서."

색동 주머니

백여덟 번의 탑돌이를 마치고 일행이 기다리는 가림막으로 돌아온 숙현은 윤교찬의 눈초리가 자신이 쥐고 있는 색동 주머니로 향하는 것과 동시에, 그 주머니를 가져다준 노비의 안색이 몹시 어두운 것을 발견했다.

"탑돌이를 백팔 번이나 하셨나 봅니다, 숙현 아씨."

싸늘한 표정의 윤교찬은 금세 얼굴을 풀며 웃음기 가득한 인사를 던졌다. 그러나 그 변화가 너무도 찰나적이었기에 숙현은 곧 마음 가득 근심에 휩싸였다. 노비의 낯빛으로 미루어 보아 윤교찬은 노비가 그녀에게 색동 주머니를 건네는 모습을 보았을 터였고 그것이 한 선비의 부탁이었음도 알아냈을 것이었다. 그렇지 않다면 노비의 얼굴빛이 이토록 어두울 리 없고 윤교찬의 눈길이 저리도 차가울 까닭이 없었다.

"네, 죄송해요."

"무슨 말씀을요. 그간 언니 되시는 분과 즐거운 대화 많이 나누었습니다."

윤교찬의 눈길이 육촌 언니를 향하자 약간 들떠있던 그녀는 수선을 떨며 무슨 얘기를 나누었는지 주워댔다. 하지만 숙현은 단순한 그녀가 윤교찬의 내심을 읽을 정도가 안 되는 걸 번연히 아는지라 근심을 떨쳐낼 수 없었다.

"그래, 무슨 소원을 비셨는지요? 저와 마찬가지로 백년해로를 비셨을까요?"

"호호, 그건 비밀이에요."

윤교찬은 이제껏 침묵이나 다름없는 짤막한 답변만 하던 숙현의 입술에서 처음으로 웃음이 흘러나오자 기분이 좋아졌다.

"탑돌이 하시는 중 주지께서 다녀가셨습니다. 따뜻한 차를 주셨으니 어서 한잔 드시지요."

윤교찬이 마침 노비가 가져온 차를 건넸고 숙현이 고개를 숙여 차를 받자 그의 기분은 더욱 나아졌다.

"하하, 부처님의 원력이 숙현 아씨께 닿았나 봅니다. 제가 아까 날이 추워도 숙현 아씨 얼굴이 한여름 나팔꽃같이 환히 펴지게 해달라고 빌었거든요."

"감사해요."

숙현은 윤교찬을 화나게 해서는 안 된다는 일념과 이 교활한 사람과 함부로 말을 섞으면 안 된다는 정리되지 않은 마음 사이에서 번민하지 않을 수 없었다. 자신이 두 남자에게 다 마음이 없는 상태에서도 윤교찬이 아닌 하영번에게 답서를 쓴 것은 그의 이런 안팎이 다른 성격을 어느 정도 느꼈기 때문일 터였다. 그런데 지금 그가 한 선비에게 분노와 질투를 품었다 생각하니 어떻게 상대해야 할지 더욱 조심스러웠다.

"또한 부처님의 법력이 닿아 숙현 아씨가 부친과 함께 우리 집도 한번 찾아주도록 원하기도 했습니다."

"아버님은 안동으로 내려가셨습니다."

"아, 아쉽군요. 아버님께서 하 대감 댁에 들르긴 하셨으나 숙현 아씨와 제가 종묘제례를 같이 구경하기로 하였기에 집안에서는 전혀 염려치 않고 있습니다만."

윤교찬은 묘한 화법을 구사하는 사람이었다. 그의 말인즉 당신들은 하영번과의 혼인을 함부로 결정해선 안 된다는 뜻과 다름없었고 만약 그럴 경우 책임을 져야 할 것이라는 은근한 압박조차 가해오는 것이었다.

"네, 아버님은 하 대감님께 문중 어른들과 의논하셔야 한다고 답하셨어요."

"그러셨군요. 그 대답은 거절의 뜻을 밝히신 것이겠습니다. 이제 부처님 원력이 작용하면 아버님이 제게 더욱 관심을 주실 겁니다. 그런데 우리 집에서도 속히 아버님을 모시려 하는데 어느 날을 잡는 게 좋으실는지요."

"아버님이 하 대감 댁을 한 번 찾아뵙긴 하였으나 워낙 원행인 데다 문중 어른들과 상의할 일도 있고 하여 당분간은 다시 한양에 올라오실 계획이 없으신 걸로 압니다."

"그러면 제가 부친을 모시고 안동으로 내려갈 수도 있겠습니다."

"저희는 워낙 가세가 빈한하여 아버님께서는 손님을 들이지 않으십니다."

"부처님 원력이 작용하신 만큼 이제 달라지셨을 겁니다. 아버님께 우리 집에 올라오시든지, 아니면 제 아버님이 내려가시든지 두 길 중 하나밖에 없다고 말씀드려 주세요. 하하하."

숙현은 숨을 턱턱 막히게 하는 윤교찬의 언변이 한마디씩 튀어나올 때마다 한 선비에게 화가 미치지는 않을지 끔찍하기만 했다. 이 사람이 자신의 마음을 꿰뚫어 보고 있다는 건 이제 명약관화했다.

날도 차고 볼 것은 다 본 터라 숙현은 윤교찬과 흥천사 입구에서 헤어졌다.

집으로 돌아온 윤교찬은 걷잡을 수 없는 분노에 사로잡혀 숯불을 피우고 인두를 달구게 했다. 세도가에서는 형틀을 꺼내는 것보다 빠른 게 인두를 달구는 것이라 형벌에 인두를 사용하는 일이 많았고, 이날 윤교찬의 분노는 하늘을 찌를 듯했다.

"네 이놈!"

벌겋게 달아오른 인두를 눈앞에 둔 노비는 겁에 질려 몸을 파르르 떨었지만 힘센 노비들 여럿이 꽉 움켜잡고 있는지라 옴짝달싹하지 못한 채 머리를 수도 없이 조아렸다.

"다시 묻는다. 아씨에게 준 색동 주머니를 객사에 있는 그놈이 줬다는 거지?"

"그, 그렇사옵니다."

"한석리 그놈이지?"

"그렇습니다요."

"분명히 네게 대신 전해주라고 했겠다?"

"바로 그렇습니다요. 소인은 아무것도 모르고 나리의 부탁을 들어주었을 뿐입니다요."

"그래, 네가 이실직고했으니 얼굴에 손을 대지는 않겠다. 여봐라, 저놈의 어깨를 지져라."

윤교찬의 독기 서린 목소리가 후원에 울려 퍼졌다.

"제발, 작은 어르신, 이놈이 죽을죄를 지었습니다. 한 번만 용서해 주십시오.”

“용서했으니 어깨만 지지는 것이다. 어서 지져라!”

윤교찬의 명에 따라 벌건 인두가 노비의 어깨에 닿는 순간 지지직 살이 타는 소리와 함께 비명이 터졌다. 어쩔 수 없이 팔을 잡고는 있어도 한솥밥을 먹는 노비들은 얼굴을 찡그리고 눈을 감았지만 윤교찬의 얼굴엔 오직 질투로 얼룩진 냉소만이 서릴 뿐이었다.

“한석리는 어디 있느냐?”

“서고에 계십니다.”

“으음!”

윤교찬은 부친의 하는 양을 도통 이해할 수가 없었다. 서고의 책을 살피러 온 교리들을 객사에 데려다 놓고 살갑게 대하는 데다 이번에 종묘제례도 같이 가라고 한 분부는 전혀 이해가 가지 않았다.

“집안 내력도 없는 놈이!”

부친 앞에서는 그러겠다고 했지만 집현전 교리들이란 도저히 종묘제례에 같이 갈 깜냥들이 아니었다. 더군다나 숙현과 만나는 약속이 있는 바에야 더더욱 그러했다. 그런데 한석리라는 놈이 감히 색동 주머니를 숙현에게 전달토록 했다는 사실은 도저히 그냥 지나칠 수 없었다. 예전 경주에서 만났을 때는 숙현 앞이라 점잖게 대했으나 기실 그때도 그놈을 짓이기고 싶은 마음은 하영번보다 결코 작지 않았다.

"서고에 가서 한석리를 불러와라!"

윤교찬은 켕기는 데가 없지는 않았으나 가슴속 깊은 곳에서부터 치밀어 오르는 분노를 감당할 수가 없어 냅다 고함을 질렀다. 사실 자신이 그를 다루려면 먼저 부친의 승낙을 얻어야 했다. 하지만 오늘 놈이 보인 해괴한 짓을 알면 부친도 얼마든지 동조할 것이라며 자신감을 끌어올렸다.

"무슨 일이오?"

서고에 있던 석리는 자신을 찾는다는 말에 읽던 책을 접어둔 채 후원에 당도했다. 그는 시퍼렇게 피어오른 숯불과 눈물로 범벅이 된 노비의 몰골을 보자 사태를 짐작한 듯 윤교찬을 노려보았다.

"이게 무슨 짓이오. 저 사람은 죄가 없으니 당장 풀어주시오."

석리의 당당한 눈빛을 대하자 윤교찬은 거의 미쳐버릴 듯했다.

"네가 이놈을 시켜 숙현 아씨에게 색동 주머니를 주었느냐?"

석리의 눈길이 노비의 어깨로 옮겨 갔다. 껍질이 짓무른 살 사이로 피가 흘러내리는 것이 눈에 들어왔다.

"저 인두가 네놈 눈깔엔 안 보인단 말이냐? 어서 말하라!

어서 말하란 말이다! 삿된 연정을 품어 알록달록 어여쁜 색
동 주머니를 숙현 아씨에게 주었단 걸 왜 토설하지 못하느
냐 말이다!”

윤교찬의 눈길은 질투로 이글이글 타올랐다.

“여봐라, 저놈 얼굴을 지져라!”

노비들은 순간 멈칫했다. 비록 작은 어른의 분부이긴 했
으나 상대는 선비인데 함부로 형을 가해도 될지 망설여졌기
때문이었다.

“이 쌍놈의 새끼들아, 어서 지지라 하지 않느냐! 어서 지
지란 말이다. 어서! 어서!”

노비들은 주춤거리며 할 수 없이 석리의 팔을 잡았다. 사
실 그런 판단은 자신들의 몫이 아니었다. 상대가 누구라 해
도 천하의 세도가인 윤 대감 댁에서 못 할 일은 없었다. 다만
노비들은 이 선비가 점잖은 가운데도 범접하기 힘든 기상이
있어 동작이 굼떴다.

“지져! 지지라고! 아니면 네놈들을 다 지져버릴 테다!”

어쩔 수 없이 노비들이 석리를 꽉 잡아 앉히려는 다음 순
간 여기저기 비명이 줄을 이었다.

“어헉!”

나동그라진 노비들 뒤로 소매를 털고 있는 석리를 보자
윤교찬은 저도 모르게 반 걸음 뒤로 물러서면서도 벌겋게

달구어진 인두를 집어 들었다. 모양새가 몸 쓰는 법을 상당히 익힌 듯했으나 한낱 이름 모를 선비가 감히 자신에게까지 대들 수는 없는 일이었다. 그러나 석리는 기대와 달리 윤교찬을 뚫어지게 쏘아보며 뚜벅뚜벅 걸어왔다.

"이놈이!"

"이런 사소한 일로 함부로 사람을 상하게 하니 내 너를 형조에 고발하지 않을 수 없다. 상감께서 노비 학대를 특히 엄중히 처벌하라 하셨기에 너는 장杖 오십, 도徒 이 년의 형벌에 처해지리라. 내 특별히 한성부에 말해 너를 열에 서넛은 죽는 험한 도형장으로 보내주마."

석리가 읊는 이야기는 어느 모로 보아도 어설픈 선비가 할 말이 아니었다. 심상찮은 분위기에 윤교찬은 악을 썼다.

"이놈아, 내 부친께서 그리되도록 두실 것 같으냐? 내가 누군 줄 알고 그리 협박을 하느냐!"

"네놈은 아비가 상감보다 위라 말하는 것인가? 아비가 그리 가르쳤나? 그렇다면 이 일은 형조가 아니라 의금부에서 다루어야겠구나."

석리는 화로를 발로 걸어차 버리고는 자신의 도포 자락을 찢어 노비의 어깨를 동여매 주었다. 흘낏 눈길조차 주지 않고 제 할 일만 하는 모양새에 몇 번 망설이다 결국 눈이 뒤집힌 윤교찬이 도끼눈을 뜨고 인두를 휘두르려는 찰나, 소식을 듣고 급히 달려온 청지기가 그 모습을 보고는 놀라 소리쳤다.

"멈추십쇼!"

윤교찬은 벌건 눈을 들어 갑자기 나타난 청지기를 노려보았다. 시의적절한 등장을 다행이라 여기면서도 감히 이래라저래라 외치는 꼴에 그의 입에서는 호통이 이어졌다.

"뭐라! 감히 네가 나를 막느냐! 이놈이 죽고 싶어 환장을 했구나!"

"작은 어른! 이분은 대감마님의 청으로 오셨는데 큰일 날 일입니다!"

"뭐라고! 대체 저깟 놈이 뭐기에 네가 이리도 방정을 떤단 말이냐! 부친께서도 오늘 있었던 일을 아시면 인두는커녕 작두로 저놈 팔다리를 잘라버리실 게다!"

"여하튼 절대 안 됩니다. 객사에 계신 분들은 대감마님께서 저더러 각별히 잘 보살펴 드리라 당부하신 분들입니다. 절대 허락하실 리가 없습니다!"

수십 년 봉직한 청지기는 윤교찬의 패악질을 잘 알아 얼굴이 하얘지면서도 그의 양팔을 꽉 붙잡았다. 그러고는 얼른 다른 이야기를 꺼내어 그의 관심을 돌렸다.

"그보다 손님, 손님이 오셨습니다."

윤교찬은 벌겋게 달아오른 얼굴로 내지르듯 물었다.

"손님이라니!"

“숙현 아씨라는 분이 찾아오셨습니다.”

“뭐라고!”

“누군가 문을 두드려 마당쇠가 나가보았더니 숙현 아씨라 하였답니다.”

윤교찬의 표정이 크게 엇갈렸다. 과연 숙현의 방문은 오를 대로 오른 그의 울화마저 순식간에 잠재울 만한 일이었다. 석리를 노려보다가도 대문 쪽을 바라보며 이러지도 저러지도 못하고 있던 그의 눈에 과연 숙현의 모습이 들어왔다.

“윤 선비님, 실례가 아닐는지요?”

“아, 아닙니다. 실례라니요. 그런데 어떻게.”

숙현은 살풋 웃음을 지어 보였다.

사실 홍천사에서 윤교찬과 헤어진 숙현은 사색이 다 된 노비의 얼굴과 이글이글 타오르는 윤교찬의 눈빛이 계속 머릿속에서 교차하는 바람에 발걸음이 제대로 떼어지지 않았다.

“언니, 먼저 집으로 돌아가 있어.”

“왜?”

“어디 가볼 데가 있어.”

“어디?”

육촌 언니를 먼저 보낸 숙현은 걸음을 빨리해 교동으로

향했다. 벼슬깨나 하는 집은 저마다 집에 형틀을 두고 있어 누구든 붙잡아 물고를 낼 수 있는 터였다. 권세가는 아무나 잡아 가혹한 매질을 했고 심지어는 죽인다 해도 별 탈 안 나는 세상이었다. 숙현이 한양에 올라와 있는 짧은 동안에도 야경을 도는 순라꾼이 술에 취해 길거리에 방뇨하는 사람을 막 대했다가 그의 집에 끌려가 시뻘건 인두에 눈알을 뽑힌 적이 있었다. 죄목은 양반을 몰라본 죄였다. 색동 주머니를 훑던 윤교찬의 가느스름한 눈초리와 죽을상이 되어있던 노비의 얼굴이 계속 대비되자 숙현은 뛰다시피 하여 교동 입구에 다다랐다. 교동에서 윤혁 대감 댁을 찾는 건 일도 아니었고 무작정 문을 두드리고 들어온 것이었다.

"이 색동 주머니 말이에요."

형편이 심상치 않음을 단번에 알아챈 숙현이 윤교찬에게 색동 주머니를 들어 올리자 그의 눈길이 화살처럼 쏘아졌다. 오늘의 변고를 촉발한 씨앗이었다.

"너무도 기이해요."

"그 주머니가 대체 뭐가 기이하다는 겁니까?"

"안에 뭐가 들어있는지 참 이상해요. 윤 선비님도 한번 만져보셔요."

윤교찬은 숙현이 색동 주머니를 건네자 손에 쥐었지만 별다른 반응 없이 고개를 갸웃거렸다.

“흔들어 보셔요.”

윤교찬은 숙현이 말하는 대로 여러 번 흔들었으나 여전히 아무 느낌이 없어 고개를 가로저었다. 숙현이 다시 넘겨받아 흔들었어도 주머니가 아까와는 달리 전혀 뜨거워지지 않자 눈길이 자연히 석리에게로 향했다. 석리는 무덤덤한 목소리로 숙현에게 말했다.

“수명이 다했습니다.”

“뭐? 이 주머니가 수명이 있어?”

윤교찬의 되물음에 잠시 생각하던 숙현이 고개를 끄덕였다.

“아, 그렇겠네요.”

무슨 소리인지 몰라 어리둥절한 윤교찬에게 숙현이 일러 주었다.

“이 주머니가 아까는 따뜻했어요. 세게 흔들면 뜨겁기조차 해서 추운 날씨에 언 얼굴과 손을 녹이는 데 크게 도움이 되었어요.”

“설마?”

“정말이에요. 제가 겪은걸요.”

“아니, 거기에 무슨 도깨비가 들어가 있는 것도 아니고 흔들면 뜨거워진다고? 그러고 나서는 수명이 다했다는 말입니까?”

“그렇지 않고 세세연년 뜨겁다면 말이 안 되지 않을까
요.”

“그, 그렇군요. 허허.”

처음 윤교찬은 색동 주머니를 단순한 연정의 증표라 여
겼다. 하지만 그것이 이처럼 기이한 성질을 지닌 물건이라는
사실이 밝혀지자, 하늘을 찔렀던 그의 분노는 그 명분을 잃
었다. 그는 자신이 숙현 앞에서 질투에 눈먼 소인배로 비쳤
을 걸 깨닫고는 재빨리 표정을 수습했다. 그는 무슨 일이 있
었냐는 듯 오히려 주인으로서의 여유를 가장하며 석리를 숙
현에게 소개했다.

“우리 집 객사에 한동안 머무르는 선비인데 예전 경주에
서 본 적이 있을 겁니다.”

숙현은 그제야 고개를 들어 선비의 얼굴을 똑바로 보았
다. 경주에서 처음 만난 이후 오랫동안 그리고 그려오던 얼
굴이었다. 아무에게도 말 못 하고 이름조차 모른 채 그저 속
으로만 가슴을 앓던 그 얼굴이 바로 눈앞에 있는 것이었다.
그것도 질투에 눈이 멀어있는 윤교찬의 집에.

“한석리라 합니다.”

석리는 고개를 숙였다. 기품 있는 몸짓이었다. 숙현은 경
주에서 처음 만났을 때의 모습을 떠올렸다. 그때도 이 사람

은 당당한 모습을 보였었지.

"예전 우의를 주셨지요. 참 고마웠습니다."

"보탬이 되었기를 바랍니다."

숙현의 가슴이 마구 요동쳤다. 도움뿐이겠는가. 내로라하는 양반집 자제들도 돌처럼 보던 그녀의 마음속에 이 사람과의 만남이 얼마나 큰 파문을 일으켰던가. 짧은 만남이었음에도 그 이후로 숙현은 항상 그를 그려왔다. 오늘 이 자리에 찾아온 것도 바로 그가 걱정되어서인데, 하고 싶은 말은 수백수천 마디였지만 숙현은 끝내 입술을 다물었다.

"그리고 오늘 이 기이한 주머니도요."

석리는 말없이 약간 고개를 숙여 보였지만, 그의 가슴속에서도 그동안 애써 억눌러 왔던 감정들이 거친 풍랑처럼 다시 고동치는 것을 느꼈다. 경주에서의 우연한 조우 이후 석리 역시 시도 때도 없이 떠오르는 숙현의 모습에 일이 손에 잡히지 않았다. 그때 그녀의 이름조차 묻지 않았던 것을, 그리고 그녀가 이름을 물었을 때 알려주지 않았던 것을 얼마나 후회하였던가. 그러던 중 윤혁 대감 집에 머무르며 그녀가 안동 권씨 댁의 권숙현이며 윤교찬과 하영번 양쪽 세도가의 자제들과 혼담이 오가고 있다는 사실을 알게 되어 가슴이 텅 빈 듯한 허탈감에 빠져있었다.

그러다 우연히 그녀가 윤교찬과 종묘제례에 참석한다는

애기를 듣고 자신도 모르게 종각으로 향했다. 그녀가 코앞에 있었으나 아는 체도 못 하다 겨우 안면 있는 노비에게 챙겨 온 열 주머니를 전해주라 이르고는 서고로 돌아온 참이었다.

눈치 빠른 윤교찬은 조금 전부터 묘한 사실을 깨닫고 있었다. 종일 새침하기만 하던 숙현의 말수가 부쩍 늘어난 것이었다. 신묘한 주머니였든 뭐든 그걸 숙현에게 전해주라 했던 한석리와 갑자기 말이 많아진 숙현 사이에 묘한 기운이 오가고 있음을 알아차린 윤교찬은 도리어 마음이 가벼워졌다. 남다른 머리를 가진 그는 이 형편에서 오히려 자신에게 길이 열렸음을 깨달았다.

하영번.

한석리 따위는 자신의 적이 아니었다. 어차피 혼인이란 집안이 좌우하는 대사 중 대사였다. 둘 사이 무슨 일이 있다 하더라도 숙현의 아비와 자신의 부친이 대면하면 끝날 일이었다. 하지만 하영번은 달랐다. 자신 못지않은 신분인 데다가 이미 자신보다 한참 멀리 나가고 있었다. 숙현의 아비가 멀리 안동에서 올라와 하영번의 집에 갔었다는 사실이 그걸 확고부동하게 말해주고 있는 것이었다. 윤교찬은 어차피 사라질 수밖에 없는 이 두 사람 사이의 어설픈 감정을 잘 이용해서 하영번과의 관계를 깨는 것이 능사라는 생각이 들자 크게 기분이 좋아졌다.

"한 선비가 참 기특한 생각을 하였소. 갑자기 닥친 추위에 숙현 아씨의 언 볼과 손을 녹여줄 생각을 하였다니 고맙소. 자, 두 분, 여기서 이럴 게 아니라 안으로 드시지요. 이 추운 날 뭐라도 든든한 걸 드셔야 하겠습니다. 같이 앉아 약주라도 한잔하면서 이 희한한 물건에 대한 얘기를 좀 더 해봅시다."

뜻밖의 말이었다. 게다가 윤교찬이 조금 전만 해도 인두 질을 하려던 석리에게 언제 그랬느냐는 듯 같이 약주나 한 잔하자 권하니 청지기와 노비들은 아연실색했다.

"저는 이만 가야 할 것 같습니다."

숙현이 완곡하게 거절했으나 윤교찬은 이미 숙현의 마음 을 간파하고 있는지라 소매를 잡다시피 안으로 이끌며 석리 를 불렀다.

"한 선비, 어서 같이 들어가시지요."

그러고는 청지기를 향해 분주히 명을 내렸다.

"얼른 점심상 봐 오라 이르게. 날이 추우니 갈빗국에 돼 지고기 넉넉히 삶아 묵은지와 함께 내놓게. 그리고 먼저 두 부 좀 노릇하게 구워 간장 섞은 참기름과 함께 내오게. 감태 살짝 데쳐 초장과 같이 내면 산뜻하겠구먼. 아차차, 밤과 은 행도 좀 구워 내. 음, 뭐가 또 좋을까. 아, 황태를 구워서 꿀과 함께 먹으면 쫄깃하겠네. 시원한 동치미 국물에 잣도 내와. 숙현 아씨, 뭐 좀 드시고 싶은 게 있으신지요. 뭐든 있습니다."

"저는 괜찮아요."

"한 선비는 뭐 먹고 싶은 게 없소?"

천연덕스럽게 먹고 싶은 것까지 묻는 윤교찬의 모습은 방금 전까지 분노와 질투심을 참지 못해 달궈진 인두를 휘두르며 날뛰던 사람이라고는 도저히 믿을 수 없었다.

"없소."

석리와 숙현의 거절에도 윤교찬은 막무가내였다.

"두 상을 봐 오게. 숙현 아씨는 별채에서 편히 드시게 하고 한 선비는 나와 같이 대청에서 합시다. 그리고 식사 후에 그 신묘한 주머니에 대해 숙현 아씨와 함께 얘기를 좀 더 나눠보지요."

별채에 든 숙현은 이내 차려 온 상을 앞에 놓고 앉았다. 윤교찬이 속으로 무슨 꿍꿍이를 하든 석리와 같이 있을 수 있는 이런 꿈같은 시간을 마련해 주었다고 생각하자 그가 고맙게 여겨질 정도였다. 윤교찬은 단둘이 있게 되자 주변을 살피더니 재빨리 석리의 손을 잡았다.

"한 선비, 내 앞으로 그 노비에게는 갑절로 잘해주리다. 그리고 부탁하건대 이 일은 아버님에게든 바깥으로든 함구하기로 하십시다. 무엇보다도 숙현 낭자에게 해가 되지 않겠소?"

윤씨 공방

윤교찬은 숙현이 보통의 규수처럼 어른들이 시키는 대로만 따르는 여인이 아니란 것과 심지어는 국법에도 맞설 과단성이 있다는 걸 알았다. 이에 식사를 마친 그는 석리와 숙현에게 묘한 말을 했다.

"왕조가 바뀌다 보니 시집가지 않은 여인이 사내를 만날 수도 없고 밥도 같이 먹을 수 없게 되었소. 이를 너무도 잘 아는 숙현 아씨가 아까 내 집 대문을 세차게 두드린 걸 보면 그 색동 주머니어 무척 흥미를 느낀 듯하오. 나 또한 그 주머니 안에 귀신이 있는지, 도깨비가 살고 있는지 매우 놀랐소. 한 선비는 발상이 특이하고 재주가 뛰어나 배울 점이 많기만 하오. 어차피 이 집 객사에 계시니 우리 세 사람이 남들

눈에 띄지 않게 별당에 공방을 차려놓고 그 색동 주머니를 만들어 보면 어떻겠소. 내 생각에는 그걸 많이 만들어 두면 반드시 쓸모가 많을 것 같소만."

"……."

숙현이 듣고 보니 크게 끌리는 말이었지만 석리의 생각이 어떤지 몰라 그를 살며시 바라보았다.

"……."

석리 또한 묵묵히 침묵을 지키자 윤교찬은 고개를 끄덕이며 다짐했다.

"나는 숙현 아씨가 이 별당을 쓰시도록 하겠습니다. 이 별당은 숙현 아씨가 원하는 한 그 누구도 문을 닫지 못합니다. 이 윤교찬이 목숨을 내놓고라도 지켜드리겠습니다."

뜬금없이 잔뜩 과한 얘기를 내뱉은 그는 청지기를 불렀다.

"이보게, 나는 오늘부터 숙현 아씨를 모시고 여기 한 선비와 함께 저기 별당을 공방으로 만들 테니 그리 알게."

청지기는 윤교찬의 변덕이 죽 끓듯 하는 걸 잘 아는지라 속으로 이건 또 무슨 해괴한 놀음이신지 당황해하면서도 고개를 숙여 복명했다.

"그럼, 한 선비. 뭐가 필요한지 여기서 말하시오."

석리는 잠시 생각하다 청지기에게 말했다.

"다른 건 내가 알아서 구할 테니 무명 스무 필과 쌀 두 석을 내어주면 되겠소.”

“스무 필 아니라 백 필이라도 내고 두 석 아니라 스무 석
이라도 내어라!”

윤교찬은 대수롭지 않다는 듯 내뱉었다.

“알겠습니다.”

청지기가 물러가자 석리가 숙현에게 물었다.

“그런데 숙현 아씨는 바느질을 잘하시는지요?”

하나 마나 한 물음이었다. 고려에서 조선으로 왕조가 바
뀌고 나서는 여인의 지위는 비류직하삼천척飛流直下三千尺
으로 떨어졌다. 출가외인이라 하여 상속은 금지되었고 고려
때 자유로웠던 재혼 또한 금기시되었다. 특히 양반가의 규수
는 글자를 배우거나 책을 읽는 대신 집에서 바느질하는 것
이 가장 큰 덕목이었고 이 바느질 솜씨로 여인의 덕성이 평
가되는 풍조가 급속히 퍼졌다.

“네.”

“그러면 제가 필요한 것들을 구할 테니 내일 오시면 되겠
습니다.”

“그리하겠습니다.”

자신이 계획했던 대로 공방에서 숙현과 함께 시간을 보낸
다면 하영번과의 경쟁에서 한참 앞설 것이라고 생각한 윤교
찬은 한껏 부드러운 목소리로 물었다.

"지금 어디 머무시는지요? 가마를 보내겠습니다."

"아녜요. 멀지 않으니 그냥 걸어오겠어요."

"아니, 아닙니다. 걸어오시다니요? 지금 가마를 내어드
릴 테니 타고 가시면 내일부터는 그리로 가마를 보내겠습니
다."

"정말 괜찮아요."

숙현이 재차 거절하자 윤교찬은 자칫 말이 나기보단 그게
낫겠다는 생각이 들어 고개를 끄덕였다.

"이만 가겠어요."

숙현이 두 사람을 향해 가볍게 고개를 숙이자 윤교찬은
대문 앞까지 가서 숙현을 배웅했지만 돌아서는 그의 표정
은 결코 편안하지 않았다. 비록 자신이 색동 주머니를 빌미
로 숙현과 함께할 수 있는 기지를 발휘한 것까지는 좋았으
나 막상 숙현이 명문세가의 장자인 자신과 무어 하나 내세
울 것 없는 보잘것없는 선비를 똑같이 대하고 있다는 사실
에 부아가 치미는 것이었다. 그는 당장 노비들을 잔뜩 불러
석리의 멱살을 잡아 패대기라도 치고 싶었지만 꾸욱 눌러
참았다. 주제가 넘어도 한참 넘은 한석리란 놈은 조만간 비
참한 결말을 맞으리라.

다음 날 오전이 되어 숙현이 문고리를 잡고 두드리자 온

신경을 곤두세운 채 마당을 서성이던 윤교찬은 행랑아비보다 앞서 문을 열었다.

"오오, 과연 오셨군요."

"네."

"저는 아침부터 마당에서 숙현 아씨가 오기만을 기다리고 있었습니다."

두 사람이 별당에 들자 석리는 이미 큰 독 몇 개에 쇳가루와 숯가루, 그리고 무명 조각을 담아두고 있었다.

"편히 오셨는지요."

"네."

숙현은 윤교찬의 과장된 인사와 달리 간단한 석리의 인사를 대하자 마음이 편해졌다.

"그런데 이게 다예요?"

"그렇습니다."

"이게 다라면 이 쇳가루와 숯가루를 무명 주머니 안에 넣고 흔들기만 하면 따뜻해진다는 거잖아요?"

"네."

"호호, 정말 귀신 놀음인지 도깨비 춤인지 모를 일이네요. 이 쇳가루와 숯가루가 무명 주머니 안에서 어떤 조화를 일으키는지 저는 도저히 모르겠는걸요."

윤교찬이 맞장구를 쳤다.

"이놈들이 모두 일어나 껴안고 춤을 추나 봅니다."

석리는 가위를 집어 내밀었다.

"한번 만들어 보시지요."

숙현이 가위를 받아 무명을 잘라낸 다음 바늘을 집어 들어 능숙한 솜씨로 두 면을 꿰매 주둥이를 벌린 채 석리의 앞에 내놓자 석리는 숟가락으로 쇳가루를 떠 네 번을 퍼 담은 다음 이번에는 숯가루를 떠 여섯 번을 무명 주머니 안에 담았다. 그리고 숙현이 주둥이를 꿰매자 석리가 나직한 목소리로 단언했다.

"끝입니다."

"넷?"

처음 생각한 대로 간단한 바느질이었지만 막상 열 주머니가 완성되었다는 소리를 들으니 숙현은 어리둥절했다. 이것이 어떻게 그런 뜨거운 열을 낸다는 것인지 이해가 가지 않았으나 숙현은 조용히 손을 뻗어 주머니를 잡은 다음 몇 번 흔들었다. 하지만 주머니에서는 전혀 열이 나지 않았다. 그러자 이번에는 윤교찬이 주머니를 넘겨받아 힘껏 흔들었음에도 전혀 열이 나지 않았다.

"혹 한 선비가 우리를 희롱하는 것이오?"

석리는 천천히 고개를 가로저었다.

"어쩐지 너무 간단하다 하였더니 고작 우리를 속이려 이런 짓을 한 거란 말이오?”

윤교찬은 처음부터 미심쩍었던 참이라, 주머니가 아무런 효험이 없자 마구 불평을 쏟아냈다.

“그러면 그렇지, 어째 이런 헛된 것들로 열을 낸단 말이오? 숯가루가 있으니 부싯돌로 불을 튀겨 무명을 태운다면 몰라도.”

윤교찬은 기껏 숙현과 매일 만날 수 있는 묘안을 짜낸 게 다 허사가 될까 싶어 안달이었다. 숙현도 어느 정도 근심을 떨칠 수 없어 석리의 얼굴을 물끄러미 쳐다보고 있었는데 석리는 주머니를 받아 옆에 있는 물그릇에 잠시 담갔다 들어 올렸다.

“이제 다시 흔들어 보십시오.”

주머니를 받아 몇 번 흔들어 보던 숙현의 얼굴이 놀라움으로 물들어 갔다.

“아! 따뜻해요.”

“조금 더 흔들어 보시지요.”

몇 번 세게 흔들던 숙현은 놀란 얼굴로 석리를 바라보았다.

“뜨거워요. 아, 들고 있을 수 없을 정도예요.”

숙현은 무명 주머니를 얼굴에 대보기도 하고 이마에 대보기도 하면서 연신 놀란 목소리를 토했다.

"도대체 이게 어떻게 된 일이에요?"

"어디 제게 한번 줘보시지요."

숙현으로부터 주머니를 받아 든 윤교찬 또한 조금 전과는 크게 달라진 상태에 놀라기는 마찬가지였다.

"허! 이거 정말 쇠 도깨비들이 일어나 춤을 추나 보네, 아니 숯 도깨빈가. 이놈들이 물을 술로 아나, 갑자기 왜 이렇게 야단법석이지?"

참으로 이상한 일이었다. 윤교찬은 아무리 생각해도 멀쩡하던 쇳가루와 숯가루들이 물을 먹이자 이렇게 열을 내는 이치를 떠올릴 수 없었다. 그것은 숙현도 마찬가지였다. 귀신이니 도깨비니 하는 윤교찬의 말이 허투루 들리지 않는 것이 귀신의 조화 외에는 이것은 달리 도저히 헤아릴 수 없는 일이었다.

"생각보다 간단합니다. 이치를 알려드리지요. 쇳가루는 물을 만나면 숨을 쉽니다. 숯을 함께 넣고 흔들면 바람이……."

석리가 이치를 얘기하려 하자 윤교찬이 에둘러 말을 막았다. 숙현이 눈을 빛내며 석리의 말에 귀를 기울이는 모습에 윤교찬은 궁금증도 무엇도 싹 사라졌던 것이다.

"여하간 중요한 건 이렇게 열을 내는 주머니가 만들어졌다는 사실이오. 그것도 숙현 아씨의 희고 고운 손가락 끝에서.”

　석리가 고개를 끄덕이자 숙현은 한 번 웃고는 다시 바늘을 집어 들어 주머니를 꿰매기 시작했고, 윤교찬은 숙현이 하영번의 곁이 아니라 자신의 곁에 있다는 생각에 기쁨을 감추지 못했다.

금혼령

"예끼, 저런 것들이 어찌! 그대들은 한사코 나를 속이려 드는구나."

강백창은 술상을 뒤집으며 벌컥 역정을 내고는 눈을 가늘게 뜬 채 허연 흰자위를 희번덕거렸다. 오후의 햇살이 내려앉은 연못 위에는 버들가지가 바람 따라 흔들리며 한가한 정경을 뿜어냈지만 그의 눈빛은 간교하고도 험악했다.

"이 괘씸한 놈들이 어찌 나를! 게 다 섰거라!"

길게 뻗은 툇마루와 거대한 기둥들이 웅장하게 버티고 선 경회루 안에서는 조선의 참판, 참의들이 대낮부터 차려진 주안상 앞에 벌떡 일어나 줄지어 섰다. 그중에서도 눈길을 끄는 무리는 이제 막 강백창 앞에 다소곳이 서게 된 처녀들이었다. 각자 갓 땋은 머리에 곱게 비단옷을 차려입었지만 긴장한 기색이 역력했다. 그들의 미모는 분명 상당하였지만 강백창의 표정은 내내 풀리지 않았다. 서있기만 해도 등에 땀이 뻘뻘 흘러내릴 것 같은 묵직함이 흐르는 가운데 호조판서가 앞장서서 허리를 깊이 숙였다.

"사신 어른. 이들은 모두 조선에서 가장 고운 자태를 지닌 처녀들이옵니다."

"정녕 그리 생각하는가? 정녕 그리 생각하느냔 말이다!"

강백창은 차가운 목소리를 내뱉으며 처녀들의 얼굴을 살피다 다시 버럭 고함을 질렀다.

"황제 폐하께 바칠 처녀들이라 분명 말했는데 너희들의 충심이 겨우 이 정도밖에 안 된다는 말인가?"

호조판서는 얼굴에 식은땀을 흘리며 연신 머리를 조아렸다.

"사신 어른, 이들은 조선 제일의 규수들인 데다 모두 양반 출신이옵니다."

강백창은 시종일관 예리한 시선으로 처녀들의 뺨과 눈매, 한복의 깃 모양까지 굽어보았다.

"거짓말처럼 들리는군. 아니, 거짓말이다. 황제 폐하께서는 조선이 충성을 다하기를 바라셨다. 그런데 너희들은 계속 나를 속이고 있다."

호조판서는 거듭 절을 올렸지만 그의 얼굴은 이미 창백했다. 뒤편에 서있는 다른 대신들도 차마 입을 떼지 못한 채 지켜만 보았다. 개중에는 몸을 부들부들 떠는 젊은 정랑도, 좌랑도 있었지만 함부로 나섰다간 어떤 일이 벌어질지 몰라 굳은 몸을 억지로 버티고 선 채 입을 꽉 다물고 있었다.

"불충, 불충이란 말이다!"

강백창이 한층 날카로운 목소리로 외치자 맑은 연못조차 일렁임을 멈추고 경회루는 더욱 무거운 기운에 잠겼다.

"황제 폐하의 명을 이렇게 가볍게 여기다니! 너희들은 정말 간이 부었구나!"

시립한 대신들은 품계와 관계없이 모두가 고개를 떨구었다. 예조판서가 앞으로 나서서 떨리는 음성으로 다시 간청했다. 그는 의주에서 얼토당토않은 이유로 매를 맞은 적이 있어 이자 강백창이 얼마나 무도하고 무자비한 자인 줄 누구보다 잘 알고 있었다.

"사신 어른. 모든 것은 제 불찰입니다. 조금만 더 기다려주시면 더 나은 처녀들을 꼭 구해 보이겠습니다."

그러나 강백창은 더욱 차디찬 표정으로 내뱉었다.

"이봐라, 형틀을 들이라! 내 직접 너희를 신문하리라!"

강백창의 말에 늘어선 대신들의 얼굴은 하얘졌다. 병조판서가 앞으로 나섰다.

"사신 어른, 이것은 유례가 없는 일이니 부디 명을 거둡시오."

"무슨 소리를 하는 거냐? 유례가 없다니. 지난날 정총이 태조께 죄를 얻은 걸 몰라서 하는 소린가?"

조선 초 북경에 사신으로 갔던 정총은 신덕왕후가 사망했다는 소식에 하얀 상복을 입었다가 명 태조로부터 너는 누구의 신하이냐, 나의 신하이냐, 조선 왕의 신하이냐 하는 문초를 받고 처형 직전까지 갔던 일이 있었다.

"그대는 조선의 중신이 죄를 얻었는데 황제를 대신하는 명 사신인 내가 처벌해서는 안 된다는 건가?"

"그런 건 아니옵지만."

"저 예조판서 놈을 당장 묶고 태 열 대를 쳐라!"

강백창의 명령이 떨어지자 경회루 기둥 뒤쪽에서 대기하던 명의 위졸들이 우르르 몰려들었다. 강백창의 호위군관이 지휘하는 조선 군졸들 또한 강백창의 위세에 잔뜩 얼어붙어 서있기만 했다. 위졸들은 예조판서의 팔을 잡아채 바깥으로 끌고 나갔다. 그 순간 일부 대신들이 당황한 기색으로 눈짓을 주고받았지만, 감히 나서서 말리는 이는 없었다.

조금 뒤, 경회루 바깥쪽에서 회초리 소리가 착착 울려 퍼졌다. 가차 없이 태를 치는 소리와 폐부를 찌르는 신음에 줄지어 서있던 처녀들이 어쩔 줄 몰라 몸을 움츠렸다. 누구도 소리를 내어 울지 않았지만 그들의 눈빛에는 서러움과 두려움이 뒤섞여 있었다.

다른 대신들 역시 숨을 삼키며 멀리 돌아보지 못했다. 조선 조정에서 실질적 권력을 쥔 대신이라고 해도, 명나라 사신의 분노와 마주하는 것은 그 누구에게도 두렵기 짝이 없는 일이었다. 예조판서의 신음은 바람을 타고 흘러 들어왔고, 경회루 안에 있는 신료들에게 씻을 수 없는 수치심과 공포심을 새겨 넣었다.

회초리 소리가 잦아들자 강백창은 고개를 들고 주위를 한 번 둘러봤다. 기둥 사이로 피워진 커다란 화로에서 뿜어져 나온 불꽃들이 호수에 어른거리며 스산한 분위기를 더했다.

"더는 이런 일이 없도록 하라. 조선이 황제 폐하의 위엄을 두려워하지 않는다면, 그 후환이 어디에 미치겠는가?"

살기 어린 음성이 물결을 타고 흐르자, 경회루 안에 서있던 처녀들과 대신들 모두가 한 번에 숨을 멈춘 듯했다. 누군가 자그맣게 흐느끼는 소리가 들리다 강백창의 눈길이 따르자 처녀 몇이 황급히 눈물을 삼켰다.

강백창은 위졸들을 이끌고 연못가를 따라 길게 뻗은 툇마루를 지나 천천히 밖으로 나갔다. 남은 이들은 그것을 지켜볼 뿐 감히 뒷전에서 푸념 한 번 할 수조차 없었다. 그들이 떠난 후의 경회루는 마치 아무 일도 없었던 듯 적막에 잠기고 바람이 연못 위에 작은 파문을 그리며 일렁일 뿐이었다. 하지만 그 침묵은 무시할 수 없을 만큼 깊었고, 그 자리에 있던 처녀들과 대신들은 모두 자신들의 처지를 실감하고 있었다. 명나라 사신의 마음을 거스르면 어떤 대가를 치러야 하는지, 오늘의 사건은 잔혹할 정도로 선명하게 보여주었다.

"대감!"

간신히 몸을 추스른 예조판서가 부축을 받으며 다가오자 대신들은 바닥에 무릎을 꿇은 채 서로 눈빛을 주고받았다. 그러나 누구도 먼저 입을 떼지 못했다. 누군가 긴 한숨을 쉬었고 그 소리는 서서히 바람에 실려 사라졌다.

다음 날 조선 팔도는 발칵 뒤집혔다. 명나라 사신이 잔치를 벌이던 중 상을 뒤집고 예조판서에게 곤장 열 대의 형을 내렸는데 그것이 이제껏 느슨하게 진행된 공녀 선발 때문이라는 소문은 꼬리에 꼬리를 물고 온 나라에 퍼졌다. 각 고을의 원들은 사령과 아전을 방방곡곡에 풀어 어여쁜 규수를 잡아 가둠은 물론 평소 고깝게 보고 있던 이들의 집 안에 뛰어들어 규방을 헤집기까지 하는 것이었다. 이제까지는 얼마든지 피할 수 있었던 명목뿐인 금혼령이었지만 예조판서가 호되게 당한 이후로는 분위기가 돌변했다. 서둘러 혼인을 시키려던 집안들이 줄줄이 혼례를 미루었고 혼담이란 게 아예 뚝 끊기고 말았다.

한양은 더했다. 명의 사신을 수행하고 온 위졸들이 조선 아전들을 거느린 채 대놓고 여인들을 찾아다니는 통에 길거리는 텅 비어 여인이란 여인은 눈을 씻고 보아도 찾을 수가 없었다. 무수히 많은 여인이 잔뜩 치장하고 강백창의 앞에 장에 내놓은 물건처럼 선을 보였으나 강백창은 보자마자 손을 내젓거나 잡히는 대로 물건을 내던질 뿐이었다. 그러던 그는 끝내 얼굴을 험연히 굳힌 채 줄지어 선 처녀들을 외면하고 자리에서 벌떡 일어나고 말았다.

"가자!"

그가 예고도 없이 향한 곳은 바로 경복궁 사정전. 임금이 정사를 보는 곳이었다.

소식을 접한 사정전 앞마당은 불길한 침묵에 휩싸여 있었다. 서릿발 같은 기운이 공기를 가르고, 마치 바람마저 숨을 죽인 듯 정적이 감돌았다. 왕궁을 지키는 수문군들이 긴장한 채 창을 움켜쥐었으나 감히 나설 수 없는 기류였고 대소신료들은 미간을 좁히며 서로의 얼굴을 살피고만 있었다.

"으음, 도착했나 봅니다."

거친 말발굽 소리가 궁궐을 향해 들이닥치고 잠시 후 한 무리의 인마가 대소신료의 눈에 들어왔다. 그들을 기다리던 신료들은 일제히 고개를 숙였으나 이들은 차가운 눈초리를 받을 뿐이었다.

"궤사나 일삼는 무리들이라니!"

분노에 들끓는 강백창의 두 눈에서는 매섭고도 교만한 빛이 흘렀다.

"왕은 어디에 있느냐!"

마치 뇌성과도 같은 그의 목소리가 사정전의 문지방을 넘는 순간 전각 안에 있던 신하들은 일제히 굳어졌다. 심지어 삼정승조차 감히 그를 똑바로 바라보지 못했다.

"천사天使 어른, 어서 오시오."

세종은 용상 위에서 고요한 표정을 유지했지만, 손가락 끝이 미세하게 떨리고 있었다. 세종은 무척 차분한 성정을 가진 왕이었지만 지금 이 순간만큼은 모멸감과 분노가 뒤섞인 격렬한 감정을 억제하지 못해 가슴이 마구 요동쳤다. 강백창은 가까이 다가서며 서늘한 목소리를 내뱉었다.

"국왕, 이게 도대체 무슨 일이오? 선왕 때는 단 사흘 만에 해결했던 일을 이리 뜸을 들이는 이유가 도대체 무엇이오? 국왕이 불순한 거요, 저 밑의 신하들이 불충한 거요?"

순간 정적이 감돌았다. 신하들은 서로의 얼굴을 살피며 누구도 감히 먼저 입을 떼지 못했고 강백창은 냉소를 머금었다.

"국왕은 거듭 공녀 세 명의 간택을 미루고 있소. 설마 황제 폐하의 뜻을 가벼이 여기는 것이오?"

세종이 여전히 침묵을 지키자 강백창은 한 걸음 더 다가왔다.

"이제는 변명할 시간이 없소. 내가 이 자리에서 국왕에게 직접 고하는바 앞으로 보름 내에 조선에서 가장 아름다운 공녀 셋을 내놓지 않으면 내가 직접 국왕을 문초할 것이니 그때 가서 후회하지 마시오."

몇몇 신하가 주먹을 불끈 쥐었고 무관 출신의 최윤덕은 뛰쳐나가고 싶은 충동을 간신히 참아내고 있었다.

"뿐만 아니라 조선 백성 모두 혹독한 대가를 치르게 될 것이오."

그의 목소리는 독사의 이빨처럼 날카로웠다.

"으음."

세종은 신음을 흘렸다. 지난날 요동 정벌을 나갔던 고려의 기억이 지우려 할수록 더욱 또렷이 뇌리에 떠올랐다. 어째서 조선은 스스로 이토록 비참한 굴레를 뒤집어썼는가. 하지만 세종은 흔들리는 마음을 꾹 눌러 담았다.

"대답해 보시오, 국왕, 그대가 감히 황제 폐하의 노여움을 감당할 수 있겠소?"

강백창은 냉소를 지으며 덧붙였다.

사정전 안은 숨소리조차 들리지 않을 만큼 정적이 흘렀다. 세종은 조용히 손을 들어 최윤덕 등의 동요를 제지했다.

"명을 섬기는 신하의 나라로서 조선은 무엇이든 할 것이오. 하나 이 나라의 백성을 바치는 것만은 임금으로서 견디기 힘든 일인 만큼 천사께서는 부디 공녀를 다른 공물로 대치해 주시기 바라오."

강백창의 입가에 조소가 번졌다.

"그 말인즉슨 대명 황제의 뜻을 거역하겠다는 뜻이오?"

세종은 대답하지 않았다. 대신 그는 흔들림 없는 눈빛으로 강백창을 똑바로 응시했다. 강백창은 마치 흥미로운 놀잇감을 발견한 듯 낄낄 웃었다.

"명심하시오, 보름을 주겠소. 하지만 그날이 지나면, 내가 다시 이곳으로 돌아올 것이오. 그리고 그때는 단순히 말만으로 끝나지 않을 것이오."

그는 냉혹한 표정으로 마지막 한마디를 남긴 채 사신기를 휘날리며 사정전을 나섰다. 그가 사라지자 윤혁이 한 발 앞으로 나서서 원망스러운 목소리를 토해냈다.

"전하, 어찌 사소한 일로 불충을 범하려 하시옵니까? 어서 공녀 셋을 가려내 명 사신이 머물고 있는 태평관太平館으로 보내는 게 옳은 줄 아옵니다."

윤혁의 진언을 시작으로 대소신료들의 간언이 줄을 이었

다.

"하루빨리 공녀 셋을 가려야만 하옵니다. 팔도에서 수백을 가려 마지막에는 전하께서 사신과 같이 셋을 결정하소서."

간신히 분노를 참아내는 세종의 그믐달 모양으로 굳은 입술에 경련이 일기 시작했고 억누를수록 걷잡을 수 없이 떨려왔다. 겨우 동요를 멈춘 세종의 입술에서 들리는 듯 들리지 않는 듯 한마디가 새어 나왔다.

"이것이 정녕 선왕께서 그리신 조선의 모습이옵니까?"

사랑이 미움 되면

"이리 오너라!"

하영번의 고함은 거칠 것이 없었다. 그는 당상관만 열 명 이상 두고 있는 집안의 적장자로 어디 내놔도 손색이 없는 데다 같이 어울리는 벗들은 한결같이 한양에서 내로라하는 집안의 자제들이었다. 어딜 가든 선망의 대상이었고 어디서든 중심이 되는 존재였다. 게다가 최근 그는 조선 팔도에서 제일가는 규수와 집안 간 선을 본 상태였고 비록 즉답은 아니지만 더 이상 물어볼 필요도 없는 승낙을 받아둔 형편이었다. 이날 아침도 그는 어머니와 같이 곧 처가가 될 안동 권 진사 댁에 전할 선물을 골라 나귀 세 마리에 가득 실어 보내고 윤교찬에게 자랑도 할 겸 약주나 한잔하려 문을 두들겼다.

“윤 선비 계시냐?”

“네, 하 선비님. 어서 옵시오. 작은 어른은 별당에 계십니다.”

“별당에? 어느 손님이 계시냐?”

하영번은 더욱 흥이 일었다. 교찬이 별당에 있다면 같이 어울리는 벗 중 누군가와 같이 있을 터이고 둘보다는 서넛이 마시는 술맛이 더 좋을 터였다.

“아니, 기별 말아라. 누군지는 몰라도 낮술 때리는 우리 친구들임이 분명하니 내가 불쑥 나타나면 더욱 반갑지 않겠느냐.”

행랑아비는 윤교찬과 동갑내기인 하영번이 워낙 어린 시절부터 스스럼없이 어울리고 서로의 집을 제집 드나들듯 하던 친구 사이인지라 늘 하던 대로 넙죽 조아리며 하영번을 들여보냈다. 아니, 들여보내고 자시고 할 것도 없이 하영번은 성큼성큼 별당으로 걸어가 문을 벌컥 열어젖혔다. 여기가 다른 사람 집이었으면 하영번도 어느 정도 이런저런 사정을 살폈을 터였지만 걸음마 배우던 시절부터 어울리던 윤교찬의 집이라 하영번은 댓돌 아래 놓인 신발을 살필 겨를도 없이 문고리부터 잡아당겼던 것이었다.

“교찬! 이 술도깨비야!”

다음 순간 방 안의 풍경이 눈에 들어오자 하영번의 입에서는 외마디 신음이 터져 나왔다.

"억!"

놀란 건 윤교찬도 마찬가지였다.

"어, 여, 영번!"

두 사람은 눈이 둥그레져 서로를 바라보았다.

"웬일인가!"

"웬일이긴! 낮술 한잔하려 들렀지. 그런데 숙현 아씨는 여기서 뭘 하시는 거요?"

말과 동시에 그의 눈초리는 숙현 뒤에 수북이 쌓인 주머니와 방에 단둘이 앉아있는 숙현과 윤교찬을 훑었다. 하영번은 촉이 빠른 사람이 아니었지만 짐작이 가기까지는 오랜 시간이 걸리지 않았다.

그의 머릿속에는 문을 열기 직전의 광경이 선명하게 그려졌다. 숙현과 윤교찬이 단란하게 마주 앉아 내외라도 된 양 수작질을 부리고 있었을 것이었다. 숙현은 조용한 손놀림으로 정성껏 바느질을 하고 윤교찬은 그 옆에서 책을 읽으며 흡족한 듯 간간이 눈을 들어 숙현의 모습을 바라보았을 터였다.

거기까지 생각이 미친 순간 하영번의 눈이 뒤집혔다.

"이게 도대체 뭐 하는 짓이냐!"

천둥 같은 목소리가 별당을 울렸다. 윤교찬은 자리에서 벌떡 일어났지만 숙현은 고개를 숙인 채 바느질을 계속했다.

하영번은 윤교찬을 제치고 두 걸음, 세 걸음 앞으로 나서며 별당 안에 놓인 수백 개의 주머니를 노려보았다. 한 땀 한 땀 정성껏 지어진 주머니들이 하영번의 눈에는 그저 난잡한 짓거리로만 보였다. 그는 분노를 참지 못한 채 손을 뻗어 주머니들을 거칠게 흩뜨렸다.

"천한 것들!"

무거운 표정으로 바닥에 우수수 떨어져 여기저기 널브러진 주머니들을 바라보고 있던 그는 말리는 윤교찬을 뿌리치고는 허공을 향해 거친 목소리를 던졌다.

"숙현 아씨! 안동에 계신 줄 알았더니 이게 무엇입니까! 선까지 본 마당에 이 작자의 별당에서 도대체 무엇을 하고 계신 겁니까?"

하영번의 목소리는 거칠었고 떨리기조차 했으나 숙현은 침착한 얼굴로 바느질만 계속하고 있었다.

"대답하시오! 이것이 도대체 무슨 짓이란 말입니까!"

"이게 무슨 잘못인가요?"

"무슨 잘못?"

하영번은 헛웃음을 터뜨렸다.

"무슨 잘못이냐고?"

그는 한 손으로 찻상을 내리쳤다. 놓여있던 찻잔들이 튕겨 나갔다.

"오늘 아침, 나는 안동에 선물을 보냈소. 숙현 아씨가 우리 집안과 맺어질 인연이라 믿었기에 나귀 세 마리에 귀한 물건들만 실어 보냈소. 그런데, 그런데 숙현 아씨 있는 곳이 안동이 아니라 이 몹쓸 놈의 별당이라니!"

하영번의 얼굴이 붉게 달아올랐다. 그는 숨이 턱턱 막히는 듯 말하는 사이 거칠게 숨을 몰아쉰 후 이번에는 윤교찬을 향해 몸을 돌렸다.

"이놈아! 나는 네가 목숨을 같이할 죽마고우라 믿었는데, 이럴 줄은 몰랐다. 감히! 나를 이렇게 우롱할 줄이야!"

윤교찬은 한 걸음 앞으로 다가서며 차분히 입을 열었다.

"우롱한 것이 아니다."

"우롱이 아니라고?"

"숙현 아씨는 자신의 뜻대로 행동한 것뿐이다. 이 자리엔 없지만 나는 한 선비와 함께 도운 것뿐이고."

"도왔다고?"

하영번은 얼굴을 굳히며 분노를 그대로 드러냈다.

"네가 내 혼사를 망칠 수도 있다는 걸 알면서도 감히, 감히 이런 자리를 만들었다고?"

윤교찬이 뭐라 답하기 전 숙현의 목소리가 울려 나왔다.

"저는 누군가와 혼인하겠다는 뜻을 밝힌 적 없습니다."

그 한마디에 방 안이 무겁게 가라앉았다. 하영번은 한동안 말을 잇지 못한 채 그녀를 노려보았다.

"제가 무엇을 하든 그것은 저의 결정입니다. 두 분이 어떤 생각을 하셨든 저와는 상관없는 일입니다."

그 말을 듣는 순간 하영번의 속에서 무언가가 와르르 무너져 내렸다. 그렇게까지 믿었던 친우에게 발등을 찍혔고 더 아프게는 숙현에게서 단칼에 선을 긋는 말을 두 귀로 직접 듣고 만 것이었다. 그 날카로운 한마디 앞에서 하영번의 마음은 끝내 무너지고 말았다.

"낭자의 부친까지 내 집에 오셨지 않았소? 그리고 그 많은 선물을 꼬박꼬박 다 받지 않았소?"

"그것은 제 아버님과 하실 얘기입니다. 그리고 저는 아버님이 지닌 물건이 아닙니다. 어디 놓으면 놓는 대로 놓이는 물건이 아니란 말이지요. 설마 하 선비님께서는 물건과 혼인하려 하시는 건 아니겠지요?"

"뭐요? 부친을 거스른다고? 낭자는 국법을 어길 셈이오?"

"저는 조선의 국법을 좋아하지 않습니다. 새 나라 조선은 명을 모시지 못해 온 나라가 염병을 앓고 있습니다. 하여 환관과 공녀가 바쳐지고 신하들은 제 나라 임금의 신하가 아

니라 명제의 신하라 자복하고 있습니다. 옳고 그름은 하 선
비님께서 더 잘 아시겠지요.”

“뭐라고요! 이, 이런! 그게 낭자의 입에서 나올 소리요?”

한참이나 숙현을 노려보던 하영번의 눈초리가 윤교찬에
게로 옮겨 갔다.

“남녀칠세부동석이라 하였거늘 너는 지금 이게 뭐 하는
짓이냐? 게다가 집안 간 맞선까지 본 여인을 별당에 들여 대
낮부터 수작질이라니. 내 너를 반드시 사헌부에 고발할 터이
니 어디 한번 당해보아라.”

하영번의 한마디에 윤교찬은 크게 당황했다.

“여, 여보게, 영번. 그게 그리 오해할 일이 아니네. 자네가
어떤 생각을 하는지 몰라도 그런 게 아니란 말일세. 우리가
단둘이 있었던 게 아니야. 우리 집 객사에 머무르는 선비가
같이 있었으니 도리에 어긋난 일을 한 게 아니란 말일세.”

하영번은 윤교찬의 어눌한 변명을 한 귀로 흘린 채 뒤도
돌아보지 않고 뛰쳐나가 그길로 사헌부로 내달았다.

“영번아, 무슨 일이냐!”

화가 치밀 대로 치밀어 숨조차 제대로 못 쉬는 장조카를
본 사헌부 집의執義 하현차는 우선 물 한 사발을 먹이고는
조카가 하는 얘기를 침착하게 다 들었다.

"이것은 저 혼자만의 일이 아닙니다. 부친까지 처절하게 농락당했습니다. 아니, 우리 가문 전체가 저 윤교찬이에 의해 바닥에 내동댕이쳐진 것입니다."

사헌부에서 잔뼈가 굵은 하현차는 권력의 생리와 세도가의 명멸을 누구보다 잘 알았다. 비록 벼슬은 종삼품에 불과했으나 하씨 가문의 중심에 선 그는 온갖 국사를 다루는 데 능수능란해 조정에서 그의 눈치를 보지 않는 신료가 없을 지경이었다.

그는 얼마 전 신하들의 인사를 담당하는 이조정랑 자리를 윤씨 문중에서 차지한 사실을 예사롭지 않게 보고 있던 참이었다. 이조정랑은 비록 정오품에 불과하였으나 사간원, 사헌부를 비롯해 육조의 관리를 추천하는 등 인사를 담당하는 막강한 자리로 이제껏 하씨 문중에서 도맡아 오던 자리였다. 오늘날 하씨 문중이 이렇듯 크게 번성한 건 이 이조정랑 자리를 계속 지켜온 덕분이라 할 수도 있을 정도였는데 윤씨 문중에 빼앗겨 괘씸하던 참이었다.

"권중언이가 네 집에만 왔고 윤교찬이 집에 가지 않은 것은 확실하냐?"

"틀림없습니다."

"두 집안 간 선을 보고 대답을 기다리던 중 윤교찬이 숙현을 자기 집 별당에 불러 놀았다는 거냐?"

“무슨 주머니 같은 걸 수백 개나 만들고 있었습니다.”

“여하튼 별당에서 두 젊은 남녀가 사사로이 할 수 없는 짓을 했다는 것 아니냐?”

“바로 그겁니다.”

“알았다, 먼저 집에 가있거라. 이따 퇴청 후에 집으로 가마.”

하영번이 고개를 숙인 후 돌아서자 하현차는 하영번의 뒷모습에 오랫동안 비상한 눈빛을 내쏘며 무언가를 깊이 생각하는 표정이었다.

한편 하영번이 난리를 치고 돌아가자 윤교찬은 별당 밖에서 한참이나 서성거리다 이윽고 마음을 굳힌 듯 별당 문을 열었다. 놀랍게도 숙현은 무슨 일이 있었냐는 듯 차분한 모습으로 바느질을 하고 있었다.

“수, 숙현 아씨!”

윤교찬의 목소리가 떨려 나왔다.

“네.”

“저 속 좁은 놈이 무슨 짓을 할지 모르니 얼른 여기를 치우는 게 낫겠습니다.”

숙현은 윤교찬을 빤히 쳐다보았다. 그녀의 표정은 무심하기만 했지만 윤교찬은 얼굴이 화끈거렸다. 무슨 일이 있어도 별당을 지켜드리겠다 큰소리친 게 불과 며칠 전인데 제 입으로 별당 문을 닫자는 말을 꺼내고 있는 것이었다.

그는 헛기침을 몇 번 하며 애써 어색함을 넘기려 했지만 숙현이 차분하게 입을 열었다.

"알겠어요."

"죄송합니다."

윤교찬은 급히 노비들에게 눈길을 돌렸다.

"어서 빨리 저 주머니들을 치워라. 여기 두었다가 무슨 화를 당할지 모르겠다."

허둥대는 윤교찬의 목소리를 숙현이 단호하게 끊어냈다.

"제가 안동으로 가져가겠어요."

"아, 그게 좋겠습니다."

윤교찬의 머리가 급속도로 회전하고 있었다.

"어, 그런데 한 선비가 우리 집 서고 일을 다 마치고 경상도에 간다고 했는데……."

윤교찬은 숙현의 안동행에 자기 집 청지기나 노비를 붙였다간 자칫 큰일이 생길지 모른다는 생각에 서둘러 석리의 일정을 알렸다.

"경상도에요?"

"네, 경상도에 일이 있어 간다고 숙현 아씨에게 말을 전하라 했습니다. 막 말하려던 참인데 저놈이 들이닥쳐서."

"언제 가신다 합니까?"

"사흘인지 얼만지 지나서 간다고 했는데……. 혹 한 선비와 일정이 맞으시면 동행을 부탁하는 게 어떨까요?"

숙현은 그러잖아도 석리가 나타나지 않아 애가 타던 참이었다.

"네, 마침 잘되었어요. 무슨 일로 가시는지 몰라도 한 선비님만 괜찮으시다면 가시는 길까지만 신세를 져야겠어요."

"의당 그러셔야지요. 절대 혼자 가실 수 있는 길이 아닙니다."

평소 같으면 질투심으로 두 사람의 동행을 한사코 막았을 윤교찬이었다. 하지만 지금은 워낙 혼비백산한 터라 한석리든 뭐든 이 주머니들과 숙현을 한시바삐 제 집에서 사라지게 해야 한다는 다급함에 그는 마구 고개를 끄덕였다.

권세의 이면

"으음."

하현차가 휘하의 장령에게 윤교찬을 풍속범으로 문초하도록 지시했다는 소식을 접하자 윤교찬의 아비 윤혁은 집에서 즉각 문중 회의를 열었다.

"교찬이 비록 벼슬을 하고 있진 않으나 조정에서 사대부의 윤리와 도덕을 누누이 강조하고 있는 만큼 이 일은 반드시 화를 불러일으킬 것입니다."

형조좌랑으로 있는 조카의 말에 윤혁은 더욱 조급해졌다.

"그러니 긴급히 회의를 소집한 것 아닌가. 도대체 이 일을 어떻게 수습해야 한단 말이냐?"

"그런데 너는 그 아이와 별당에서 도대체 무엇을 했다는 거냐?”

문중 사람들의 따가운 시선이 일제히 자신에게로 향하자 윤교찬은 후회막급한 표정으로 답했다.

“손에 쥐고 흔들면 따뜻해지는 주머니를 만들고 있었습니다.”

“주머니를 만들다니! 허! 사대부가 어찌 그런 천박한 짓을 한단 말이냐?”

윤혁이 없다면 당장이라도 달려들어 따귀를 올릴 듯한 일가친척들의 분기가 방 안을 가득 메웠다.

“하도 신묘한 주머니라 제가 잠시 정신이 나갔었습니다.”

말과 함께 윤교찬이 변명이라도 하듯 주머니를 내놓자 이를 열심히 흔들어 보고 만져보던 당숙부가 눈을 빛냈다. 그는 공조판서로 있어 세종이 마음 두는 곳을 잘 아는 터였다.

“흔들면 따뜻해지는 신묘한 주머니라. 어쩌면 길이 있을 것 같구나.”

모두가 주시하는 가운데 그는 착 가라앉은 목소리로 말했다.

“거꾸로 치고 나가는 것이다. 내게 그 열 주머니를 다오. 전하께서 워낙 기구와 장치를 좋아하시니 분명 관심을 가지실 것이다.”

“주상 전하께 드리게요?”

“그러하다. 혹 사헌부에서 신문을 받는 일이 있더라도 이렇게 말하여라.”

공조판서가 변설을 세워주자 이제껏 파랗게 질려있던 윤교찬의 얼굴에 한 줄기 화색이 감돌았다. 하지만 여전히 불안이 가시지 않은 윤혁이 조급한 목소리를 냈다.

“그런데 과연 이까짓 주머니로 용서받을 수 있을까? 이조정랑 자리를 뺏긴 터라 사헌부의 하현차 놈이 눈에 불을 켜고 달려들 텐데.”

“전하께서는 기구와 장치에 뜻이 깊어 노비에게까지 벼슬을 내릴 정도이시라 해볼 만합니다.”

문중의 대책 회의가 있고 난 다음 날 과연 사헌부 지평이 집으로 찾아오자 윤교찬은 당당하게 맞았다.

“웬일이오? 사헌부 지평께서.”

“후원의 별당을 좀 보아야 하겠소.”

“남의 집 별당은 보아서 무엇 하려고?”

윤교찬이 벌벌 떨기는커녕 오만한 태까지 보이자 지평이 거친 말투로 대답했다.

“고변이 들어온 게 있어 그렇소.”

“고변? 그럼 들어와 보시오, 무슨 고변인지는 몰라도.”

별당을 살펴본 지평은 별다른 소득이 없자 윤교찬에게 사헌부로 함께 갈 것을 요구했다. 고려와 단절하고 새 제도를 세우는 조선 초기라 사헌부의 서슬은 시퍼럴 대로 시퍼 지만 윤교찬은 당당한 모습으로 지평의 앞장을 섰다.

"네가 하영번과 혼약이 되어있는 처녀를 네 집 별당에 불러 음행을 일삼았다는데 네 죄를 네가 알렸다!"

"음행이라니요? 그리고 혼약은 무슨 혼약이오?"

"그 낭자가 안동 사는 부친과 같이 하 대감 댁을 방문했으니 이것이 혼약이 아니고 무엇이냐!"

"혼약이든 뭐든 그런 건 내 알 바 아니고 난 그 낭자에 아무 관심이 없소."

"관심 없는 낭자를 별당에 불렀다는 거냐?"

"아무 관심 없소. 그 낭자가 영번이와 혼인하든 말든 나와는 무관한 일이오."

"그럼 너는 그 낭자를 좋아하지 않는다는 거냐?"

"그렇다고 하지 않았소."

"그러면 앞으로 네가 그 낭자와 혼인할 일은 절대 없다는 거냐?"

"죽어도 그럴 일은 없소. 만약 그런 일이 생긴다면 내 목을 치시오!"

윤교찬은 원체 머리가 빠른 자였다. 이 상황에서 쓸데없이 감정에 사로잡혀 우물거리다간 큰 화를 당할 수 있다는 생각이 들자 이제 숙현은 전혀 중요하지 않았다. 오히려 자신을 위험에 빠지게 할 수도 있는 화근에 불과했다.

이렇게 방향을 정한 터라 사헌부 장령의 호통에도 윤교찬은 당당했다. 이미 이것은 한 발짝도 물러서서는 안 되는 집안 대 집안의 싸움인 데다, 뒤에는 부친을 비롯한 일가 벼슬아치들이 모두 버티고 있고 무엇보다도 문중 회의에서 굳건한 방략을 세워두었기 때문이었다.

"그러면 왜 그 낭자를 별당에 불러 음행을 일삼았느냐? 혼인할 생각도 없는 낭자를."

"음행을 일삼다니요? 나는 주야로 애써 나라에 보탬이 되고자 힘을 다했는데 무슨 해괴한 소리를 하는 겁니까?"

"나라에 보탬이 돼? 이놈이 어디서 혹세무민하려 드는 거냐? 네가 안동 사는 권숙현이를 네 집 별당으로 부른 게 나라를 위한 거라는 얘기냐?"

"그렇소."

윤교찬의 너무도 당당한 태도에 장령은 약간 목소리를 낮추고 물었다.

"도대체 무얼 했다는 거냐?"

"북방을 지키는 우리 병사들의 손을 녹여줄 열 주머니를 만들었소."

“열 주머니라니?”

윤교찬이 자초지종을 설명하자 장령의 눈이 가늘어졌다.

“정말 그런 신묘한 주머니가 있다는 얘기냐?”

“그렇소.”

“그런데 그걸 만드는 데 왜 그 처녀가 필요했단 얘기냐?”

“바느질을 해야 하잖소?”

“바느질이야 아무 여종이나 시키면 되는 게 아니더냐?”

“그게 갑자기 하늘에서 뚝 떨어지는 게 아니오. 아직 처음이라 그 낭자와 내가 서로 의논해 가면서 만들어야 하는 거요.”

“…….”

당장 다그칠 말을 찾지 못한 장령은 자리에서 일어나 대사헌에게 가서 신문 내용을 전했다.

“보내주어라.”

“그놈이 말을 교묘하게 하긴 하나 온종일 낭자를 별당으로 불러댄 건 틀림없는 사실이니 좀 더 신문하는 게 맞는 듯합니다만.”

“아니다. 이 일로 공조판서가 편전에 들어 전하께 아뢰었으니 일단 보내주는 게 맞을 것이다.”

“공조판서라면 저놈의 당숙이 아닙니까?”

“공판이 뭐라 했는지 몰라도 전하께서 비상한 관심을 보이셨다 하니 섣불리 처리할 일이 아니다."

"알겠습니다."

사헌부에서 풀려난 윤교찬은 가벼운 걸음에 타령조차 흥얼거리며 집으로 돌아왔고 그날 저녁 윤혁의 집에서는 문중 잔치가 열렸다.

"이게 모두 공판의 공이다."

윤혁이 약주 사발을 든 채 사촌 동생인 공조판서를 칭찬하자 그는 뱁새눈을 뜨고 말을 받았다.

"이 일은 교찬에게는 오히려 좋은 계기가 되었습니다. 상감께서 장치에 관심이 깊으시니 교찬은 기색을 가다듬고 상감의 교지가 내려오기만을 기다리면 되겠습니다."

"상감께서 과연 교찬을 부르시겠느냐?"

"지켜보시지요."

과연 세종을 잘 아는 공조판서의 주청奏請은 효과가 있었다. 다음 날 교찬의 집에 당도한 승지가 의관을 갖추는 대로 입궐하라는 어지를 전하자 윤혁 부자는 크게 기뻐 웃음을 감추기 바빴다.

"의관을 갖추는 대로 입궐하라 하심은 그만큼 너의 열 주머니에 관심이 있으시다는 얘기 아니냐."

"그러신가 봅니다."

"전화위복으로 네 앞날이 열리는구나. 얼마 전 문중에서 너를 음서로 천거하였는데 때마침 상감께서 부르셨으니 곧 칠품 벼슬에 제수되리라. 어서 채비를 갖추어라."

"네, 아버님."

그렇게 윤교찬은 부친이 이끄는 대로 사정전에 들었다.

"우찬성 윤혁의 장남 교찬이 전하를 뵈옵니다."

세종은 흥미를 띤 눈길로 윤교찬과 열 주머니를 차례로 바라보다 곧바로 입을 열었다.

"이 주머니가 어떻게 열을 내느냐?"

"숯가루와 쇳가루와 물이 섞이면 열을 내는 것이옵니다."

"그래, 그런데 그 이치가 무엇이냐?"

"……."

"어째서 쇳가루와 숯가루와 물이 섞이면 열이 나는 것이냐? 어떠한 작용으로?"

윤교찬은 아차 했다. 세종은 사헌부 장령과는 달리 그 이치를 묻고 있었다. 지난번 석리가 이치를 설명하려 할 때 그가 숙현의 관심을 끄는 게 싫어 말을 막았던 게 이리도 후회될 수 없었다.

"그, 그것은."

윤교찬이 쩔쩔매며 대답하지 못하자 세종은 고개를 갸웃거렸다.

"어쩌다 발견한 것이냐? 흔들어야 열이 나는 것도 신묘하고 말이다. 그게 왜 그런지 밝힐 수는 없느냐?"

"그, 그것이…… 음양의 조화가 아니올는지요. 쇠는 양이요, 물은 음이니……."

"흠."

사물의 이치를 밝히기 좋아하는 세종은 이 기이한 일이 어찌 그러한지 그 까닭을 듣고자 하였던 터라 아쉬운 표정을 숨기지 않았다.

"여하튼 대단한 걸 알아냈다. 이조에 음서도 올라왔다 하니 내 살펴보마."

윤교찬은 날아갈 것만 같은 기분을 간신히 억제하며 깊이 고개를 숙이고는 어전에서 물러났다.

이 소식을 접한 하현수는 몸을 부들부들 떨었다. 급히 소집된 문중 회의에서 그는 분을 참지 못해 벼루를 내던졌다.

"윤교찬이 이 죽일 놈! 남의 혼사를 풍비박산 내놓고 도리어 상감께 은총을 입어! 이런 죽일 놈이!"

하현수만이 아니었다. 혼인할 여인을 빼앗긴 이 일은 가문의 치욕이라 누구 하나 분개하지 않는 이가 없었다. 하지만 하현수의 근심 어린 분노는 남들과는 달랐다. 어린 시절부터 앞서거니 뒤서거니 하던 제 아들은 다 이루어진 혼사를 놓치고, 뒤에서 놀아난 윤교찬은 벼슬길에 나아갈 것이 도저히 견딜 수 없었다. 이번 일을 계기로 윤교찬은 하늘로 치솟을 것이고 제 아들은 그 그림자 속으로 가라앉을 것이 불을 보듯 훤했다. 그가 숨을 거칠게 몰아쉬며 분을 삭이지 못하는 모습을 보고 있던 문중에서 한 목소리가 새어 나왔다.

"제게 생각이 있습니다."

승정원 승지로 있는 하영번의 사촌 형이었다.

"무슨 생각이?"

"그 아이가 천하절색이라면서요?"

"그렇다. 그것만은 분명한 사실이야."

승지는 하현수의 귀에 입술을 바짝 대고 소곤거렸다. 그의 소곤거림을 듣는 하현수의 표정이 기이한 희열에 물들기 시작했다. 귓속말을 다 듣고 난 그의 낯에는 아들이 윤교찬을 능히 따라잡을 수 있다는 확신이 뚜렷이 비쳤다. 그는 무슨 뜻인지 가만히 고개를 끄덕이며 잔뜩 풀이 죽어있는 하영번의 등을 두드렸다.

꿈과 같이

한양에서 출발한 두 사람은 엷은 가을볕이 남은 남대문을 바삐 지났다. 도성의 분주한 기운이 차츰 멀어지며, 길가에는 비탈진 언덕과 낮은 담장들이 이어졌다. 노량진을 건너 남태령을 넘자 사람들의 발길이 뜸해졌고 그럴수록 가을의 정취가 짙어졌다.

"경상도 어디로 가셔요?"

"저는 동래부로 갑니다."

"그렇게 멀리요?"

숙현은 석리에 대해 궁금한 게 한둘이 아니었다. 뭐든 물을 수 있는 이런 때가 온 게 꿈만 같았지만 숙현은 하나하나 아껴가며 묻고 싶었다.

석리 역시 마찬가지였다. 숙현이 세도가와 혼담이 오가는 걸 알게 된 후 숙현에 대한 마음을 한없이 억누르기만 했었는데, 이렇게 숙현과 함께하게 되니 꿈을 꾸는 것만 같았다.

"가을이 깊었어요."

숙현의 말에 석리는 주위를 둘러보았다. 황금빛으로 물든 은행나무가 길 양옆으로 늘어서 있었고, 가벼운 바람이 불어와 나귀 발굽 소리와 함께 바스락거리는 낙엽 소리가 어우러졌다. 나뭇잎들은 가끔 한 줄기 바람에 실려 공중에서 맴돌다 천천히 길 위로 내려앉았다. 바람은 서늘해지고 있었으나, 대낮의 햇살은 아직도 따스하였고 마른 낙엽 위로 긴 그림자를 드리웠다.

한양에서 과천으로 향하는 길은 오랜 세월 다듬어진 길이었다. 왕래하는 관리들과 상인들, 떠돌이 시인들과 학자들이 밟아온 길이었으며, 특히 안동으로 내려가는 길목인 이 길은 고려 시대부터 이름난 학자들이 지나온 길이기도 했다. 길가에는 오래된 주가酒家가 간간이 자리 잡고 있었고, 허름한 기와집 지붕 위로 늦가을의 햇살이 아련하게 비치고 있었다.

"쌀쌀하던 날씨가 거짓말처럼 따스해졌어요."

석리는 숙현과 나란히 나귀를 탄 채 숙현의 시선을 그대로 따랐다. 길 양옆으로 가을걷이가 끝난 논과 밭 사이로 군데군데 남아있는 벼 이삭들이 마지막 빛을 머금고 있었다.

가을이 깊어질수록 하늘은 더욱 높아 보였고 유달리 파란 하늘은 끝없이 펼쳐진 비단 장막 같았다. 그 아래로 흰 뭉게구름이 유유히 떠다니고 있었다.

"동래부에는 왜 가셔요?"

"어머님 첫 기일이라 갑니다."

"아!"

한결 푸르게 하늘을 향해 서있는 길가의 소나무들을 뚫고 산사의 종소리가 희미하게 들려왔다. 저 멀리 보이는 낮은 능선 위로 노을이 물들기 시작하자, 산과 들은 온통 붉은 빛과 보랏빛으로 물들어 갔다. 노을빛이 강가에 번지며 잔물결 위에 부서졌고, 마치 바람이 지나가는 길을 따라 작은 금빛 물결이 일렁이는 듯했다.

"아버님은요?"

"어릴 적에 돌아가셨습니다."

길 위를 걷는 사람들은 저마다 제 갈 길을 재촉하면서도, 한 번쯤은 저 멀리 붉게 타오르는 산을 바라보았다. 가을이 머무는 곳, 발자국이 스치는 곳마다 한 시대가 흘러가듯, 이 길 또한 수많은 이야기와 함께 시간을 지나고 있었다. 남쪽을 향해 가는 이 길에는 어떤 일들이 기다리고 있을지 누군가는 설레고, 누군가는 그리워하며 묵묵히 걸음을 옮겼다.

"과천에서 하룻밤 묵어 가실까요?"

“그냥 좀 더 가요. 그러면 형제들은요?”

“본래 외아들이었습니다.”

땅거미가 지자 산 아래 초가집 굴뚝에서는 연기가 피어올랐다. 땔감으로 태운 나뭇가지 타는 냄새가 바람을 타고 은근히 퍼졌고, 주가酒家의 등불이 하나둘 밝혀졌다.

“여기서는 묵으셔야 합니다.”

숙현은 할 수 없다는 듯 잔잔히 웃었다. 한 주가 앞에서 나귀를 내린 석리는 주모에게 부탁해 숙현의 방을 잡고는 따뜻한 국밥 한 그릇을 들여보냈다.

“같이 드셔요.”

숙현은 주모를 불러 국밥과 막걸리 한 사발을 주문한 다음 마주한 밥상에 석리의 것을 올리게 했다. 주모는 이 색다른 일행에게 언뜻 놀라는 눈치였지만 석리가 은편을 건네자 이내 따스한 눈길로 감싸며 잠시 너스레를 떨다 방을 나갔다.

한양을 떠난 지도 벌써 사흘째였다. 숙현은 누비 두루마기를 여미며 하늘을 올려다보았다. 높디높은 하늘 아래 철새들이 남쪽을 향해 날아가고 있었다.

“철새들이 벌써 떠나는군요.”

숙현이 중얼거리듯 말하자 석리가 미소를 지었다.

“어느 한곳에 머무를 수 없음은 모든 살아있는 것들에게 주어진 숙명인 모양입니다.”

숙현 또한 석리를 바라보며 미소를 지었다.

“사람은 한곳에 머무르지 않나요?”

석리는 그녀를 흘긋 바라보았다. 숙현의 눈동자는 깊고도 맑았다.

“사람이 사람인 건 철새와 달리 마음이 있기 때문인데, 그 마음 또한 본디 한곳에 머무르지 않는 속성을 지닌 듯합니다.”

숙현은 고개를 숙이고는 혼잣말처럼 나직이 내뱉었다.

“내내 한곳에 머무르는 마음이란 없을까요?”

“일체의 다른 마음을 버리면 가능하겠지만 비워버린 마음 그릇에는 또 다른 마음이 들어차겠지요.”

“호호, 마음 그릇이라. 참 재미있는 말이에요.”

또다시 해가 서서히 기울어 가며, 하늘은 노을빛으로 물들기 시작했다. 산등성이 너머로 번지는 붉은빛이 강물 위에 내려앉았다. 숙현은 손을 뻗어 바람을 만지며 말했다.

“이 순간을 화폭에 담아두고 싶어요.”

“그림을 그리는지요?”

“어릴 때부터 즐겨 했어요. 언제 한번 한 선비님 얼굴을 그림으로 그릴까 봐요.”

갑작스러운 숙현의 말에 하늘을 바라보던 석리는 자신도 모르게 숙현을 쳐다보았다. 그를 정면으로 쳐다보는 숙현의 반짝이는 눈을 바라보던 석리는 이내 고개를 돌려 눈을 감았다. 눈을 감은 시간이 한참 동안이나 이어지자 숙현 또한 눈을 감고는 조용히 그 시간을 함께했다. 밤하늘에 수놓은 별이 꼬리를 물고 하나씩 떨어지기를 반복하자 석리는 마침내 눈을 떴다.

"저도 숙현 아씨를 그리겠습니다. 다만 저는 화폭이 아니라 제 마음속에 그리겠습니다."

"마음속에요?"

"네. 저 밤하늘의 무수히 많은 별을 이어서 그릴 겁니다."

"아, 너무 예쁘겠어요. 별로 저를 그리다니."

숙현은 입만 벌리면 가문이 어떠니 벼슬이 어떠니 하며 위세를 떠는 하영번이나 윤교찬은 죽을 때까지 이런 말은 한마디도 하지 못할 걸 떠올리자 웃음이 났다.

"빨리 그려주셔요. 별은 금세 져버리잖아요."

"오래 그려야 예쁘지요. 매일 밤 조금씩."

"전날 그렸던 별들이 없어지면요? 별은 늘 움직이는데."

"그건 염려 마시지요. 저는 저 별들이 가는 길을 알고 있습니다."

"저 많은 별들이 가는 길을 어떻게 알아요?"

"오래 관찰했습니다. 저 별들이야말로 해가 가는 길을 알려주는 이정표이니까요."

"해가 가는 길이요? 해는 매일 동에서 떠서 서로 지는 게 아닌가요?"

"하하, 그리 보이지요. 하지만 밤마다 별자리는 각각 다릅니다. 해의 뒤 먼 곳에 별자리가 있다고 생각하면 쉽습니다. 하지와 동지에는 각각 다른 별자리들이 보이는데 해가 그 앞을 지나갔다 생각하면 해가 가는 길을 짐작할 수 있어요."

"그런데 해가 가는 길을 왜 굳이 알아야 할까요? 그런 방면으로 생각해 본 적이 없어서요."

"해가 가는 길을 정확히 알아야 농사를 잘 지을 수 있어요. 농사란 햇빛과 물로 짓는 것이니까요."

숙현은 석리가 참으로 신기한 사람이라는 생각을 멈출 수 없었다. 그는 성현의 말씀만 숭배하고 옛글만 읊어대는 여느 선비들과 달라도 무척 다른 사람이었다.

"그러네요. 동지에는 해가 짧으니 농사가 약하고 하지에는 해가 길어 농사가 잘되는군요."

"그렇습니다. 그래서 입춘, 우수, 경칩에서부터 동지, 소한, 대한까지 절기를 정해두면 거기 맞추어 농사 준비를 하는 겁니다."

"그러네요."

숙현은 고개를 끄덕였다.

"그런데 조선은 명나라 달력을 쓰는 바람에 절기와 실제 햇빛의 양이 다릅니다."

"관측하는 위치가 달라서 그런 건가요?"

"그렇습니다. 한양에서 관측해 이십사절기를 정해야 하는데 북경에서 관측한 걸 따르니 다를 수밖에 없지요."

"그러면 우리가 따로 역법을 만들면 되지 않나요?"

"사대부와 선비들이 가만있지 않습니다. 맞든 틀리든 대명력을 안 따르면 불충 중에서도 가장 큰 불충이라 생각하니까요."

"아! 스스로는 농사 한번 짓지 않는 사대부들이 대명력만을 앞세우니…… 백성들만 참 불쌍하네요."

"이제 달라질 테니 걱정 마십시오. 임금께서 과감히 우리 하늘에 맞는 역법과 달력을 만들 것을 명하셨으니, 이 일을 위해 서운관을 크게 정비하고 천문 관측 기구들을 새로 만들도록 하셨지요."

석리는 나귀를 재촉했다. 주가까지 가려면 걸음을 부지런히 해야 했다.

"한 선비님의 이야기를 듣고 보니, 별세계가 펼쳐지는 것 같아요. 하지만 제가 할 수 있는 일은 저 별을 수놓는 것이지요. 별을 수놓고 싶다는 생각이 들어요."

"별을요?"

"예. 저는 선비님처럼 수많은 별자리의 이치를 다 알지는 못하니…… 그저 제 마음에 들어오는 별 하나를 골라서요."

석리가 숙현을 바라보았다.

"그것도 좋지요. 저는 수많은 별자리를 머릿속에 그리느라 하나의 뚜렷한 별을 기억하지 못합니다."

숙현은 그 말을 듣고 미소를 지었다.

"언젠가 그 별을 수놓아 보여드릴지도 몰라요."

"기다리겠습니다."

다음 날은 나귀가 말썽을 부리는 통에 얼마 가지 못한 석리와 숙현은 어둑할 무렵 주가에 도착해 식사를 마쳤다. 숙현이 방 안에서 잠을 잘 준비를 하고 있을 때 석리가 밖에서 그녀를 불렀다.

"숙현 아씨, 잠시 나와보시겠습니까?"

숙현은 두루마기를 걸쳐 입고 마당으로 나갔다. 석리는 손가락으로 밤하늘을 가리키고 있었다.

"저기 북두칠성이 보입니다."

숙현은 고개를 들어 하늘을 보았다.

"참 밝아요."

"잠시 기다려 보시지요."

잠시 후 석리가 급히 손가락을 들어 한 곳을 가리켰다.

"저기, 저곳입니다."

"아!"

별똥별이었다.

"오늘따라 유난히 별똥별이 많습니다."

석리의 말이 끝나기도 전에 또 하나의 별이 긴 궤적을 그렸다.

"우리 같이 소원 빌어요!"

숙현이 황급히 눈을 감은 채 두 손을 모으자 석리도 그녀를 따라 눈을 감고 두 손을 모았다. 말없이 마주한 두 사람 사이에 밤바람이 살며시 불어왔다. 가을밤 별빛 아래에서 손을 모으고 선 두 사람의 그림자가 포개어져 길게 드리워진 위로 달빛이 은은하게 흐르고 있었다. 바람은 선선히 불어 나뭇잎을 흔들고, 어딘가에서 풀벌레 소리가 가볍게 울려 퍼졌다. 멀리서 낙엽 한 장이 바람을 타고 땅으로 내려앉았다.

"칠성님!"

숙현의 낮은 목소리가 그 소리와 뒤섞이면서 가슴속 깊은 곳에서부터의 소원이 소리를 타고 허공중에 울려 퍼졌다. 알아들을 수 없는 작고 낮은 목소리였다. 바람이 머리칼을 가만히 쓰다듬었고, 풀벌레 소리와 함께 소원은 가을밤 저 너머로 멀리멀리 바람을 타고 퍼져 나갔다.

두 손을 모은 두 사람의 모습은 다정했으나 흐트러짐이 없었고 가까웠으나 법도에서 벗어나지 않았다. 밤하늘과 바람이 그들을 감싸며 하나가 되었다. 그리고 그 순간, 세상의 모든 소음이 잦아들고 오직 별빛만이 남아 그들의 마음을 어루만졌다.

알 수 없는 곳에서 불어온 바람이 주가의 초가를 부드럽게 스쳐 가는 하늘에는 은하수가 흐르듯 펼쳐져 있었다. 석리는 숙현과 나란히 앉았다. 이 순간만큼은 모든 것이 허락된 것만 같았다. 밤은 넉넉했고 바람은 살가웠으며 풀벌레 소리는 아득하게 들려왔다.

별들은 천장 같은 하늘에 무수히 박혀있었고, 그중 하나가 불현듯 긴 궤적을 남기며 떨어졌다.

"칠성님."

숙현의 목소리는 결코 크지 않았으나, 밤의 적막 속에서는 너무도 또렷했다. 석리는 천천히 숙현을 바라보았다. 하지만 숙현은 떨리는 눈썹 아래 곱게 눈을 감고 두 손을 단정히 모은 채 미동도 하지 않고 있었다.

석리는 입술을 꼭 다물었다. 그녀는 아까부터 분명 무언가를 간절히 빌고 있을 것이었다. 온갖 말이 떠올랐다. 무엇을 비느냐 묻고 싶었지만 석리는 두 손을 꽉 쥐고 그 목소리를 가슴속 깊이 묻어두었다.

마지막 별똥별이 그어지자 숙현은 더 이상 아무 말도 하지 않았다. 하지만 그녀는 여전히 눈을 감고 있어 그 속내를 알 수 없었다. 그저 흘러내린 그녀의 고운 머릿결이 바람에 살며시 흔들릴 뿐이었다.

석리는 한숨을 삼켰다. 이번 하행길은 말을 타고 동래부로 내달려 어머니의 기일을 맞추어야 했지만 그는 이미 마음의 고삐를 놓아버린 지 오래였다. 숙현을 안동에 데려다준 다음 밤을 새워 달리리라 속으로 다짐하는 가운데 바람을 타고 날아온 마른 낙엽 하나가 두 사람의 무릎 위에 소리 없이 내려앉았다.

그렇게 두 사람은 그 가을밤의 한가운데서 언제까지나 조용히 앉아있을 따름이었다.

날벼락

다음 날 아침 일찍 길을 떠난 두 사람은 문경새재 근처에서 길목을 지키고 선 포교와 포졸들을 보고 연신 고개를 갸웃거렸다. 간혹 길목에 포교가 나와있는 때도 있긴 하였으나 그것은 한양의 높은 벼슬아치가 지나친다는 기별이 있을 때의 애기이지 이토록 이른 아침에 포교가 나와있는 건 결코 예삿일이 아니었다. 게다가 울긋불긋한 무복을 입고 긴 칼을 찬 포교가 대여섯이나 되었고 한눈에도 지위가 높아 보이는 고관이 그들 사이에 자리하고 있었다. 복식으로 보아 현령이나 부사 정도가 아닌 훨씬 높은 고관이었다. 석리는 멀리서도 그것이 관찰사의 복식인 걸 알아보았다. 두 사람이 가까이 다가가자 포교들의 한가운데 서있던 관리가 우렁찬 목소리로 물었다.

"본관은 충청 관찰사이다. 낭자가 권중언의 여식 권숙현인가?"

생각지도 못한 소리에 석리도 숙현도 놀랐다. 이들이 나와 길목을 지키고 선 게 바로 숙현 때문이라는 얘기가 아닌가.

"그렇습니다만."

숙현이 차분한 목소리로 대답하자, 관찰사는 석리를 향해 눈을 돌렸다.

"너는 누구냐?"

"보다시피 동행이오."

관찰사는 석리의 까칠한 답변에 다소 놀랐으나 함부로 성정을 부리지 않고 목소리를 약간 낮추었다.

"이름과 하는 일을 고하라."

누구보다도 숙현의 귀가 쫑긋했다. 평상의 선비와 달라도 너무 달라 석리의 신분이 무척 궁금했으나 물어보지 못하고 있던 일이었다.

"이름은 한석리이고 하는 일은 말할 수 없소이다."

"무엇이!"

관찰사는 이토록 무례한 젊은이를 본 적이 없었지만, 석리에게로 달려들려는 포교들을 손을 내저어 저지했다. 지금은 수행해야 할 너무도 중요한 과업이 있는 터였다.

그는 숙현을 향해 엄정하나 부드러운 목소리로 입을 열었다.

"한양에서 낭자를 데려오라는 급명이 있으니 가마로 옮겨 타시게."

관찰사가 팔을 들자 네 사람이 드는 가마인 사인교가 숙현의 나귀 앞에 대령했다. 충청 관찰사라면 종이품의 고관인데다 사인교까지 준비한 걸 보면 누군가 숙현에게 보통 공을 들인 게 아니란 얘기였다.

"한양의 누가 왜 그런 명을 내렸다는 말씀인지요?"

"병판 대감께서 직접 내린 명이다."

병판이라면 병조판서. 조선 팔도에 군령을 내리는 사람이라 여간해서는 놀라지 않는 숙현조차 정돈되지 않는 표정이었다. 일순 어떤 예감이 스친 듯 석리의 얼굴이 흐려졌다.

"무슨 이유인지요?"

"그거야 네가 알겠지 내가 어찌 알겠느냐?"

"나는 모릅니다. 병조판서 대감과는 일면식도 없는데 어찌 소녀를 오라 그러십니까? 저는 안동의 집으로 내려가는 길이니 길을 비켜주십시오."

관찰사는 당돌한 숙현의 응대에 놀랐으나 함부로 대해선 안 된다는 지시를 받은 터라 말투를 누그러뜨렸다.

"이것은 네가 거부할 수 있는 명이 아니다. 생각해 보아라. 알고 모르고 간에 병판 대감의 명이라면 바로 조정의 명이 아니냐. 나 또한 조정의 명을 받고 꼭두새벽부터 이 자리에 나와 지키고 섰던 거고. 그런데 네가 조정의 명을 거부한다면 그건 바로 불충이자 반역이 아니겠느냐."

"그러면 이유라도 알려주십시오."

"글쎄 이유를 모른다니까. 너는 짐작 가는 일이 없느냐?"

"전혀 없습니다."

"잘 생각해 보아라."

숙현은 곰곰 생각하기 시작했다. 필시 그날 뛰쳐나간 하영번이 손을 썼으리란 생각이 들었지만 듣기로 병조판서는 하영번의 일가는 아니었다.

"소녀는 모르겠습니다."

"여하튼 병조판서의 명을 거역할 수는 없는 일 아니냐. 너희나 나나."

"명을 거역하자는 것이 아니라 사람을 끌고 가려면 이유 정도는 알려주는 게 법도 아니겠습니까?"

"네 말이 틀린 것은 아니다. 그러나 조정의 급한 명은 때때로 집행하는 자나 집행당하는 자나 이유를 알지 못하고 수행하기도 하는 법이다. 지금의 우리처럼 말이다."

숙현은 최고위 지방직인 관찰사가 화를 내지 않고 차근차

근 설명하는 데다 그의 말이 틀린 데도 없고 사실상 명을 거역할 수도 없는 지경이라 날 선 목소리를 거두었다.

"소녀는 아무리 생각해도 무슨 일인지 짐작할 수 없사오나 명에 따르기로 하겠습니다. 하지만 하나의 청이 있으니 들어주시기 바랍니다."

"말해보거라."

"짐 실은 저 나귀를 안동 저의 집에 보내주시기 바랍니다."

"저 사람이 가져가면 되지 않느냐?"

"저분은 저와 관계가 있는 분도 아니고 안동에 가시는 길도 아닙니다."

관찰사는 수상쩍은 눈길로 석리를 한참이나 쏘아보았다. 평생 본 적 없는 건방진 자라 한번 족치고도 싶었지만 숙현을 함부로 대해서는 안 된다는 병조판서의 명을 떠올리며 그는 모르는 체 고개를 끄덕였다.

"그러면 그대도 한양으로 동행하겠는가?"

한없이 어두운 표정으로 뭔가를 곰곰 생각하던 석리는 놀라운 말을 꺼냈다.

"병조의 문부를 보여주시오."

"무엇이!"

문부는 관청 내부의 지시서인데 양반이든 평민이든 일반

백성이 감히 관찰사에게 문부를 보여달라고 하는 경우는 이제껏 한 번도 없었기에 관찰사는 지극히 기분이 나빠졌다. 그것은 포교들, 아니 포졸들도 마찬가지였다. 이놈이 간이 부었나 싶어 당장이라도 치도곤을 내려는 판이었지만 노련한 관찰사는 한발 물러섰다. 문부를 안다는 건 이놈이 결코 보통 놈이 아니란 얘기였다.

"문부는 본디 밖에 보일 문서가 아닌 데다 감영에 있네. 다만 한시가 급하니 낭자는 올려 보내고 그대는 감영으로 가서 확인하겠는가?"

"문부를 가지고 오시오. 그때까지 이 여인은 아무 곳에도 가지 않소."

관찰사는 그의 말에 기가 찼지만 혹시 모를 사태를 경계해 몸을 뒤로 빼고 포교들에게 눈짓을 보냈다. 분에 찬 포교 하나가 앞장서 칼집에서 칼을 뽑아 석리의 앞으로 나섰지만 곧바로 신음 소리와 함께 땅바닥에 나뒹굴고 말았다. 포교의 칼은 어느새 석리의 손에 들려있었다.

"우리는 갈 테니 문부를 가지고 오시오. 만약 문부 없이 이 여인을 끌고 가려 한다면 누구든 죽음을 각오해야 할 거요."

관찰사는 물론 포교들도 일순 굳어버렸다. 포교든 포졸이든 그간 칼이나 창을 열심히 들고는 다녔지만 한 번도 써본 적이 없는 데다 감히 대드는 자가 없었기에 이들은 경악했다. 석리는 칼끝을 관찰사에게 겨누었다.

"우리가 떠나는 동안 포교든 포졸이든 누구 하나 털끝이라도 움직이면 대감의 목은 땅에 떨어져 있을 거요."

관찰사는 평생 처음 겪는 일에 몸을 떨었고 이것은 포교들도 마찬가지였다. 세상에 검객들이 있다는 얘기는 들었지만 실제 눈앞에서 본 건 처음이라 몸은 굳고 마음은 놀라 어찌할 바를 모른 채 서로 얼굴만 마주볼 뿐이었다.

이때 숙현이 석리를 향해 다급히 외쳤다.

"절대 이러시면 안 됩니다. 지금 생각하니 짐작 가는 바가 있습니다. 그러니 잠시 저와 얘기를 나누시지요."

숙현이 관찰사에게 따로 석리와 얘기할 짬을 부탁하자 관찰사는 크게 한숨을 내쉬며 얼른 자리를 내주었다. 사람들이 모두 물러서는 걸 지켜보던 숙현은 큰 바위 뒤로 석리를 이끌고는 낮게 속삭였다.

"혹 혼인하셨는지요?"

"예? 아니, 아닙니다. 안 했습니다."

석리가 당황해 대답하자 그녀는 아무 말 없이 석리에게 큰절을 올렸다.

"이게 무슨."

당황한 석리가 급히 맞절을 하자 숙현은 몸을 일으켜 바닥에 앉은 채 석리를 바라보았다. 그녀의 눈빛은 절을 올릴 때보다 더 깊고 단호했다.

"한 선비님."

"숙현 낭자……."

"병조판서의 명으로 저를 데려가는 것을 보니, 아마도 제게는 연모하는 이와 평생을 함께할 일은 오지 않을 듯합니다."

석리는 입술을 붙들어 매듯 굳게 다물었다. 조금만 힘을 풀면 울음이 새어 나올 듯 꽉 다문 입매가 팔자로 굳어졌다. 자신이 염려했던 걸 숙현도 떠올렸음이 분명했다.

"그날, 우의를 처음 입었던 날 이후로, 제 마음속에는 조용히 자리 잡은 분이 계십니다."

"……."

"이제는 다시 뵐 수 없을지도 모르기에 단 한 번만이라도, 지금 이렇게 선비님을 부르는 걸 용서하십시오."

숙현은 고개를 깊이 숙였다.

"서방님."

석리의 숨결이 멎었다.

"비록 짧은 시간이었으나마 함께할 수 있어 무척 기뻤습니다. 부디 어디에 계시든 강녕하시고, 성품이 곧고 선한 규수를 찾아 첩으로 들이시기 바랍니다."

좋은 규수를 첩으로 들이라는 건 자신이 석리의 처라는

말과 다름없었다. 그렇다면 조금 전의 맞절은 틀림없는 혼례였다. 길섶 바위 뒤는 음지였다. 햇빛조차 들지 않는 그 좁은 공간에, 석리와 숙현은 무릎을 맞대고 앉았다. 주변에는 떠놓을 물 한 그릇조차 없었다. 밤새 맺힌 이슬만이 희미한 빛을 반사하며 마치 혼례식의 촛불처럼 흔들렸다.

두 사람은 다시 고개를 숙였다. 술 한 잔 없이, 물 한 사발 없이 두 사람의 혼례는 그렇게 마쳐졌다.

숙현이 눈을 들었다. 그녀의 눈동자 속에는 세상이 다 녹아내린 듯한 서러움이 있었다. 뭔가 말을 하려 했으나 말이 목에서 막혔다. 결국 참지 못한 눈물이 흘렀다. 뺨을 타고 내려온 눈물이 예복인 것처럼 걸쳐진 누비 두루마기에 떨어졌다. 석리는 칼을 잡은 팔에 힘을 주었다.

"빠져나갈 수 있습니다."

"저는 가야만 해요."

석리는 그녀의 손을 꽉 잡았다.

"어떤 일을 겪으실지 아시지 않습니까?"

숙현은 손을 빼내며 옅은 웃음을 머금었다.

"지켜야 할 사람들이 있으니까요. 동생들, 부모님 그리고 그 누구보다도 서방님……."

석리는 아무 말도 하지 못했다.

"숙현 낭자!"

“저는 어디에 있든 서방님의 여인으로 죽겠어요.”

숙현은 품에서 무언가를 꺼냈다. 퉁소였다. 숙현은 떨리는 손으로 퉁소를 들고는 석리를 바라보며 마지막 숨을 삼켰다. 숙현이 퉁소를 입술에 대자 이어질 듯 끊어지고 끊어질 듯 흘러내리는 구슬픈 음이 두 사람의 가슴을 갈랐다. 석리는 칼자루를 잡은 손에 피가 맺히는 줄도 모른 채 숙현이 불어내는 퉁소의 떨림 하나하나를 온몸으로 새겼다.

마지막 음이 바람에 흩어지자 바위 너머에서 포교가 부르는 메마른 소리가 들려왔다.

“때가 되었소!”

석리는 그녀의 손을 더욱 세차게 잡았다. 손끝이 서로의 맥박을 느낄 만큼 강하게 쥐어졌고 석리의 숨이 짧게 흩어졌다.

“숙현 낭자!”

숙현은 더 이상 참지 못했다. 석리의 품에 얼굴을 묻었다. 그들의 이마와 뺨이 다시 포개지고, 누비 두루마기는 눈물에 젖었다.

포교들의 발자국 소리가 지척에 다가오자 숙현은 떨리는 손으로 석리의 손을 풀었고 쏴아 소리를 내며 불어온 바람이 두 사람 사이로 스며들었다.

아무 말 하지 않았지만 두 사람은 오늘 벌어진 이 사태가 무엇을 말하는지 짐작이 갔다. 그리고 이에 맞설 수 없다는 사실도 잘 알았다. 하지만 두 사람은 결코 호들갑을 떨거나 하지 않았다. 다가오는 운명에 묵묵히 몸을 맡길 뿐이었다.

"어흠, 음."

인기척이 나자 두 사람은 말없이 사람들 앞으로 나섰다.

"어떤가? 문부를 가지고 올 테니 기다릴 텐가, 한양으로 동행할 텐가?"

"문부는 되었고 나는 따로 가겠소."

숙현은 석리가 지켜보는 가운데 아무 일 없었다는 듯 눈을 내리깐 채 사인교 안으로 몸을 들였다. 관찰사는 의외로 일이 홀가분하게 끝난 게 기뻐 포교들과 포졸들로 하여금 숙현의 가마를 호위하게 하고는 가만히 석리의 하는 양을 지켜보았다. 어딘지 석연치 않은 자라 어떻게 나올지 마음이 쓰였으나 석리는 숙현의 가마가 시야에서 사라지자 나귀를 끌고는 조용히 반대편으로 걸음을 옮길 뿐이었다. 두 사람을 떠나보낸 관찰사는 만족스러워 너털웃음을 터뜨렸다.

"그놈 참, 예사 놈이 아닌 건 분명한데 도대체 뭐 하는 놈인지 구태여 알고 싶지는 않다. 어쨌든 아무 탈 없이 여인을 올려 보냈으니 주가에 가서 막걸리나 한 사발 들이켜자. 뭐, 문부를 보이라고? 거 참, 묘한 놈일세, 묘한 놈이야. 문부를 보이라고? 허허허허! 여하튼 잘 끝났어, 잘 끝났다고! 허허허허!”

　“숙현 낭자 대령이오!”

　경복궁 바깥 육조거리에 있는 병조 앞마당에 소리도 우렁차게 숙현의 가마가 도착하자 기별을 받고 서성거리던 병조정랑은 얼른 가마 앞으로 다가섰다.

　“숙현 낭자, 먼 길에 고생 많았네.”

　직접 팔을 뻗어 가마의 가리개를 잡아주던 병조정랑은 가리개 뒤에서 나타난 숙현의 얼굴을 보자 눈이 휘둥그레졌다. 삽시간에 얼굴 가득 웃음을 떠올린 그는 숙현의 앞장을 서 마치 개선장군처럼 병조 관아로 들어갔다. 보고를 받고 기다리던 참판과 판서 역시 숙현의 얼굴을 대하자 서로 눈길을 마주치며 크게 고개를 끄덕였다.

　“소녀 숙현, 어르신들을 뵙니다.”

　“오오, 먼 길에 고생하였다.”

　“소녀는 무슨 연유로 여기 불려 왔는지 모르고 있습니다.”

　“그래, 그렇겠지. 우선 내 방에 가서 차 한잔하게나. 그리고 참판 대감은 어서 권 대감을 부르시오.”

　“알겠습니다.”

　병조판서는 숙현을 데리고 자신의 방으로 가서는 차를 한

잔 내놓았다.

"섬진강 유역의 기후와 토양이 차 재배에는 제일이네. 이것은 하동 현감이 보내온 차인데 맑고 깨끗한 맛과 은은한 향이 일품이지. 고소하고 깊은 향이 나는 전라도 보성 차와 난형난제라 할 만해."

병조판서는 난데없이 긴 차 설명을 하는 등 몇백 리 길을 가마를 태워 온 숙현의 앞에서 너스레를 떨며 시간을 보냈다.

"그런데 일행과는 문경새재에서 헤어졌다면서?"

"그러합니다."

"저런, 미안하게 되었네. 본시 이리 바삐 서두를 일은 아니었지만."

병조판서는 말을 잇지 못한 채 잠시 뜸을 들였다. 그때 밖에서 외침이 들렸다.

"도승지께서 드십니다."

"오오, 오셨구나."

숙현은 병조판서가 이제껏 시간을 보낸 건 바로 도승지가 도착하기를 기다렸음을 알아차렸고 이 일이 무엇인지 짐작하고 있던 숙현의 입술에서 자신도 모르게 한 소리가 새어나왔다.

"서방님, 부디."

숙현의 결심

도승지는 방 안에 들어오자 병조판서와 눈을 마주치기도 전에 먼저 숙현의 얼굴을 보고는 크게 안도하는 표정을 지었다.

"숙현 낭자."

도승지는 무겁게 입을 열었다. 숙현은 잠자코 고개를 숙인 채 그의 말에 귀를 기울이고만 있었다.

"주상 전하께서는 명의 공녀 요구에 무척 분노하고 계시네. 다른 건 무얼 내주더라도 공녀만큼은 내주지 않으리라 다짐을 거듭하셨지만 설상가상으로 이번에는 아주 악질의 환관이 사신으로 오고야 말았네."

숙현은 이미 짐작하고 있던 일이었지만 막상 예감이 맞아

들어가자 가슴이 덜컥 내려앉았다.

"그자가 얼마 전에는 사정전에서 노골적으로 주상 전하를 윽박지르기도 했네."

"……."

"어느 밤 주상께서는 환갑이 넘은 나이에도 몸소 갑옷을 챙겨 입고 적진으로 나섰던 고구려의 고국원왕 얘기를 하셨네. 한 사람의 백성을 보호할 줄 모르는 왕이 어찌 만백성을 보호하겠느냐 탄식하시면서."

"……."

"상감의 명을 받은 나는 명 사신을 찾아가 양귀비, 서시를 능가하는 미인을 찾으면 한 사람으로 족하지 않은가 주장하여 허락을 받아냈네. 그리고 오늘 숙현 낭자를 보니 일이 될 수밖에 없다는 확신이 드네."

"……."

"그러니 부디 이 비극을 끝내주게. 지금 조선 팔도에는 금혼령이 내려 백성의 피눈물이 내를 이루고 있네. 온 백성의 이름으로, 온 조정의 뜻을 모아 애원하네. 명에 가줄 수 없겠나?"

숙현은 하나 궁금한 것이 있었다. 도대체 일면식조차 없는 이들이 어떻게 자신을 지목했는지 이해할 수 없었다.

"그런데 어찌 소녀를 지목하게 된 것인지요."

“이미 숙현 낭자의 미색은 천지에 소문이 날 대로 났네.”

“아닙니다. 한양에 두세 사람 되지도 않습니다. 저를 아는 사람이란.”

“글쎄, 자세한 사정은 모르지만 조정에 소문이 파다하게 난 것만은 틀림없어.”

“조정이요? 그것은 이상합니다. 소문이란 저잣거리에서 조정으로 올라가는 법이지 조정에서 저잣거리로 내려오지는 않는 법 아닙니까. 저잣거리에서는 아무도 모르는데 조정에 소문이 파다하다는 건 어느 참판, 어느 판서, 어느 정승이든 벼슬 높은 분이 저를 지목했다는 증좌가 아닌지요.”

“……”

숙현의 한마디에 도승지도 병조판서도 아무 말을 하지 못했다. 사실 물어볼 필요도 없는 일이었다. 보나 안 보나 이것은 하영번의 짓이었다. 그날 보았듯이 눈이 뒤집힌 하영번이 하현수에게 얘기했을 테고 하현수가 복수심에서 조정에 고했으리라는 건 쉬이 짐작할 수 있는 일이었다. 숙현은 불과 얼마 전 누구든 공녀로 잡아가려 하면 자신의 이름을 대라고 호언장담하던 하현수의 얼굴을 떠올렸다.

“음, 그게…….”

입을 열지 못하는 두 사람을 보며 숙현은 자기도 모르게 웃고 말았다.

214

"호호호, 새 나라 조정이라 과연 신통합니다."

하영번도, 하현수도 모두 정상배였다. 평생 "논어"와 "중용"을 읽으며 인간의 도리를 논하는 자들이 막상 하는 짓거리는 비열한 잡배에 다름없었다.

예상치 못한 숙현의 웃음에 도승지와 병조판서는 잔뜩 찌푸리고 숙현의 기색을 살폈다.

"도승지 대감께서는 우리 임금님의 뜻을 잘못 읽으셨습니다."

"……."

"임금님께서 고구려의 왕을 말씀하셨다 하지 않았습니까?"

"그러네."

"고국원왕이라 그러셨습니까?"

"그렇다네."

"그분이 한 사람의 백성을 지키지 못하고 어이 만백성을 지키겠느냐 그러셨다고 하지 않았습니까?"

"주상 전하께서 그러셨지."

"그런데 도승지 대감과 명의 사신이 나눈 대화는 그게 아니지 않습니까? 따지자면 백성을 두고 거래를 하신 것 아닙니까? 작은 사과 세 알 대신 큰 사과 한 알 받으라 하신 게 아닌지요?"

"으음!"

"사과를 내어주지 않겠다는 결심을 하지 못하시는 한 어떻게 해도 임금님은 치욕에서 벗어날 수 없습니다."

도승지가 말을 잇지 못하자 병조판서가 거들었다.

"숙현 낭자, 상감마마의 사정을 이해하게. 온 나라가 공녀 일로 어지러울 대로 어지럽고 백성은 두려움에 잠겨있네. 무엇보다도 많은 남녀가 오래전부터 약속된 혼인조차 하지 못하니 나라 꼴이 말이 아니네."

"여하튼 저로 하여금 사신을 따라 명으로 가라는 말씀 아닙니까?"

"말하자면 그러하네."

"최영 장군님이라면 공녀를 보내는 대신 요동 정벌을 가셨을 테지요."

병조판서가 기겁해 주위를 둘러보았다. 최영이라는 이름을 누가 듣기라도 하면 숙현은 말할 것도 없고 자신 또한 큰 곤경에 빠지고 말 것이었다. 새 나라는 그간 최영이라는 이름을 입에 올리는 자는 반상을 막론하고 엄단해 왔던 것이다.

"목소리를 좀 낮추게. 경복궁은 물론 여기 병조에도 제 나라 임금보다 명 황제를 주군이라 생각하는 위인들이 널렸으니."

순간 아랑곳하지 않고 숙현이 목소리를 높였다.

"가지 않겠습니다. 제게는 정인이 있기 때문입니다."

두 사람은 눈이 휘둥그레져 서로를 마주 보았다.

"뭐라? 정인이 있다고. 그게 누군가?"

"바로 하현수 대감 댁 하영번 선비이십니다."

숙현은 하영번의 이름 석 자를 내뱉었다. 하지만 이 이름을 듣고 난 두 사람은 해괴한 표정을 지으며 서로를 바라보았다.

"지금 누구라 그랬는가?"

"하영번 말입니다."

"으음!"

두 사람의 신음이 무겁게 내려앉았다. 숙현을 바라보는 도승지의 표정이 어딘지 야릇했고 병조판서는 가볍게 혀를 찼다.

"숙현 낭자."

"말씀을 하십시오. 제 귀로 직접 듣고 싶습니다. 그래야 명에 가서 이 나라를 영원히 잊을 수 있을 것 같습니다."

도승지는 숙현이 무엇을 원하는지, 아니 무엇을 필요로 하는지 알 것 같았다.

"그래, 낭자의 짐작이 맞네. 하영번이 직접 태평관으로 가 낭자를 추천하였네."

착 가라앉은 도승지의 목소리에 숙현은 말없이 고개를 끄덕였다. 숙현의 얼굴에 스친 기색으로 저간의 사정을 짐작한 도승지가 안쓰러운 표정으로 지켜보았고 병조판서 역시 묵묵히 고개를 끄덕일 뿐이었다.

"이 나라 권세가의 모습이 참으로 훌륭합니다."

"내가 영번에게 직접 확인한 바론 혼담이 있을 뻔하였으나 문중에서 거절하였다던데."

숙현은 오히려 시원한 기분이 들었다. 이미 관찰사를 만난 순간부터 짐작하고 있던 일이었지만 일의 진상이 확실해지자 마음이 한결 편했다. 숙현은 문경새재 바위 뒤에서 석리와 혼례를 올리던 장면을 떠올렸다. 그도 짐작 가는 게 있었는지 말없이 받아주던 게 생각났다. 사실 모든 일이 이보다 잘될 수는 없었다. 그와 혼례까지 올린 이상 이제 명에 가 종일 그를 생각할 수 있는 자격도 생긴 셈이었다. 그만 생각할 수 있다면 명에 가 어떤 고난에 처하더라도 이겨내지 못할 것이 없다는 믿음에 숙현은 당당한 목소리를 밀어냈다.

"가겠습니다. 지엄하신 국조의 길이니 백성으로서 따르지 않을 도리가 없습니다."

"오오, 정녕 가주겠다는 말인가?"

"그러합니다."

도승지와 병조판서의 표정이 동시에 컴컴한 동굴에서 횃

불을 붙인 것처럼 확 밝아졌다. 도승지가 조심스럽게 얘기를 꺼냈다.

"전하께서도 어쩌실 도리가 없는 일이었네. 그리하여 지금 양친께서 한양으로 오고 계시네. 전하께서는 양친이 바라는 건 뭐든 해주라는 어지를 내리셨네. 그러니 뒷일은 걱정하지 말게나."

숙현은 눈을 감고 해맑게 뛰어놀던 동생들의 모습을 떠올렸다. 불쌍한 동생들. 부디 배불리 먹고 마음껏 뛰어놀아라. 형제간 우의 다지고. 이윽고 숙현이 눈을 뜨자 도승지가 입을 뗐다.

"그리고 숙현 낭자가 하나 해줘야 할 일이 있는데."

"……."

"내일 태평관으로 가줘야겠네. 사신이 눈이 빠지도록 기다리고 있거든."

숙현은 고개를 꼿꼿하게 쳐들었다.

"가지요."

"감사하네."

도승지와 병판은 크게 한시름 덜어낸 표정이었다.

"그럼 오늘 밤 지낼 데가 있는가?"

"있습니다."

"알겠네. 거처까지는 가마를 낼 테니 이용하게. 그리고 군교들로 하여금 지키게 하겠네.”

숙현은 한 조각 슬픔도, 한 방울 눈물도 내비치지 않은 채 군교들이 호위하는 가마를 타고 오촌 당숙의 집으로 향했다.

압록강의 이별

　강백창은 눈이 휘둥그레져 자신도 모르게 자리에서 벌떡 일어났다.

　"오오!"

　이제껏 삼정승을 비롯한 수많은 조선의 관리가 찾아왔어도 거만한 자세로 비스듬히 누운 채 인사를 받던 그는 숙현을 보는 순간 환관이라는 자신의 신분조차 망각한 채 얼굴이 화끈거리며 가슴조차 두방망이질 쳐 도저히 앉아있을 수가 없었다.

　"이럴 수가!"

　근심스러운 표정으로 강백창을 바라보던 도승지의 얼굴에 화색이 돌았다. 이제 드디어 나라의 화근이 뿌리째 뽑힌

다 생각하니 얼씨구나 하며 춤이라도 한바탕 추고 싶은 심정이었다.

"마음에 드시는지요?"

도승지는 애써 평정을 유지하며 건조한 음성으로 물었다. 오히려 감정을 주체하지 못하는 이는 강백창이었다. 그는 대답 대신 고개만 아래위로 크게 끄덕이며 한순간도 숙현의 얼굴에서 눈을 떼지 못했다. 이를 읽은 도승지는 바로 인수증을 내밀었다. 소, 말, 인삼 등과 같이 사람을 건네고 인수증을 받는다는 사실은 우스운 일이고 슬픈 일이었지만 이것이 조선의 현실이었다.

"좋아, 좋아. 이 낭자는 서시, 왕소군, 양귀비에 못지않아. 일당 삼이 아니라 일당백, 아니 일당천, 아니, 일당만일세. 어디서 이런 미인을 구했을꼬. 게다가 조선에서 으뜸가는 안동 권씨 문중이라니. 이 미인으로 하여금 조선 왕의 충성심이 증명되었다!"

그는 수행원을 불러 출발 준비를 시키는 그 순간에도 숙현으로부터 눈을 떼지 못하고 소리만 질러댔다.

"떠날 준비를 하라. 이레 후에 떠날 것이다. 황제께서 기다리시는 만치 나 먼저 떠날 테니 공물은 너희가 가지고 오라!"

제발 어서 떠나주었으면 하던 도승지였지만 이번에는 거

꾸로 이 흥분한 골칫덩어리를 만류하고 나섰다.

"그것은 아니 됩니다. 낭자의 부모가 멀리 안동에서 올라오고 있어 서로 만나 작별할 시간을 주어야 하니 한 열흘 후 떠나셔야 합니다."

도승지는 용감하게 그의 의사를 거스르고 나섰다. 명 사신의 의사를 거스른다는 건 생각조차 못 할 일이지만 숙현의 미모에 넋이 나가버린 강백창의 표정을 읽은 도승지는 그만치 자신이 있었다.

"아, 그, 그래. 그런가. 그럼, 그래야지."

이제 칼자루는 분명 도승지가 쥔 것이었다. 그리고 이것은 어려운 결정을 해준 숙현에 대한 도승지의 마땅한 도리였다. 하지만 숙현의 입에서는 뜻밖의 말이 흘러나왔다.

"작별 인사는 필요 없습니다. 나는 이대로 떠날 것입니다. 이레 후도 내일도 아닌 지금 당장 떠나는 것입니다."

이 말은 도승지가 아닌 강백창을 향해 쏘아졌다.

"허!"

근본이 조선인인 강백창은 이 나라에서 효가 얼마나 중요한지 알아도 너무 잘 아는지라 숙현의 말이 귀에 들어오자 탄성이 저절로 새어 나왔다.

"그, 그래도 되겠는가, 아니 그래도 되시겠는지요?"

강백창은 숙현의 미모라면 틀림없이 황제의 마음에 들 것이라 확신했다. 그렇다면 북경에 도착한 후부터는 말 한마디로 자신의 명줄을 좌우할 귀인이라 지금 이 순간부터는 이 여인에게 잘 보이고 싶고 또 잘 보여야만 하는 것이다.

"당장 떠나지 않으면 나는 가지 않겠습니다."

강백창은 숙현이 예사로운 낭자가 아님을 한눈에 알아보았다. 그 당찬 위엄은 자금성의 정비나 황제의 총애를 받는 귀비에게서나 나올 법한 것이었다. 지금 비위를 거슬렀다간 훗날 자신의 목이 달아날지도 모를 일이었다.

"그리하겠습니다."

강아지처럼 온순해져 꼬리 치는 강백창을 지켜보던 도승지는 놀라 벌어진 입을 다물지 못했다. 동시에 자신 역시 이 여인을 거스르면 어떤 운명에 부닥칠지 생각하니 등에 식은 땀이 흘렀다.

"……즉시 행차를 준비시키겠습니다."

강백창이 앞장서 움직이자 환행 행렬이 즉각 꾸려졌다.

"속히 입궐해 조선 왕을 만나고 오겠습니다."

강백창의 보고 아닌 보고에 숙현은 냉담하게 고개를 가로저었다.

"그냥 출발하세요."

"넷?"

강백창은 탄성을 내질렀으나 거기까지였다. 그로서는 이

제 도저히 숙현을 거스를 수 없는지라 조선 왕을 만나 마지막 패악질을 할 즐거움도, 금은보화를 챙길 기쁨도 다 놓친 채 급히 발길을 재촉할 수밖에 없었다. 도승지는 이 낯선 광경 앞에서 임금을 대신해 사신을 환송하는 역할을 맡게 되어 분망하였으나 마음 저편에는 기쁨이 소용돌이쳤다. 온 나라의 화근덩어리였던 강백창을 이렇게나 수월하게 돌려보낼 수 있다는 사실이 믿기지 않았고 그간 공녀가 되어 울고 불고하며 부모와 생이별하던 낭자들과 너무도 다른 숙현의 처신에 벌어진 입을 다물 수 없었다. 기실 그녀는 단 몇 마디로 왕조차 우습게 알던 강백창을 하루살이 날벌레처럼 만들어 버린 것이었다.

환행 행렬은 너무도 초라했다. 길가에 엎드리는 백성 하나 없는 가운데 하늘 높이 드날리던 깃발도 호위하던 조선 정예병들도 없이 태평관에서 도승지만의 배웅을 받은 채 강백창의 행렬은 숙현을 태우고 무악재를 넘었다. 그나마 도승지가 띄운 파발마가 역참마다 먼저 도착해 지방관들이 마중하고 숙소를 제공하는 것이 전부였지만 강백창은 올 때와는 달리 어떠한 까탈도 부리지 못한 채 길을 재촉할 뿐이었다. 다만 다음 날 저녁 무렵 몇 사람이 뒤를 쫓아왔는데 놀랍게도 이는 윤교찬의 일행이었다.

"숙현 아씨!"

가마 앞에 선 윤교찬은 사헌부 장령 앞에서 숙현을 아무 상관도 없는 여인이라 잡아뗄 때와는 너무도 다른 절절한 표정으로 말을 이었다.

"하영번, 이 개자식으로 말미암아 숙현 아씨가 이런 길을 떠나게 되었군요. 저는 무슨 일이 있어도 이놈이 숙현 아씨를 팔아넘긴 대가로 벼슬길에 오르는 꼴을 보지 못합니다."

윤교찬은 자신이 한 짓이 있어 곁눈질로 숙현의 반응을 살폈지만 의외로 숙현의 목소리는 온화했다.

"그간 잘 대해주어 감사했어요."

"흐흑!"

윤교찬은 흐느꼈다. 사헌부 장령에게 자신이 내보인 배신의 모습이 숙현에게 전달되지 않은 데 대한 안도감이 몰려왔다. 윤교찬이 의도된 한마디를 더 내뱉으려는 찰나 숙현의 차분한 목소리가 윤교찬의 귓전을 울렸다.

"그런데 한 선비님은 관원이신가요?"

문경새재에서 꺼내지 못했던 물음이었다.

"알고 보니 그 사람은 금부도사禁府都事였어요. 아버님께 거듭 여쭈니 제 집 서고에서 혹시 의금부에 필요한 서책이 있나 조사했다더군요."

숙현은 문경새재에서 관찰사에게 문부를 내놓으라 따지던 석리의 당당하던 모습을 떠올렸다. 왕명을 받들어 고관대

작을 잡아들이고 추국推鞫을 주관하는 금부도사, 즉 의금부의 도사都事였기에 그토록 거침이 없었던 것이다. 그리고 관찰사가 문경새재에 나와있다는 사실만으로도 공녀로 가게 될 운명을 직감하던 판단력 또한 그의 신분이 예사롭지 않음을 보여주었다.

"금부도사이셨군요."

숙현은 마지막 목소리를 남기고는 가마를 출발시켰다. 덩그러니 뒤에 남아 행렬을 바라보던 윤교찬은 가마를 향해 이마가 땅에 닿도록 고개를 숙였다.

강백창이 떠나고 나자 사정전에는 오랜만에 웃음꽃이 피었다.

"백 명의 정승도 해내지 못할 일을 숙현 낭자 혼자 해냈사옵니다. 낭자의 부친을 충정공에 봉하시고 정일품에 해당하는 녹봉을 지급하심이 온당하옵니다."

영의정의 주청에 백관은 일제히 고개를 숙여 동의를 표했다.

"숙현 낭자의 공덕비를 광화문 앞에 세움이 옳을 줄로 아옵니다."

세종은 고개를 가로저었다. 그의 목소리 역시 신하들과 같이 환하였으나 그 울림은 씁쓸함에 젖어있었다.

"이게 어찌 공덕비를 세울 일이겠소. 낭자가 영특하여 사신의 패악을 봉하긴 하였으나 기록에 남기기조차 부끄러운 일일 뿐이오. 다만 호조판서가 낭자의 부친 권 진사를 찾아 조정의 뜻을 충실히 전하시오."

숙현을 마지막까지 전송한 도승지가 나섰다.

"주상 전하, 숙현 낭자는 과도한 재물과 녹봉을 한사코 거부하였나이다. 다만 하나의 당부를 남기기는 하였으나……."

"오오, 무엇인가?"

"차마 말씀 올리기가……."

"뭐든 얘기하시오."

"숙현 낭자는 부친을 안동 향교의 훈도로 제수해 주기를 원했사옵니다."

"……."

금정산의 산그늘이 길게 드리운 저녁 무렵, 석리는 부모의 묘 앞에 홀로 섰다. 솔 향이 가늘게 흩어지고, 산새 울음이 먼 곳에서 울렸다. 봉분 앞에 향을 피우고 절을 올린 뒤, 그는 한참이나 입술을 달싹였다.

"아버님, 어머님. 소자, 혼례를 올렸습니다."

석리는 그저 이 말을 전하고 싶어 달려온 것만 같았다.

"안동 권 진사 댁 숙현이라는 낭자와 연을 맺었습니다. 두 분이 보셨으면 손을 잡고 덩실덩실 춤을 추었을 그런 사람입니다."

석리는 묘 앞에 올려둔 술잔을 천천히 밀어 올렸다. 석리는 내려오는 내내 부모님 묘 앞에 서서 기쁜 소식을 전할 것만 생각했다. 홀로 자신을 키워온 어머님의 평생소원이었던 혼례를 올렸다 전하면 부모님도 편히 눈을 감을 것이라 생각했고 효를 다할 것으로 믿었다.

그러나 숙현은 곁에 없었다. 쏴아 소리를 내며 산기슭의 칼바람만이 봉분을 덮은 누런 풀 위에 불어올 뿐이었다.

석리는 문득 눈을 감았다. 숙현과 함께했던 문경새재가 떠올랐다. 나귀를 타고 나란히 걷는 모습이 떠올라 미소 짓던 석리의 표정이 삽시간에 굳어졌다. 돌연 병조판서가 보낸 사령들이 말을 달려와 숙현을 둘러싸더니, 가마가 펼쳐지고, 옷고름이 휘날리고, 포교들이 달려들었다. 숙현의 얼굴이 창백하게 질리며 덜컹 소리와 함께 가마 문이 닫히는 소리가 울렸다.

그 소리는 화살처럼 석리의 가슴에 꽂혔다.

"숙현 아씨!"

누구도 말릴 수 없었다. 그녀는 숨 한번 고를 겨를도 없이 사방이 꽉 막힌 가마에 갇혀 한양으로 떠밀려 갔다.

"숙현……."

이름을 부르던 석리는 숨이 턱 막혔다. 부모님 묘 앞에서 하려던 말들이 모두 부질없이 부서졌다. 잡아줄 손도, 볼 수 있는 얼굴도 없이 끌려간 사람. 봉분 앞에 고개를 숙인 석리는 말을 잇고 싶었으나, 혀가 굳었다. 가슴속에서 무언가 솟구쳤다. 억눌러온 허탈함, 절망 그리고 참혹한 분노까지 그 모든 감정이 한꺼번에 터져 나왔다.

"어머님. 아버님. 숙현이 끌려갔습니다."

석리의 목소리는 부서진 돌처럼 거칠었다.

"혼례를 올렸는데, 막 가문에 이름을 올렸는데……. 저 혼자뿐입니다. 저 혼자."

더 이상 말이 이어지지 않았다. 섞이고 뒤틀리고 무너진 마음이 묘 앞에서 쏟아져 나왔다.

석리는 끝내 두 손으로 얼굴을 가린 채 울부짖었다.

"어머니, 숙현이 끌려갔습니다……."

온 산이 메아리 되어 흔들렸고 솔잎은 작은 소리로 울었다. 저문 빛은 싸늘했고 향불은 바람에 흔들리다 사그라졌다. 부모의 묘 앞이지만 말벗 하나 없는 넓은 산자락 한가운데서 석리는 혼자 목을 놓아 울었다. 어머니께 그토록 원하던 기쁜 소식을 전할 수 있으리라 생각했지만 종내는 가슴 밑바닥에 깊숙이 가라앉아 있던 설움이 터져 나오고야 말았다.

제사를 마친 석리는 한양을 향해 미친 듯 내달렸다. 국법이니 어쩔 수 없는 일이라 눈감았던 자신을 도저히 용서할 수 없었다. 말에게만 물과 여물을 먹이고는 한밤중에도 달빛을 틈타 말을 몰던 그는 양평에 이르자 숙현이 이미 한양을 떠난 지 한참이라는 소식을 접할 수 있었다. 숙현의 소문은 이미 온 천지에 진동하고 있었다.

"아, 그 연약한 낭자의 몸으로 무지막지한 강백창의 행패를 단숨에 잠재우고 떠났다는 거 아닙니까."

"얼마나 한이 서렸으면 부모조차 보지 않고 떠났을꼬."

"그랬으니 강백창이도 겁을 먹었지. 그 앞에서 울고불고 했어 봐. 어림도 없었지."

"여하튼 자기 한 몸 던져 금혼령도 풀어줬으니 고맙디고마운 낭자예요."

숙현이 부모조차 만나지 않고 한양에 도착한 다음 날로 떠났다는 소식에 비통함을 더한 석리는 그대로 무악재를 넘어 숙현의 뒤를 쫓아 달렸다. 역참마다 말을 갈아탄 그는 무서운 집념으로 말을 몰았으나 평양에서도 정주에서도 사신 행렬이 떠난 지 오래라는 말을 들었을 뿐이었다.

"아!"

그제야 석리는 어쩌면 숙현이 자신을 마주치게 될까 싶어 이리도 급히 발걸음을 재촉하지 않나 하는 생각이 들었다.

"오늘 이른 아침에 나루터를 향해 출발하셨으니 아마 지금쯤 환행선을 타셨을 겁니다."

밤새 말을 달려 점심 무렵 기진맥진해 의주 관아에 도착한 석리는 초졸로부터 절망적인 말을 듣자 맥이 풀려버렸다.

"어디냐? 어느 길이냐, 의주 나루로 가는 길은?"

"소용없을 겁니다. 아침 일찍 떠나셨는데 지금 벌써 정오 아닙니까?"

"어디냔 말이다! 목을 베기 전에 어서 말하라!"

초졸은 땀에 전 데다 의관도 형편없는 석리를 얕잡아 보았다가 목을 베겠다는 그의 고함에 정신이 번쩍 들었다.

"이, 이쪽 길로 달려가시면."

석리는 그의 말이 채 끝나기도 전에 말을 달려 나갔고 범상치 않은 그의 기백에 화들짝 놀란 초졸은 목을 쓰다듬을 뿐이었다. 석리가 혹시나 하는 마음에, 아니 어쩌면 천운이 작용하여 숙현을 만날 수 있을지 모른다 생각하며 길 굽이를 돌아서자 커다란 배 한 척이 막 물살을 가르고 떠나가는 광경이 눈에 들어왔다. 마지막 힘을 다해 채찍을 가하는 석리의 눈에 눈물이 솟아올랐다. 잘하면 눈을 마주칠 수 있을 것도 같았으나 여느 배와 달리 사공이 십여 명이나 달라붙은 배는 순식간에 물살을 헤치고 나루에서 멀어졌다. 말굽소리와 함께 바람을 가르며 달려온 석리는 재빨리 말에서 뛰어내렸다. 그러나 손을 뻗어도 닿지 못할 거리, 배는 점점 멀어져 갔다.

석리는 떨리는 가슴을 움켜쥔 채 바람을 타기 시작한 큰 돛 아래로 보이는 사람들을 향해 목청을 다해 외쳤다.

"숙현 낭자! 숙현 낭자!"

그의 음성은 강 위로 길게 울려 퍼졌다. 하지만 아무도 돌아보는 사람이 없었다. 이상한 일이었다. 소리가 닿지 않을 거리도 아닌 데다 강 위라 소리를 막을 것도 없었으나 누구 한 사람 돌아보지 않았고 배는 빠르게 물살을 헤치고 앞으로 나아갔다. 또다시 석리는 이별이 정해진 운명임을 직감했다. 그녀는 왜 이리 급히 떠나가는 것일까. 왜 돌아보지도 않는 것일까. 석리는 도포 주머니에 간직한 편지를 꺼냈다. 발치의 돌멩이를 주운 다음 옷고름을 찢어 칭칭 동여매고는 점점 멀어져 가는 돛을 향해 던졌다. 날아간 돌멩이는 다행히 돛에 안겼고 그것이 마지막 인사였다.

"숙현 낭자!"

석리는 무겁게 가라앉는 가슴을 부여잡고 마지막으로 외쳤으나 닿지 않는 마음만이 무심히 흐르는 강물 위에 끝없이 부유할 뿐이었다.

윤 사부의 죽음

명륜방 집은 오랫동안 등잔을 밝히지도, 장작을 때지도 않아 방 안은 눅눅하고 냉골의 한기만이 스며있었다. 손끝이 떨려 종이를 잡을 수도 없었고, 숨을 들이쉬어도 가슴 안으로 들어오지 못하고 코끝에서 흩어져 사라졌다.

"숙현 아씨!"

잠을 이루지 못한 석리는 어둠 속에서 숙현의 이름을 조용히 불렀다. 하지만 그 목소리는 매번 입술에 걸려 밖으로 새어 나오지 못했다. 혼례를 올리고 한평생 함께할 사람을 눈앞에 두고도 그냥 보냈다는 자책은 밤낮없이 그를 휘몰아쳤다. 그녀가 홀로 낯선 말을 듣고, 낯선 벽을 바라보며, 낯선 어둠 속에서 눈감은 채 떨고 있을 모습을 떠올리면 견딜 수 없었다. 신하로서 조정과 상감을 위해 어쩔 수 없다 생각했던 변명이 아프게 가슴을 할퀴어 올 때마다 석리는 두 손으로 얼굴을 감싸 쥐었다. 숨결이 뜨겁게 뒤엉키며, 꺼내지 못한 울음이 가슴 안에서 덩어리로 뭉쳐 들끓었다.

"차라리 압록강 물에 몸을 던졌어야 하지 않았던가."

목숨을 걸고라도 가마 앞을 버텼어야 했다는 회한에 이어 이번에는 정반대의 후회가 석리의 가슴속을 뚫고 치밀어 왔다.

"못난 놈!"

그는 압록강 가에 서있던 자신의 모습을 떠올렸다. 그곳에서 숙현의 이름을 불렀던 기억이 스스로의 숨통을 죄어왔다. 숙현이 자신의 절규를 들었다면 오히려 그 목소리가 숙현의 마음을 더 무겁게 짓누르지는 않았을까. 북경에 가서 어떤 고초를 겪을지 모르는데 왜 그 자리에서 제 생각만 하며 숙현을 불렀을까.

이쪽이든 저쪽이든 참혹한 자책은 매일 밤 가슴 아래서 꿈틀거리다가, 서서히, 끝내, 눈물로 흘러내렸다. 시간은 앞을 향해 흘렀으나 그의 마음은 문경새재에, 압록강에 그리고 그녀의 이름에 여전히 머물러 있었다.

그렇게 하루가 흐르고 또 하루가 흐르던 어느 날 밖에서 누군가 부르는 소리가 들렸다.

“이보시오. 계십니까?”

“…….”

대답이 없자 한동안 밖에서 기다리고 있던 사람은 한마디를 남기고 떠나갔다.

“의금부사께서 잘 지내는지 보고 오라고 하셨습니다.”

“아!”

석리는 놀라 밖으로 나왔다. 하지만 방문객은 이미 떠나고 없었다.

한동안 찬바람이 부는 뜰을 거닐던 석리는 자책하듯 이마를 쳤다. 마냥 슬픔에 젖어 지내는 건 오히려 숙현에 대한 배신이라는 생각이 들기 시작했다.

“과연 이대로 고약하게 무너져 지내는 게 숙현 아씨에 대한 나의 도리인가!”

숙현이 명나라에서 어떤 일을 겪게 될지는 알 수 없었다. 공녀로 가게 된 만큼 당장 위험한 일은 없을 테지만 그곳은 조선의 법도도 자신의 손도 닿지 않는 곳이었다. 혹여나 숙현이 명나라에서 감당 못할 화를 당한다면 그때 그녀를 구할 이는 누구인가. 비록 힘이 미치지 못해 죽는 수밖에 없더라도 그곳으로 달려갈 이는 누구인가. 그러기 위해서라도 지금은 정신을 똑바로 세워야 했다.

다음 날 아침 석리는 비로소 무겁게 가라앉아 있던 몸을 일으켰다. 붉게 충혈되어 있던 눈에 이내 힘이 들어갔다. 실력을 기르는 길은 따로 있는 게 아니다. 다시 예전처럼 맡은 일에 한 점 흐트러짐 없이 매달리는 것. 그것이야말로 숙현을 위한 진정한 의리라는 생각에 그는 방 한 귀퉁이에 세워두었던 장검을 손에 쥐었다. 마당에 나가 긴 숨을 들이쉰 다음 후유 하고 내쉬는 그의 얼굴에 더 이상 무너지지 않겠다는 기백이 서렸다. 그는 장검을 들어 길게 원을 그린 다음 눈앞의 한 점을 겨누었다. 비록 간단한 동작이었지만 연륜이 깊은 유려한 동작이었다.

"이얍!"

그는 길게 호흡을 가다듬은 다음 사랑에 들었다. 혼자 사는 터라 손님을 들이지 않는 사랑채는 다수의 책과 문서를 간직한 채 묵은 한지 냄새로 오랜만에 문을 연 주인을 반겼다. 석리는 깊은숨을 들이마시며 탁자 위의 문서를 다시 펼쳤다. 잠들었던 필묵이 그의 손끝에서 살아나 숨을 쉬었고 비탄을 삼킨 그의 눈빛 아래에서 어떤 한 인물의 기구한 사연이 춤을 추었다. 그의 사연을 떠올리는 동안 마치 돌 속에서 피어난 풀이 하늘로 곧게 솟듯 석리의 의지 또한 다시 세상을 향해 일어났다. 무엇보다 그에게는 해야만 하는 일이 있었다.

석리는 눈을 감고 깊은 밤 도승지에게 이끌려 어느 민가에서 상감의 하명을 받던 광경을 떠올렸다.

"상감마마, 분부하신 대로 도사 한석리를 데려왔사옵니다."

"나가있으라."

석리는 도승지의 입에서 나온 호칭이 귀에 박히는 순간 놀라 쓰러질 뻔했다. 상감이라니. 석리는 변복한 임금이 도승지마저 물린 걸 보고는 온몸의 기운이 눈과 귀에 쏠린 채 숨결조차 무거워졌다.

"오랜만이구나. 그간 잘 있었느냐?"

"소신은 별고 없사옵니다만 마마께서는 강녕하시온지요?"

"그러하다."

석리는 본시 무과에 급제한 후 내금위 소속 겸사복으로서 양녕대군을 시위하였으나 그가 폐위당하고 나자 의금부에 몸을 담고 있는 중이었다. 세종이 왕자였을 때는 마주칠 일이 많았지만 왕이 된 이후로는 처음 보는지라 반갑기도 했지만 한편으로는 이 자리의 무거움에 온 신경을 곤두세웠다.

"변복에 놀랐을 것이다. 네게 할 말이 있어 불렀다."

"저의 귀와 입은 오직 전하께만 속하였사옵니다. 바위가 갈라져도 밖으로 새어 나가지 않을 것이옵니다."

238

“편히 듣거라.”

임금은 술을 한 잔 따라 석리에게 내밀었다. 까마득한 신하인 석리가 감히 마시지 못하자 임금은 자신이 먼저 잔에 입을 댄 후 기다렸다. 임금을 기다리게 할 수는 없는 노릇이라 석리가 술잔을 들고서야 임금은 술을 입안에 흘려 넣었다. 어떠한 가식도 없는 단순한 동작이었지만 석리는 따뜻하고 자상한 임금의 배려에 가슴 언저리가 뜨거워졌다.

“내가 왕자 시절 얘기이다. 시강원 사부 중에 윤의겸이란 분이 계셨는데 나를 끔찍이도 좋아하셨지. 내가 배운 모든 것, 내가 쌓은 지식의 뼈와 살은 모두 그분의 가르침에서 비롯되었으니 한마디로 내 학문은 나의 것이 아니라 그분의 것이다.”

“소신도 여러 번 뵌 적이 있사옵니다.”

“온갖 학문에 통달한 분이셨다.”

세종은 과거의 일이 눈앞에 생생하게 되살아나는 듯 사무친 표정으로 말을 이어나갔다.

“유학이란 것이, 사서삼경이란 것이 읽으면 읽을수록 마음이 차분해지고 겸허하게 자신을 되돌아보게 되는 학문이 아니더냐.”

세종은 대답을 기다리는 듯 석리를 가만히 바라보았다.

“그러하옵니다.”

"성현을 숭상하게 되고."

성현이란 공자였다.

"그러하옵니다."

"그런데 윤 사부는 같은 사서삼경 강독을 해도 다른 사부나 필선과는 매우 달랐다. 깊이는 말할 것도 없지만 감히 누구도 할 수 없는 주해를 펴셨지."

"……."

"다른 사부들은 성현의 가르침을 그저 이해하는 정도에 그칠 뿐이었지만 이분은 성현의 머릿속에 들어가 그 근심과 모순을 헤아렸다."

"성현의 모순을 헤아린다는 건 저희로서는 감히 생각도 못 할 일이옵니다."

세종은 웃었다.

"누군들 할 수 있겠느냐. 오로지 그분만이 날이 시퍼렇게 선 비수로 유학의 가슴을 가르며 성현이 무엇을 고민하였는지를 강연하셨는데 감히 범접할 수 없었다."

"성현의 고민이 무엇이었는지 소신도 궁금하옵니다."

"성현은 당신이 만든 유학의 요체인 충을 고뇌하셨다. 너를 임금에게 바치라며 수많은 선량한 백성을 가르쳤지만 가혹한 참상과 부딪친 거지. 왕이란 열에 열, 포악하여 권세를 멋대로 휘두르는데 충은 그런 왕이라 할지라도 묻지도 따지지도 말고 복종하라는 가르침 아니더냐. 그러니 말년에 이르러 성현께서는 충이란 이름 아래 수많은 무고한 백성을 희생시켰다는 걸 깨달으셨다.”

“그러한 성현의 고뇌를 윤 사부님이 알아채셨사옵니까?”

“알아채다마다. 그런데 오늘 얘기는 그것이 아니다. 나는 선왕께서 윤 사부를 처형하신 얘기를 하고자 하는 것이다.”

세종의 손에 쥐인 술잔 속의 술이 출렁였다. 촛불이 비친 잔에 상감의 슬픈 눈빛이 머물렀다. 말은 없었으나 오랫동안 삭여온 안타까움이 식어가는 술처럼 천천히 번져갔다. 석리는 일렁이는 촛불에 비친 임금의 고독을 보았다. 순간 임금이 변복하고 민가에서 자신을 불렀다는 사실의 무게가 더욱 가쁘게 가슴을 눌러왔다.

“윤 사부가 세자시강원으로 옮겨 가서 얼마 되지 않아 돌연 정도전의 역모에 가담했다는 누명이 씌워졌다. 정도전이 죽은 지가 이십 년도 훨씬 넘었는데.”

“…….”

“하지만 문무백관 중 그 누구도 감히 입을 열어 선왕을 반대하지 못하였다.”

석리는 충분히 짐작할 수 있었다. 정몽주, 정도전은 말할 것도 없고 친형도, 이복동생도, 사돈도, 처남도 파리 목숨 날리듯 없애는 태종 이방원이 한번 역적으로 꼽으면 그뿐일 뿐 감히 그걸 반대할 사람은 없었을 것이었다.

"그런데."

"……."

석리는 숨을 가다듬었다. 뭔가 대단한 말씀이 터져 나올 것만 같은 예감이 들었다.

"양녕대군은 다르셨다. 그분은 바로 아바마마께 대들었지. 큰형님은 나나 효녕대군과는 기질이 크게 다른 분이야. 세자 자리를 잃을까 봐 바둥바둥 떠는 그런 분이 아니란 말이다."

석리의 뇌리에 금위군 시절의 기억이 아스라이 떠올랐다.

'아버지는 도대체 뭘 그리 잘했단 말입니까? 단 한 번도 들어가지 않던 경복궁에 거사 전날 들어간 까닭을 소자가 모를 줄 알았습니까?'

양녕은 선왕을 아바마마도 아닌 아버지라 칭했고 짐작만 할 뿐 누구도 입에 올리지 못하는 말을 서슴없이 선왕에게 퍼부었다. 과거 태조는 경복궁을 창건하고 나서 여러 번 자식들을 들라 해서 잔치를 열었으나 단 한 사람 다섯째 아들만은 아무리 불러도 경복궁에 들어오지 않았었다. 그러던 그가 세자 이방석과 이방번 그리고 정도전을 죽이기 전날 전격적으로 경복궁에 들어갔었던 일을 말함이었다.

"한밤중에 침전까지 뛰어 들어간 양녕대군은 환관은 물

론 나인까지 모두 고함쳐 물린 다음 '윤 사부의 강설이 내게
는 속속 와닿는데 어째서 아버지의 귀에는 반화요설反華妖
說이란 말이오? 중국이 그리 무섭소!'라고 대들었다."

반화요설이란 '명나라를 거스르는 요사한 말'이란 뜻으로
들렸다. 석리는 스스로에게 되뇌었다.

'상감께서는 설마 양녕대군께 행한 강설이 화가 되어 윤
사부가 죽임을 당했다 말씀하시는 것인가.'

석리는 다시금 눈길을 임금의 입가에 맞추었다. 너무도
엄청난 얘기라 단 한마디도 놓칠 수 없었다.

"윤 사부의 강설은 형님이 세자위를 잃는 발단이 되었다.
선왕께서도 그날은 참지 못하시고 대로하여 날이 밝자마자
형님의 세자위까지 박탈하셨으니까."

석리는 양녕대군이 세자에서 물러나던 날을 떠올렸다. 그
날 대군은 세자전의 돌계단 위에 앉아있었다. 그는 멀리 비
어있는 하늘을 넋 놓고 바라보다 문득 자신의 시선을 느낀
듯 고개를 돌렸다.

그 눈빛엔 두려움도 없고, 원망도 없었다. 다만 지독히도
고요한 체념만이 깃들어 있었다. 잠시 입가에 희미한 웃음
이 번졌다. 그 웃음은 스스로의 운명을 비웃는 듯했고, 또한
선왕의 그 어떤 명령에도 꺾이지 않겠다는 무언의 결기처럼
보이기도 했다. 그 허탈한 웃음 앞에서 말없이 서있던 기억

이 석리의 뇌리에 선명하게 떠올랐다.

"그날 이후 반화요설이란 네 글자는 나의 뇌리 속에 뚜렷이 각인되었다. 윤 사부의 인품이나 가늠하기 어려운 깊이로 보아 세자에게 근거 없는 논설을 펼칠 리는 없었다. 하지만 아무도 그 반화요설의 내용을 모르더구나. 오직 한 분 양녕대군만이 아시지만 무슨 이유에선지 입을 꽉 다물고 얘기를 하시지 않는다. 형님과 허물없는 좌의정 맹사성을 시켜 여러 차례 여쭈었어도 형님은 여태껏 묵묵부답이시다. 뿐만 아니라 한 번 더 묻는다면 자진하겠다며 분노하셨다고 한다."

석리의 머릿속에서 어떤 예감이 스쳤다. 선왕도 떠나 없는 지금 양녕대군이 한 줄 과거의 얘기를 그리도 묵묵히 지키고 있다면 이건 단순히 지난 얘기만은 아닐 것이었다.

"어쩌면 그것이 지난 일로만 끝나지 않는 일이 아니올는지요."

"연유가 어떠하든 임금으로서, 그리고 윤 사부의 제자로서 내가 그 반화요설이 무엇을 말함인지 모르고 있다는 사실은 도리에 어긋난 일이다."

"상감께서는 그 반화요설이란 말씀을 뉘에게서 들으셨사옵니까? 선왕께서 윤 사부 처형과 양녕대군 폐위의 이유를 반화요설이라 밝히셨다면 백관이 다 그 전후를 알고 있을 것 아니옵니까?"

세종은 고개를 가로저었다.

"오직 한 사람이 들었을 뿐이다. 그날 환관과 나인은 모두 물러났으나 선왕의 검을 지켜야 하는 별운검은 그 직책상 자리를 떠날 수 없었다. 하여 선왕의 검을 품은 채 몸을 숨기고 있다 그 말을 들었던 것이다. 다음 날 형님이 폐위되어 이틀 후 내게 양위될 때 나는 이유도 모른 채 세자위를 받을 수 없었다. 형님이 글공부를 게을리하고 술을 좋아하며 사냥을 다닌다는 따위가 무슨 폐위의 구실이 되겠느냐. 분명 전날의 충돌이 원인이라 생각한 나는 별운검을 찾아 있었던 일을 물었다. 하지만 그는 내게 선왕께서 양녕대군의 주장을 반화요설이라며 대로하셨다는 얘기만 남기고 급사하였다. 아마도 선왕이 목숨을 거두셨을 것이다."

"그러면 세상에 오직 세 분, 선왕과 양녕대군, 윤 사부만이 그 반화요설이 무엇인지 아는데 선왕은 돌아가시고 윤 사부는 처형되었으며 양녕대군께서는 함구하신다는 말씀이옵니까?"

"그러하다."

"그럼 소신의 할 일은 양녕대군을 만나 뵙고 그 반화요설이 무엇인지 알아내는 것이옵니까?"

세종은 고개를 가로저었다.

"무엇을 두고 반화요설이라 하셨는지는 내 평생의 의문

이다. 하지만 너는 이 일로 양녕대군을 만나서는 아니 된다.”

석리는 세종의 얼굴에 어린 깊은 고심의 흔적을 읽을 수 있었다.

“혹 생각해 두신 방안이 있사온지요?”

“너는 떠오르는 게 있느냐?”

석리는 잠시 생각하고는 대답했다.

“반화요설이 논설이라면 그 논설의 근거를 더듬을 수 있는 윤 사부의 자취가 있지 않겠사옵니까? 문집이라든지, 읽던 서책이라든지 하는 것들 말이옵니다.”

석리는 무과에 급제해 내금위를 거쳐 의금부에서 근무하고는 있으나 문과 급제자들 못지않은 문재가 있었다. 사실 고려조에서부터 대대로 문관 벼슬을 지낸 집안 내력으로 보아서는 문과에 응시하는 게 맞기는 했으나 무를 중히 하던 고려가 무너지고, 나약해진 조선조에 대한 반감으로 석리는 무과를 택했다. 마찬가지로 이런 길을 걸은 사람으로는 최윤덕, 이징옥 등 여러 인재가 있었다.

임금은 지극히 흡족한 표정으로 석리를 바라보았다.

“바로 그러하다. 윤 사부가 사약을 받고 가솔들까지 모두 처형되자 그의 서책은 모두 같은 문중인 우찬성의 서고에 들어갔으니 우찬성의 서고를 찾아보아라.”

석리는 난감한 생각이 들었다. 우찬성이라면 바로 윤혁이었다. 하늘을 나는 새도 떨어뜨린다는 그의 집 서고를 찾아보라니. 하지만 세종은 주도면밀한 군주였다.

"천하의 장서가 다 그 집 서고에 있다 하여 집현전 교리들이 살핀 후 중요한 서책을 사들이기로 하였다. 우찬성이 객사까지 내주었으니 네가 교리들과 같이 그 집 객사에 머물면서 윤 사부의 서책을 찾아보아라."

참으로 묘안이었다. 임금은 이런 명분을 만든 다음 자신을 부른 것이었다. 석리는 이 일이 절대 예사롭지 않은 일임을 뇌리 깊숙이 새기며 가만히 호흡을 가다듬었다. 비록 과거의 사건을 캐는 일이었으나 워낙 예민한 일인 만큼 그 그림자는 언제든 다시 고개를 들 수 있었다.

"의금부 일은 어떻게 하올지요?"

"부사에게 명할 테니 기한에 제약을 두지 말고 이 일을 조사하여라."

"알겠사옵니다."

석리는 세종의 집념이 뼛속까지 전해오는 걸 느낄 수 있었다.

여기까지의 회상을 마친 석리는 삼각산을 바라보며 고개를 가로저었다. 세종의 방안은 치밀했으나 결과는 기대에 미치지 못했다. 윤혁은 빈틈없는 사람이었다. 그의 집 서고에

엄청나게 많은 책이 쌓여있는 것은 사실이었으나 윤 사부와 관련된 책은 아예 흔적조차 없었다. 상감은 윤혁이 윤 사부의 서책을 모두 거둔 것으로 알고 있었지만 평생 책과 더불어 살아온 윤 사부의 문집 한 권 없을 정도라면 윤혁이 얼마나 깨끗하게 문중과 그를 단절시켜 버렸을지 안 봐도 훤한 일이었다.

석리는 윤 사부가 사약을 받는 장면부터 윤혁이 그와 문중을 차단하기 위해 동분서주하는 모습까지를 머릿속에서 그리고 또 그려보았다.

"으음!"

생각을 거듭할수록 석리는 소문과 윤혁의 처신 사이에 존재하는 커다란 괴리에 심기가 거슬렸다. 실제 윤혁은 윤 사부의 역모가 문중으로 얽히는 걸 막기 위해 필사의 노력을 기울였을 것이었다. 하지만 그와는 정반대로 위험하기 짝이 없는 윤 사부의 서책을 그가 전부 인수한 것으로 소문이 나 있었다. 여기에 어떤 곡절이라도 있단 말인가.

노비의 직관

햇살이 궁궐 담장을 따라 비스듬히 기울고 있었다. 종루에서 저녁을 알리는 북소리가 울리자 하루 일을 마친 관노들이 하나둘씩 궁문을 빠져나왔다. 그들의 옷자락에는 여전히 대장간의 그을음과 수라간의 연기 냄새가 배어있었다. 궁궐에서 멀지 않은 서쪽 기슭, 골목을 따라 이어진 낮은 초가들이 모여있는 곳이 바로 관노들의 마을이었다.

기와집 대신 삿갓 모양의 초가, 토담 위로 매달린 장작더미, 낮에는 비질하고 밤이면 쪽불을 켜는 여인들의 손길이 오갔다. 비록 신분은 노비라 하였으나, 그들의 일상은 생각보다 생기 넘쳤다.

서로의 이름을 부르며 웃고, 하루 일을 마친 손으로 거친 밥그릇을 나누며 한 그릇의 술을 돌리기도 하는 그곳은 궁궐의 명령이 닿는 곳이면서 그 명령이 잠시 쉬어 가는 별난 사람들의 터전이었다.

골목 어귀에는 늙은 느티나무가 오가는 사람을 반기듯 긴 가지를 드리우고 있었고 차츰 어둠이 내리면서 마을 전체가 밥 짓는 푸른 연기 속에 잠겼다. 조촐한 등잔불이 각 집마다 흔들리다 그 빛이 서로 이어지면 마치 어느 성씨의 한 씨족 마을 같았다. 그곳엔 신분의 굴레가 있었지만, 그 굴레보다 더 강한 생의 의지와 손의 열기가 있었다. 사람들은 모두 땀에 젖은 채 웃고 있었고 그 웃음은 낮게, 그러나 오래 울렸다. 그날 밤 석리는 초가에서 새어 나오는 불빛들을 따라 궁노비촌의 한 귀퉁이로 발길을 옮겼다.

그 좁은 골목 안에 그의 오랜 벗이 살고 있었다. 그의 집은 여느 관노의 집보다 조금 별났다. 낡은 문짝은 손때가 닳아 윤이 났고 마당에는 쇠붙이와 나무 조각이 어지럽게 널려있었다. 그는 늘 뭔가를 깎고, 붙이고, 돌리는 사람이었다.

석리는 문 앞에서 잠시 숨을 고르며 처음 이 친구를 만나던 날을 떠올렸다.

그날은 봄비가 내린 뒤라 경회루 물빛은 유리처럼 맑았다. 연잎 위엔 아직 물기가 마르지 않았고 햇살이 그 위에 떨어지자 잎마다 작은 무늬들이 반짝였다. 내금위 좌위 석리는 그날 출타했다 내금위로 돌아가던 길이었다. 그는 늘 그렇듯 발걸음을 멈추어 연잎 위의 빛 무늬를 유심히 바라보았다. 바람이 스칠 때마다 커다란 잎사귀 위의 물방울들이 사방으로 흩어지며 매번 다른 자취를 남기는 것이 흥미로웠다.

연못 맞은편에서 누군가가 작은 도구를 들고 뭔가를 가만히 재고 있었다. 허름한 옷자락, 그러나 눈빛만은 날카롭고 집중되어 있었다.

석리는 그의 손놀림을 유심히 지켜보다가 조심스레 다가가 말을 건넸다.

"무얼 재고 있는 것이오?"

석리는 그가 입은 감색 삼베 도포나 머리를 질끈 동여맨 검정 끈으로 보아 노비임을 바로 알아보았으나 하대를 하지 않고 정중히 물었다.

노비는 놀란 듯 고개를 들더니 잠시 후 미소를 지었다.

"예, 나리. 연잎 위의 물방울이 둥글게 맺히는 게 바람의 방향과 무슨 상관이 있나 보던 참이었습니다."

석리는 잠시 말을 잊었다.

그는 방금 자신이 떠올린 물음을 똑같은 말로 되돌려 받은 기분이었다.

"그대도 그걸 보고 있었단 말이오?"

“예. 물방울이 연잎에 닿자마자 동그랗게 말리는 게 너무 신기해서⋯⋯. 사람의 눈이 미치지 못하는 곳에서 저들끼리 무슨 조정이라도 하는 듯합니다.”

석리는 조용히 웃었다. 이것은 보통의 노비가 쓰는 말이 아님은 물론 뛰어난 학식을 가진 선비도 할 수 없는 말이었다.

“그대 이름이 무엇이오?”

“장영실이라 합니다. 내자시의 관노입니다.”

“내자시? 그렇다면, 손으로 재는 사람이구려. 나는 내금위 좌위 한석리요. 눈으로 재는 사람이지.”

둘은 그렇게 마주 섰다. 한 사람은 눈으로 세자의 안위를 지키는 자, 다른 한 사람은 손끝으로 사물의 이치를 캐는 자였다. 그날 두 사람은 연못가에 한참을 함께 서있었다. 바람이 불 때마다 연꽃 위의 물방울이 이리저리 굴러다녔다.

석리가 말했다.

“저 넓고 두꺼운 잎은 우리 눈으로 볼 수 없는 기름을 조금씩 내뿜는 것 같소. 아주까리나 참깨처럼 말이오.”

그러나 다음 순간 석리는 놀라지 않을 수 없었다. 장영실의 관찰은 자신을 압도했다.

“저 잎의 표면은 자세히 보면 오돌토돌한 돌기로 되어있습니다. 그 위를 말씀하신 대로 기름 같은 것이 덮고 있으니 물이 퍼질 틈이 없이 동글동글하게 말려버리는 겁니다.”

석리는 그 말에 묘한 전율을 느꼈다. 그건 누구도 내놓을 수 없는 엉뚱하고도 정교한 대답이었다.

그날 이후, 두 사람은 자주 만났다. 석리는 사람의 관찰을 통해 세상을 읽었고, 장영실은 사물의 관찰을 통해 세상을 읽었다. 둘의 대화는 언제나 사소한 관찰로 시작해 마침내 세상이 움직이는 이치로 흘러갔다. 세상은 신분으로 둘을 갈랐지만 그들의 눈은 남들이 보지 못하는 같은 곳을 보고 있었다.

석리는 작은 항아리 하나를 품에 안고 기웃거렸다. 항아리 안에는 자신이 아끼는 청주 한 병이 들어있었다. 안주라 해봐야 염장한 명태포 몇 점과 두부 한 모가 전부였지만 하지만 술을 별로 즐기지 않는 영실에게 이 정도면 충분할 것이었다.

"장 형, 아직도 손에서 불이 안 떨어졌구려."

석리가 문밖에서 웃으며 말했다. 문이 열리고 장영실이 나타났다. 그의 얼굴에는 여느 때처럼 그을음이 묻어있었고 눈에는 어린아이 같은 호기심이 담겨있었다.

"금부도사 나리께서 이런 늦은 밤에 웬일이십니까?"

"보는 사람도 없는데 나리는 무슨 나리. 한잔하러 왔소."

석리는 항아리를 내보였다. 영실이 피식 웃으며 그를 안으로 들었다. 방 안에는 기이한 기구들이 어지럽게 널려있었다. 바늘 조각, 쇠로 만든 톱니, 나무로 깎은 축. 그 사이에 두 사람은 조그만 상을 펴고 술을 올렸다. 석리가 한 모금 들이키며 말했다.

"상감께서 요즘 들어 장 형을 부쩍 아끼신다는 얘기를 들었소. 높은 벼슬도 내리신다 하더군."

영실이 답례를 치르듯 술을 마셨다.

"받아도 근심, 안 받아도 근심입니다."

그 말에 석리가 미소를 지었다. 잠시 동안 두 사람은 말없이 잔을 부딪치다 석리가 갑자기 소리 내어 웃었다.

"하하하!"

이에 영실 또한 따라서 크게 웃었다.

"하하하!"

이는 임금이 몇 번이나 벼슬을 내리려 하였으나 이조판서가 노비에게 벼슬을 내리는 일이 있어서는 안 된다고 죽어라 버티는 걸 꼬집는 웃음이었다. 술이 몇 순배 돌아갔을 때 석리가 말을 꺼냈다.

"장 형, 그대는 세상을 손으로 재는 사람 아니오."

"예, 손에 만져지는 것만 믿습니다."

석리는 잠시 침묵하다가 천천히 말을 꺼냈다.

"궁중에 오래 계셨으니 윤의겸 사부 얘기는 아시겠지요."

"그럼요. 저와도 적잖이 말을 나누었던 분입니다."

"그분이 역모로 몰려 사약을 받았잖소?"

"뿐만 아니라 식솔이 다 죽임을 당하지 않았습니까."

"요즘 이상한 얘기를 들었소. 윤혁 대감 말이오. 세상은 윤혁 대감이 윤 사부의 서책을 전부 거두었다 하오. 하지만 내가 살핀 윤 대감은 오히려 그 반대였소. 윤 사부와의 인연을 철저히 끊고 티끌 한 조각조차 문중과 이어지지 않도록 한 사람이오. 그러니 위험하기 짝이 없는 윤 사부의 서책들을 자신의 서고에 들여놓을 리가 없지. 실제로 나는 윤 대감의 서고를 샅샅이 살폈소. 아무것도 없었는데 왜 소문은 반대로 나있는 걸까?"

"그거야 나보다 금부도사 나리가 더 잘 아실 것 같습니다만."

"놀리지 말고 생각을 같이 좀 해봅시다. 우리는 연잎으로 맺어진 형제 아니오? 그대가 형님, 내가 동생."

영실은 환하게 웃었다. 평소 농담이라고는 좀체 없는 석리가 이렇게까지 나오자 진지하게 생각하지 않을 수가 없었다.

"흐음! 그럼 각자 하나씩의 이유를 생각해 보면 어떻겠습니까."

"좋소, 형님."

시간이 흐른 후 영실이 먼저 하나의 가능성을 입에 올렸다.

"여기서 믿음의 축이 되는 건 소문이 아니라 한 나리께서 윤혁 대감의 서고를 조사한 일입니다."

석리는 고개를 끄덕였다.

"거기에는 윤 사부의 서책이 한 권도 없었지요. 그게 참입니다."

"동의하오."

"그런데 왜 소문이 정반대로 났는가 하면 윤씨 가문의 평판 때문일 것입니다. 즉, 그는 선왕께는 윤 사부의 서책을 모두 몹쓸 책으로 몰아붙여 문중과 단절시키고, 세상에는 서책을 모두 인수한다는 소문을 내 윤씨 문중의 의리를 보인 거지요. 그러니까 그는 윤 사부의 서책을 모두 모아……."

"그가 윤 사부의 서책을 모두 모았지만 사실은 불태워 버렸다는 것이오?"

"그렇지요. 그는 윤 사부가 사약을 받고 운명하자 누구보다 앞장서서 윤 사부의 서책들을 모조리 모아 불태우고는 임금께 이 사실을 아뢰었을 겁니다."

석리는 윤혁의 문중이 선왕과 혼맥으로 얽혔음을 떠올렸다.

"심지어는 상감과 사전에 의논했을 수도 있겠소."

"그랬을 수도 있겠지요."

장영실의 유추는 사리에 꼭 들어맞았다. 중국에 사대하는 선왕에게 반화요설을 주장한 윤 사부의 서책은 반드시 없애야 할 금서였을 테고 윤혁은 그 작업을 앞장서 수행함으로써 임금의 신임을 얻고 자신과 문중의 안전을 지켰을 것이었다.

"자, 이제 나리 생각을 말씀하시지요."

"윤혁 대감 또한 반화요설이 뭔지 알고 있겠다는 생각도 들었소."

"어느 쪽이든 그가 금서일 수밖에 없는 윤 사부의 서책을 모조리 다 없앴다는 사실은 우리 두 사람의 생각이 일치합니다."

"죄인을 통하지 않고는 죄가 무엇인지 알 수 없는 때가 있듯 윤혁 대감을 통하지 않고는 윤 사부의 논설이 무엇이었는지 알 수 있는 길은 없군요."

석리가 씁쓸하게 웃으며 자리에서 일어나는 걸 보고서야 장영실은 이 이야기가 술자리의 안줏감만은 아니었나 고개를 갸웃거리며 그를 배웅했다.

공주목의 관노

공주 장터의 오후는 활기와 탐욕이 어우러진 황토 먼지로 덮여있었다.

솥단지에서 퍼져 나오는 메주 냄새와 짚신을 엮는 소리, 장정들의 고함과 아낙의 수다가 뒤섞여 혼잡한 틈에서 한 농민이 두 손으로 문서를 움켜쥐고 있었다. 한평생 논밭을 일구느라 손등이 다 터진 사십 대 농부의 앞에는 윤기 어린 비단옷에 겉에는 곱게 물든 단령을 걸친 유지 박만배가 앉아있었다. 옆에는 박만배의 청지기와 하인들이 목을 곧추세운 채 지나가는 사람들에게 눈을 부라리고 있었다.

"여기 손도장만 찍으면 된다. 이건 네가 가져간 돈의 이자야."

농민은 굽실거리면서도 종이를 여러 번이나 힐끔거렸다.

"뭘 망설이나? 다 읽어줬잖아. 자세히 봐."

박만배의 목소리에는 거역할 수 없는 무게가 실려있었다.

"예, 예, 어르신."

농민은 박만배가 내미는 종이를 엉거주춤 받아 들긴 했으나 막상 받아 든 후에는 제대로 보지도 않은 채 황공한 표정으로 고개를 숙일 뿐이었다. 글을 모르는 그로서는 보나 안 보나 마찬가지인 까닭이었다.

"박 서방, 어른께서 다른 놈들에겐 이런 문서 보여주지도 않아. 다른 소작들과 달리 박 서방은 지주니까 대접하시는 거잖아."

청지기의 재촉에 농민은 더욱 깊이 고개를 숙이며 마지못해 손에 먹을 찍었다.

"자, 어서 거기 자기 이름에 찍어."

농민의 손이 아래로 향하자 박만배가 제지했다.

"위야, 위에 있는 게 네 이름이라고."

"네, 네. 황송하구먼요."

먹 묻은 손가락이 종이 위에 찍히려는 순간 외침이 들리면서 한 소년이 농민의 손을 붙들었다.

"잠깐요."

햇빛에 바랠 대로 바랜 거친 잿빛 삼베옷을 입은 걸로 보아 노비임이 분명했으나 눈빛이 또렷한 소년이었다. 소년은 종이를 집어 들었다. 당황한 청지기가 막으려 했으나 그보다 빠르게 소년의 손끝이 한 줄을 짚었다.

"이 글자, '이전移轉'이라 하였으니, 이는 이자로 주는 돈 이전利錢이 아니오. 아재 땅을 이분에게 옮긴다는 뜻이오. 즉 이 날짜에 이자를 주는 게 아니라, 땅을 내주는 문서란 말입니다!"

이 말에 주변의 바람이 멎은 듯 고요해졌고 박만배의 얼굴 근육이 순간적으로 굳었다가 이내 탁한 고함 소리를 밀어냈다.

"무슨 소리야, 이건 관아에서 허락한 문서야. 공주목인이라는 네 글자가 안 보이나!"

인주 자국 밑에는 분명히 공주목인이라는 네 글자가 씌어 있었다.

소년은 웃음을 터뜨렸다.

"이건 가짜예요. 정식 명칭은 '공주목인公州牧印' 네 글자여야 하는데 이건 '공주목인公州牧人', 즉 공주목 도장이 아니라 공주목 사람이란 뜻이오. 공주목 사는 사람 박만배. 그러니 관아하고는 아무 상관없는 사문서예요. 공문서가 아니란 말입니다."

농민의 얼굴이 하얗게 질렸다.

“아재, 손도장 찍으면 꼼짝 못 하고 논밭 다 빼앗기니 그
리 아시오.”

소년은 들고 있던 종잇장을 박만배 앞에 던지며 외쳤다.
비록 나이는 어렸으나 그의 목소리는 분명했다.

“보시오. 글 모르는 사람 속이라고 글이 있는 게 아니오!”

“너는 도대체 뭐 하는 놈이냐? 오, 어디서 보던 놈이다 싶
더니 관아의 노비 놈 아니냐! 못돼 처먹은 꼬마 놈이 많이 컸
구나!”

소년은 박만배를 향해 뭐라 한마디 하려다 후환이 두려운
지 고개를 돌려 농민을 향해 또렷한 목소리로 소리쳤다.

“이 나라에서는 무슨 협잡을 당해도 상민이 양반을 고소
할 수 없어요. 법이 그렇단 말이에요. 그러니 한번 속으면 끝
이에요.”

소년은 반드시 박만배에게 한마디 독설이라도 퍼붓고 싶
어 그를 향해 입가를 달싹이다 역시 후환이 두려운 듯 돌아
서 가버렸다. 그 뒤를 노려보는 박만배의 눈초리에는 어떠한
부끄러움도 없는 분노만이 이글거리고 있었다.

다음 날 오후 공주목 동헌의 뜰은 이미 무겁게 가라앉아
있었다.

북을 치던 아전이 손을 멈추자 허공에 매달렸던 불길한

소리가 천천히 내려앉았다.

"윤노, 관청 문서 변조 및 양반 모독죄!"

형리의 외침이 사라지자, 장정 둘이 이제 겨우 열서너 살 된 소년을 사정없이 끌어냈다.

소년의 몸은 이미 한 번 매질을 당한 흔적이 역력했다. 옷자락은 피와 흙으로 뒤범벅이 되어있었고 등에는 막대기 자국이 불규칙한 무늬처럼 겹겹이 남았다. 그 위로 묵직한 장이 내리칠 때마다 허공에 윙윙거리는 바람소리가 일었다. 그 소리는 마치 글자 한 획 한 획이 찢기는 듯했다.

"어린놈이 감히 양반을 모함하고 관아의 문서를 함부로 비방하다니!"

판관의 목소리가 허공을 가로질렀다.

그의 옆에는 박만배와 아전들이 고개를 숙인 채 교활한 미소를 감추고 있었다.

소년은 피로 번들거리는 입술을 열었다.

"문서를 고친 게 아니라, 거짓을 바로잡았을 뿐입니다. 판관 어른, 그 문서에 쓰인 글자는 분명 도장 인이 아니라 사람 인이었습니다. 글자를 모른다 하여 사족이 그렇게 날강도처럼 백성의 재산을 훔치면 되겠습니까?"

판관의 얼굴이 찌푸려졌다.

"저놈을 매우 쳐라! 일개 노비가 분수를 모르고 함부로 아가리를 놀리는구나!"

가냘픈 몸 위로 묵직하기 그지없는 장이 연속으로 떨어지자 피가 튀어 돌바닥에 낯선 무늬를 그렸다. 소년은 비명을 지르면서도 울지 않으려 악을 썼다.

"글이란 사람을 위해 쓰여야지 사람을 해하는 데 쓰여서는 안 될 것입니다. 만약 글이 사람을 해하는 데 쓰인다면 이 세상은 단 몇 자의 글에 의해, 아악!"

판관의 얼굴에 조소가 떠올랐다.

"저놈이 아가리를 다물 때까지 치든 정신을 잃을 때까지 치든 뒈질 때까지 치든 너희들 마음대로 쳐라! 글줄깨나 뀐다고 제 놈이 뭐라도 되는 줄 아는 모양인데 양반을 모독한 노비는 죽을 때까지 쳐도 죄가 되지 않느니라."

퍽퍽 소리와 함께 언제 끝날지 모르는 장이 열을 내기 시작했고 검은 구름이 모여들며 비가 떨어지기 시작하자 비와 피가 섞이며 바닥은 금세 진홍색 진흙이 되었다.

의식을 잃은 소년은 짚 가마니에 싸여 헛간에 던져졌다. 관청의 헛간이라고는 하나 썩은 짚내가 진동하는 가운데 굵은 빗줄기가 구멍 난 지붕 사이로 연신 떨어졌다.

"으으!"

차가운 빗물이 소년의 얼굴을 적시며, 피와 진흙을 씻어

내렸다. 며칠간이나 연신 신음을 내던 소년이 겨우 눈을 뜨자 피비린내가 코를 찔러왔다. 자신의 피였다. 등짝부터 허벅지까지 마른 피와 채 마르지 않은 피로 흥건한 게 느껴지자 소년은 짚에 고개를 파묻었다.

"흐흑! 아버님!"

소년의 뇌리에 지난날의 기억이 꼬리를 물고 일어났다. 의금부에 잡혀간 지 불과 하루 만에 사약을 받은 부친, 이어 줄줄이 목숨을 잃은 어머니, 큰어머니, 형들의 얼굴이 하나씩 떠오를 때마다 소년은 흐느꼈다.

달빛이 흐릿하게 새어드는 헛간은 눅눅한 피비린내로 가득 차있었고 소년의 몸은 짚 더미 위에 아무렇게나 던져져 있었다. 잿빛 삼베 저고리는 이미 제 색을 잃고 검붉게 굳어 있었다. 형틀에 매달려 맞은 충격이 온몸에 남아 소년은 손끝 하나 움직이기도 어려웠다. 핏빛 달빛이 헛간 안으로 번지며 얼굴 위로 내려앉자 소년은 온몸이 뻣뻣하게 굳은 채 팔을 뻗어 달빛을 잡아보려 허우적거렸다. 한참이나 허우적거리던 소년의 손끝이 공중에서 멈췄다. 낯선 인기척 같은 게 느껴지고 그야말로 낯선 목소리가 귓전을 파고들었다.

"정신이 드느냐?"

낮고 따뜻한 목소리가 헛간에 울렸다. 소년은 미처 고개를 들지 못한 채 짚 더미 속에서 가쁜 숨을 몰아쉬다 게슴츠

레 눈을 떴다. 도포를 입은 한 선비가 근심스런 눈길로 자신을 내려다보고 있었다.

"네가 종혁이구나. 이걸 좀 마셔라."

인삼. 분명 인삼 냄새였다. 이런 냄새가 아직 세상에 있었다니. 이런 냄새를 다시 맡을 수 있다니. 종혁은 다시 눈을 감고 한참이나 이 냄새를 맡던 그 옛날의 어느 순간을 떠올렸다. 아버님이 살아계시고 든든한 형님들과 같이 글을 읽을 때가 있었던가. 종혁은 눈을 번쩍 떴다.

"어느 분이신지요?"

젊은 선비는 말없이 종혁을 일으켜 앉히고는 인삼즙을 입 안으로 흘려 넣었다. 정신을 차린 종혁은 느낌으로 이 선비가 한양에서 왔음을 직감했다. 오래전 한양에서 익히 보던 사람들의 체취가 풍기는 것 같아 종혁의 가슴속에서 경계심이 번쩍 일었다. 종혁은 거부하려 하였지만 선비는 부드러우나 힘 있는 손길로 인삼즙을 종혁의 입에 떠 넣었다.

"누구신가 말입니다!"

"이렇게 만나게 되어 안타깝구나. 나는 한석리라 한다."

석리는 인삼즙을 다 떠먹인 다음 감꼬치에서 곶감 한 개를 꺼내 소년에게 내밀었다. 소년은 안 받으려 하였으나 자신도 모르게 눈에서 눈물이 주르르 흘렀다. 석리가 공주 관아에 내려오게 된 연유는 이러했다.

장영실과의 대화를 마치고 실망에 빠져 그의 집을 나선 석리는 어두운 골목길을 걸었다. 윤 사부의 서책이 모두 사라져 버려 상감의 간절한 염원을 풀어드리지 못한다는 안타까움이 묵직하게 가슴을 내리눌러 석리는 고개를 푹 숙인 채 버거운 걸음을 내디뎠다.

"흑, 엄마!"

문득 길가의 처마 밑에서 누군가 훌쩍이는 소리가 귀에 들어오자 석리는 반사적으로 고개를 들었다. 한 아이였다. 어깨엔 매를 맞은 자국이 선명했고 발목엔 끊어진 노끈이 매달려 있었다. 석리가 다가가자 아이는 겁먹은 눈으로 몸을 움찔거렸다.

"왜 이리 있느냐? 밤이 늦은데."

"흐흑! 흐흐흑!"

아이가 더욱 서럽게 울다 울음 반 말 반의 소리를 간신히 냈다.

"쫓겨났습니다……."

아이의 목소리는 젖은 흙처럼 엉겼다.

"누가 너를 쫓아냈느냐?"

"크, 큰어머님께서……. 아니 마님께서……."

석리는 대번 상황을 알아차릴 수 있었다. 필시 아이는 어느 양반집 첩이나 계집종의 자식일 것이었다. 서얼. 아무 죄도 없이 태어난 자리가 달랐다는 이유 하나로 시도 때도 없이 매를 맞고 쫓겨나고 굶겨지는 아이. 큰댁이 턱도 없는 일로 화를 낼 때면 첩이나 계집종은 덩달아 화를 내며 아이를 족쳐야 한다는 사실은 더욱 안타까운 일이었다. 아이를 살리기 위해 아이를 족쳐야 하는 불쌍한 어미들.

"밥은 먹었느냐?"

"……."

아이를 물끄러미 바라보던 석리는 걸음을 옮겨 주가酒家로 들어갔다. 이내 낡은 나무상 위에 국밥 한 그릇이 놓였다. 김이 모락모락 피어오르는 사이로 아이의 손이 떨리며 숟가락을 들었다.

"먹어라."

잔뜩 움츠렸던 아이가 호호 불어가며 국밥을 맛있게 먹는 모습을 보는 석리의 가슴 한쪽이 뜨겁게 일렁였다. 새 나라 조선에서 서자란 사람으로 대접받지 못했다. 차라리 태어나지 않음만 못하리라 생각하던 석리의 뇌리에 번쩍하고 떠오르는 이름 하나가 있었다.

윤의겸.

그에게도 서자가 있지 않았을까, 어쩌면 문서에도 올리지 않은 서자가 있지 않았을까, 서자는 삼족을 멸하는 법으로 꼭 처형하지는 않는다는 생각이 드는 순간 석리의 가슴이 뛰었다.

"다 먹고 나면 몰래 들어가거라."

아이의 울음 섞인 인사를 뒤로하고 주가를 나선 석리는 바로 의금부로 걸음을 재촉했다. 의금부에도, 형조에도 윤의 겸의 서자를 같이 처형했다는 기록이 없는 걸 확인한 석리는 다음 날 윤 사부의 이웃들을 찾았다.

"당상관 중 서자 없는 집이 어디 있소?"

과연 그 집에는 어린 서자가 하나 있었고 나중에 잡힌 그 아이는 관노가 되었다는 사실을 알게 된 석리는 호조를 찾아가 관노 천입 명단에서 어린 나이의 윤종혁이 공주목에 천입되었다는 사실을 확인했다. 그러고는 바로 양재 역참으로 내달렸던 것이다.

마패를 가진 석리는 어느 역참에서나 필요한 말을 구할 수 있었고 어느 관아에서나 필요한 만큼의 포졸을 요구할 수도 있었다. 하지만 그는 늘 그림자처럼 소리 없이 움직였다. 한양과 지방을 막론하고 수많은 관리들이 제멋대로 결론을 먼저 내린 후 네 죄를 네가 알렸다 하는 식으로 죄인을 다그치기 마련이었지만 석리가 일하는 방도는 이와는 전혀 달랐다. 관찰력이 남다른 그는 이치에 맞지 않는 길은 아예 취하는 법이 없었다. 또한 석리는 작은 일도 세심히 살펴 앞뒤를 명명백백히 가렸으므로 허물이 없었고 의금부에서도 으뜸이란 평을 받고 있었다.

"한석리는 천생 의금부 사람이야!"

실제 석리는 남들과 달리 내금위 같은 세도 한복판의 자리에 있는 것보다 의금부 도사가 좋았다. 물론 의금부 도사란 죄인의 체포나 신문 등에 국한되는 업무를 맡아 임금이나 세자를 자주 뵙는 내금위 사직이나 임금에게 직접 상소하고 대신도 탄핵할 수 있는 사헌부 장령에 비해 영향력도 품계도 떨어졌다. 하지만 정직하게 사건의 실체만 파들어 간다는 점에서 석리는 금부도사란 직책을 더 좋아했다. 게다가 의금부라는 기관이 왕명에 의한 강제 조사를 전담하다 보니 때로는 내금위나 사헌부와는 비교가 안 되는 영향력을 갖기도 했다.

한양에서 공주까지는 보통이라면 사흘 걸리는 길이지만 역참마다 말을 갈아타고 달리면 이틀 안으로도 도착할 수 있었다. 석리는 일단 관로에 나서자 예전 숙현과 같이 나귀를 타고 안동을 향해 여행하던 기억에 사로잡혔다. 문경새재 바위 뒤에서 혼례를 치르던 일부터 압록강에서 결코 뒤를 돌아보지 않던 숙현의 모습까지 아무리 가라앉히려 해도 숙현의 기억은 불쑥불쑥 솟아올랐다. 여전히 또렷한 숙현의 모습, 빛이 나는 듯 반듯한 이마, 초롱초롱한 눈매, 오똑한 코, 온순해 보이면서도 단호한 입매, 고운 목선, 날렵한 어깨……. 석리는 가슴 아픈 기억을 쫓아버리려 이를 악문 채 쉬지 않고 말을 달렸다. 다음 날 정오 무렵 공주 역참에 도착한 석리가 말을 돌려주자 역리는 안으로 모시고 차를 내왔다. 창고 한편에는 공물 운반 중 남은 물품들이 가지런히 쌓여있었는데 그중에도 햇볕에 잘 말린 곶감이 눈에 띄었다.

"이 곶감은 어디서 올라온 것이오?"

"공주산 감을 금강 물안개에 말린 건데 세공을 제외하고 남은 거라 질이 아주 좋습니다."

석리는 조용히 말을 이었다.

"혹 그중 한 접 내어줄 수 있겠소? 가여운 아이에게 주고자 하는데."

"물론입니다. 세공이라 하나 남은 건 다시 백성의 것이지요. 영감의 뜻이 높기만 합니다."

석리는 곶감을 들고 목적지인 공주 관아로 향했다.

"의금부 도사 한석리라 합니다."

공주 목사는 난데없이 찾아온 금부도사를 보자 안색이 급변했으나 곧 그가 자신이 아닌 관노 하나 때문에 왔다는 사실에 긴장을 늦추며 석리를 내아의 사랑으로 안내했다.

"먼 길 오느라 노고가 크셨소. 그래, 내가 무엇을 도와드리면 좋겠소?"

공주 목사는 정삼품의 벼슬이지만 상대는 왕명을 수행하

는 의금부 도사라 대하는 몸가짐이 깍듯했다.

"세자시강원 사부 윤의겸의 서자가 피천되어 여기 공주 목에 관노로 와있다는데 맞는지요?"

"내력은 모르지만 윤노가 있는 건 맞소. 나도 아는 아이요."

"그 아이의 성정은 어떠한지요?"

"어리지만 차분한 데다 글을 알아 노비들 중 따르는 놈들이 많소."

"부탁드리건대 누구에게도 제가 의금부에서 온 사람이라고는 얘기하지 않는 게 좋겠습니다."

"그리하겠소."

"그 아이를 은밀히 만나야겠는데 숙소가 어디입니까?"

충주 감영에 다녀오느라 며칠 전 종혁에게 일어난 일을 전혀 알지 못하는 공주 목사는 거리낌 없이 관노들의 숙소를 알려주었고 석리는 숙소에서 다른 관노의 인도를 받아 이 헛간까지 찾아오게 된 것이었다.

"뭐 하시는 분인지요?"

어느 정도 경계를 푼 소년은 성한 곳 하나 없는 몸을 가지고도 아이답지 않게 자세를 바로 하려 애쓰며 단정한 목소리로 물었다. 석리는 이 소년이 나이는 어려도 상당히 어른스럽다는 느낌을 가진 터라 모든 걸 있는 그대로 얘기하기로 마음먹었다.

"나는 네 부친 윤의겸 사부의 서책을 찾고 있다. 그런데 세간에 알려진 것과는 달리 윤혁 대감 서고에는 부친의 책이 한 권도 없었다. 다른 식구들이 다 명을 그은지라 혹 네가 그 서책들의 행방을 아는지 묻고자 이렇게 찾아온 것이다."

석리의 말에 종혁은 아무 말도 하지 못하고 간신히 그쳤던 눈물을 다시금 주르르 흘렸다. 이 모습을 보는 석리의 가슴도 미어졌다.

"기약 없는 세월 끝에 아버님 휘자諱字를 들으니 감당할 수 없는 감회가 일어 무례가 컸습니다."

석리는 종혁이 이 와중에도 몸가짐을 챙기려 하는 모습을 보자 안타까움이 더했다. 금부도사인지라 석리는 역모와 관련된 국문을 주로 하다 보니 권세가의 서자들을 문초하는 일이 종종 있는데 온갖 고자질로 한을 푸는 이들이 적지 않았다. 그러나 이런 사람들과는 달리 이 어린 소년이 품격을 갖추고 있는 것이 마음 아프게 다가왔다.

"세상에 알려진 바와는 달리 윤혁 대감은 윤 사부의 일에 연루되지 않기 위해 서책을 모두 태워버린 듯하다. 내가 듣기로는 학문이 넓었던 윤 사부께서는 명의 희귀한 서적을 많이 수집하신 걸로 아는데 혹 그 행방을 모르느냐?"

종혁은 오래전의 그날을 떠올렸다. 부친이 사약을 받고 나서도 이틀의 시간이 있었다. 부친은 대신인지라 사약을 받았지만 가족은 모두 참형을 당하게 되기 때문에 집 안은 그야말로 한숨조차 내쉬기 어려웠고 눈물조차 흘리기 어려웠다. 등잔불이 바람에 흔들릴 때마다 죽음을 기다리는 여인들의 어깨도 함께 떨렸고 이제 곧 목이 잘린다는 무시무시한 생각에 집 안에는 귀기만이 가득했다.

"이틀이라 하였느냐?"

윤 사부의 장남은 진사과에 합격하여 윤 진사라 불렸는데 부친을 닮아 학문을 좋아하고 인품이 넉넉한 사람이었다. 그는 깊은 밤에 울다 지친 어린 종혁을 깨웠다.

"너는 피하거라."

"형님, 저 또한 같은 피를 받았는데 어찌 혼자 살겠습니까? 형님들 모시고 같이 칼을 받겠습니다."

일곱 살이라고는 도저히 생각할 수 없는 배다른 동생의 대답에 윤 진사는 울컥 눈물이 솟았다.

"너는 다르다. 네 어머니는 본댁이 아니니 현장만 피하면 나중 잡히더라도 따로 참하지는 않을 것이다. 몸을 피해 천입되는 게 목이 잘려 죽는 것보다는 낫다. 내일로 우리 집안은 대가 끊기니 너라도 대를 이어야 할 것 아니냐. 아버님 기일이 되면 마음속으로라도 제를 올려라."

“형님!”

그것이 마지막이었다. 과연 형님의 말대로 보름 후 잡히긴 하였으나 처형 명단에 들어있지 않아 추가로 참형을 당하지는 아니하고 공주목에 관노로 편입되었던 것이다.

간신히 울음을 삼키는 종혁을 지켜보는 석리의 입술이 파르르 떨렸다. 차마 그 표정을 더 지켜보지 못하고 고개를 떨어뜨리는 순간 소년의 의연한 목소리가 석리의 귓전을 울렸다.

“고문진보, 사서삼경 주석본, 주자집주, 정주대전, 대명률직해 등 귀한 서책들이 많았으나…….”

전혀 생각지 않았던 소리에 석리는 눈을 크게 뜬 채 소년을 바라보았다.

“중요한 책은 따로 있었던 듯합니다.”

말을 마친 종혁은 물끄러미 석리의 얼굴을 바라보았다. 아직 어렸지만 인생의 영고성쇠를 다 겪고 난 지금 종혁에게 남은 것은 사람 보는 눈 하나였다. 처음 마주할 때부터 느껴지던 사람의 향기, 노비로 지낸 오랜 세월 단 한 사람에게서도 맡아보지 못하던 사람의 향기였고 들어보지 못하던 정감 어린 목소리였다. 게다가 그가 내민 곶감 꾸러미는 값으로 헤아릴 수 없는 정이었다.

도저히 노비의 눈빛, 아니 열서너 살 소년의 것이라고는 할 수 없는 혁혁한 안광이 석리의 얼굴에 쏘아졌다. 이 사람이 찾아온 목적은 단순히 희귀한 서책을 찾기 위함이 아니리라. 혹여 부친의 일을 캐러 온 것이 아닌가 하는 생각이 뇌리를 스치자 종혁은 얼굴을 꿰뚫을 듯한 눈빛으로 석리의 속내를 읽어내려 애썼다.

이 사람의 얼굴에는 권세나 영리에 찌든 빛이 전혀 없었다. 그의 눈길은 햇살이 돌담에 스며들 듯 고요히 빛났고 그 눈빛에는 허위와 싸워온 이들의 정직한 신념이 어려있었다. 그 이마엔 오래도록 책만 벗하며 살아온 자의 유약함 대신 투명한 결기가 자리했고, 입가에는 고요한 자비가 감돌았다.

종혁은 차츰 마음 깊은 곳에서 눌러온 의심이 풀려나감을 느꼈다. 그에게서는 사람을 다그치는 기운이 아니라 오히려 풀어주는 힘이 흘렀다. 이 사람이라면 진실을 말해도 좋으리라. 어쩌면 한을 풀어주러 온 사람일지도……. 그게 아니라도 좋았다. 온 식구가 목숨을 잃어버린 지금 염려할 그 무엇이 더 남아있단 말인가. 이 이상 잃을 것이 뭐가 있을까. 아니, 이 사람이 부관참시의 근거를 찾으러 온 사람이라도 좋았다. 누군가 이렇게 찾아와 부친의 일을 물어주는 것만으로도 좋았다.

이렇게 생각하자 종혁의 가슴속에서 한기가 사라지고, 그간 눌러왔던 말들이 서서히 입술로 떠올랐다.

"따로 감추어 둔 서책이 있습니다."

석리는 잠시 말을 잃었다. 가슴 한복판이 뜨겁게 치밀어 오르며 오랫동안 막혀있던 문이 열리는 듯했다. 그는 천천히 숨을 내쉬었다.

"무슨 책인가? 아니 어디에 감추었는지 말씀을 해주실 수 있겠나?"

석리는 더 이상 하대를 할 수 없었다. 비록 나이는 어렸어도 소년이 겪은 세상, 소년이 이겨온 고비는 어느 대학, 어느 대신도 감히 짐작할 수 없는 것이라 생각한 순간 석리는 문득 소년을 존중하고 싶었다.

마음의 결단을 내린 종혁은 시원시원했다.

"영주 부석사에 있는 부석 뒤 둘로 갈라진 단풍나무가 있습니다. 그 밑에 파묻었습니다."

"그것이 어떤 서책들인가?"

"의금부에서 국문이 시작되기 직전 부친께서 급히 치우라 말씀하셨던 책들입니다. 당신의 안위를 꾀하려 하셨던 게 아니라 훗날을 도모하셨을지 모를 책들입니다."

석리의 가슴이 떨려왔다. 바로 반화요설의 모의를 덮어쓴 근거가 된 책들로 상감이 알고 싶어 하는 내용이 담겨있을 터였다.

"그러면 그날 야반에 집에서 빠져나올 때 가지고 나오셨는가?”

소년은 고개를 끄덕였다.

“멀리 치우지 못하고 마당에 파묻었던 걸 그날 밤 형님이 파내서 들려주셨습니다. 아버님의 옳음을 천하에 알리려는 실낱같은 희망을 품으셨을지 모르는 일입니다.”

예닐곱 살 아이가 피눈물을 흘리며 책을 땅에 파묻는 모습이 눈에 들어오자 석리는 가만히 한숨을 내쉬었다.

“형님도 부친의 논설에 찬성하셨던가?”

“우리 형제들은 그 책들이 어떤 내용인지 전혀 알지 못합니다. 또한 양녕대군께 행한 부친의 논설에 대해서도 전혀 알지 못합니다.”

“알았네.”

석리는 종혁을 꽉 끌어안았다. 말이 필요 없었다. 그동안 이 소년이 견뎌온 세월이 그 품 안에서 고요히 전해졌다. 한과 그리움을 한평생 품고 살아야 하는 소년의 운명이 떠오르자 석리는 잠시 눈을 감았다. 무자비한 매질을 귀띔한 관노들의 바람을 좇아 토호와 판관을 박살내고 싶은 마음을 누르기가 참으로 힘들었지만 임금의 밀명을 수행하는 지금은 그럴 때가 아니었다.

“종혁아!”

석리는 입술을 굳게 다문 채 후일을 기약할 도리밖에 없었다.

"부디 자중자애하여 몸 성히 기다려라. 내 반드시 너를 찾으러 오마."

석리는 공주 목사에게 종혁을 단단히 부탁한 후 서둘러 길을 떠났다.

또 다른 학문

석리는 공주목의 역참을 나서며 말고삐를 당겼다. 길은 금강을 따라 북으로 오르고 연기와 청주를 지나 괴산 산길로 들었다. 새재 아래 문경 역참에서는 비가 촉촉이 내렸고 상주를 거쳐 부석으로 접어들 무렵에는 이미 사흘째 밤이었다. 영주 민가의 등불이 산그늘 사이로 희미하게 보일 때 그의 가슴은 서서히 고동치기 시작했다.

드디어 윤 사부의 옛 자취를 쫓는 길 초입에 닿았음을 느끼자 석리는 찬찬히 숨을 골랐다. 윤종혁이 숨긴 서책들이 어떤 것일지, 그 서책들이 어떤 판단의 실마리가 되어줄지 알 수는 없었지만 양녕대군의 폐위라는 거대한 사건의 실체에 접한다는 건 예사로운 일이 아니었다.

이런저런 단상을 이어가던 석리는 임금에 대해 곰곰 생각하기 시작했다. 조선의 임금으로서 이미 오래전에 묻힌 반화요설의 실체를 확인하려 든다는 건 절대로 쉬운 일이 아니었다. 요동 정벌에 나섰던 태조가 위화도에서 회군해 고려를 전복하고 개국한 나라. 나라 이름조차 명나라에 청해 정하고 명을 철저히 상전으로 섬기겠다는 맹세로 출발한 나라. 석리는 태조와 태종이 명 황제에게 보낸 표문을 떠올렸다.

> "신은 삼가 시종을 한결같이 하여 더욱 섬기는 성상을 다해 억만년이 되어도 항상 조공하고 축복하는 정성을 바치겠나이다."

> "아들에게 전하고 손자에게 전하여 동쪽 밖에서 더욱 충성을 바치겠나이다."

세종은 감히 이러한 조부와 부친의 가르침을 거역하려 하는 것인가. 아니면 반화요설이 근거 있는 논설이기를 바라는 것인가. 어느 쪽이든 불순한 일이었고 위험한 일이었다. 하지만 윤 사부의 이 반화요설은 은연중에 석리의 내면조차 적잖이 흔들고 있었다.

"나무아미타불!"

부석사 입구에 도착한 석리는 합장으로 맞는 승려에게 잠시 고개를 숙인 후 한달음에 무량수전까지 올라갔다. 여느 때라면 무량수전 배흘림기둥과 의상대사가 꽂은 지팡이에 꽃이 피었다는 전설을 간직한 조사당 선비화에 어느 만큼이라도 눈길을 두었을 터였다. 하지만 석리의 눈길은 곧장 부석으로 날아갔다. 집채만 한 바위가 사라질 리도 없었지만 눈에 부석이 들어오자 석리는 다행이라는 듯 안도하며 부석 뒤편의 오래된 단풍나무 아래 무릎을 꿇었다.

산중의 바람이 가지 끝을 스치며 잔잎을 흩었다. 윤종혁이 일러준 대로 돌 하나를 옮기자 그 밑 흙의 결이 달라졌다. 손끝이 닿는 대로 흙이 조금 무너져 내리고, 거기에서 옹기 뚜껑의 거친 질감이 느껴졌다. 그는 조심스레 흙을 걷어냈다. 기름기와 송진 냄새가 섞인 향이 묘하게 퍼졌다.

항아리 뚜껑을 열자 안에는 기름 먹인 삼베로 곱게 싸인 꾸러미가 두 개. 그 위를 한 겹 더 덮은 두꺼운 종이에도 옅은 기름 자국이 번들거렸다. 석리는 숨을 고르고 위의 꾸러미를 꺼내 조심스럽게 풀었다. 기대했던 대로 역시 책이었다. 닥나무로 만들어 두껍고 질긴 조선의 책과 달리 종잇장이 얇고 매끈한 게 명나라에서 만든 책으로 느껴졌다. 죽피지 결 사이로 피어오르는 냄새는 지난 세월이 품은 사연을 뿜어내는 듯했다.

흐릿한 먹 자국, 그리고 낯선 글자들이 눈에 들어오자 그의 눈빛이 서서히 바뀌었다. 처음에는 호기심, 이내 경계, 그리고 이해할 수 없는 당혹감. 표지에 적힌 책 제목은 매우 낯선 것이었다.

"절운切韻".

소리를 나누었거나 끊었다는 뜻이었다. 책장을 넘기자 수많은 문장이 나타났는데 문장의 얼개가 단순하고 끊을 '절'이란 글자가 매 문장마다 들어가 있었다.

"으음."

석리는 고개를 갸웃거렸다. 수많은 책을 읽었으나 이런 형태의 문장은 처음이었다. 잠시 생각에 잠긴 듯 눈매가 좁아진 그는 기름종이로 싸인 다음 책을 조심스레 풀었다.

"금석음해金石音解".

낯선 전서체가 섞인 이 책은 종鐘이나 솥, 비석 등에 새겨진 글자를 모은 것이었다. 석리는 두 권의 책을 훑어보고는 잠시 손을 멈췄다. 사서삼경의 질서도, 성리학의 이치도 아닌 전연 다른 세계의 책이었다. 석리는 나름 많은 책을 읽었다 자부했지만 자신이 지닌 지식의 한계 밖에 서있는 이런 책의 의미는 무엇일까 생각하며 두 권의 책을 나란히 늘어놓고 내려다보았다.

글자는 있으되 이어진 문장은 없고 매 글자마다 절이란

글자가 반드시 들어가 있는 "절운". 그리고 종이나 솥이나 비석의 글씨를 결結이라는 단위로 묶은 책 "금석음해".

석리는 이 낯선 서책을 바라보며 알 수 없는 불안감을 느꼈다. 그는 자기도 모르게 손끝으로 책의 가장자리를 쓸었다. 기름종이의 냄새 속에, 글자를 넘어선 어떤 금기禁忌의 기운이 서려있었다. 석리는 누구의 이름도 없고 누구의 행실도 없는 이 무미건조한 책을 윤 사부가 숨겨야 했던 이유를 곱씹었으나 떠오르는 게 아무것도 없었다.

절 아래로부터 불어온 바람이 부석에 부딪혀 흩어졌고 불현듯 절 안에는 기묘한 정적이 감돌았다. 금빛 햇살이 기둥 사이로 스며들어 이 이해할 수 없는 책들의 표면을 덮었다. 누렇게 삭은 종이의 결마다 햇빛이 비쳐 두 권의 책은 은근한 빛을 냈다. 석리는 무심결에 고개를 들어 중천의 해를 바라보았다. 눈을 뜰 수 없을 만큼 찬란한 빛, 그러나 그 빛 속에는 무언가 감춰진 그림자가 있는 듯했다.

그는 눈을 가늘게 뜨며 낮게 숨을 뱉었다.

"설마, 이 이상한 두 권 책으로 저 해를 떨어뜨리려 하셨던 것입니까."

알 수 없는 중얼거림이었다. 그의 목소리는 의문에 젖어 있었고 어딘가로 이끌리는 듯한 기운이 감돌았다. 어떠한 논해도 없이 글자만을 다룬 이 두 권의 무미건조한 책. 이것이 어떻게 반화요설, 저 해에 반하는 요사한 논설의 근거란 말 인가.

석리는 세자전 돌계단에 앉아 우두커니 하늘을 보고 있던 양녕대군의 모습을 떠올렸다. 연이어 피가 튀는 매질 끝에 사약을 받는 윤 사부, 그리고 오랜 세월의 한을 품고 노비로 살아가고 있는 종혁의 모습이 저절로 뒤를 이었다. 석리는 이 책들이 사서삼경과는 너무도 다른 영역을 다루고 있는 것이 오히려 세상의 근본을 뒤흔들 무언가를 품고 있을지도 모른다는 예감이 들었다.

그는 책을 다시 열어보았다. 글자 하나하나가 햇살 속에서 잔잔히 떠올랐다 사라졌다. 그 안에 무슨 뜻이 숨어있는지 아직은 알 수 없었지만 그의 가슴 깊은 곳에서 어쩌면 이것이 시작일지 모른다는 미묘한 울림이 조용히 일어났다. 석리는 윤 사부를 믿고 싶었고 윤 사부를 사랑한 임금을 믿고 싶었다. 그들은 혹 자신과 장영실이 만물을 관찰했듯 글자의 또 다른 세계에 눈을 뜨고 있는 사람들이 아닐까. 쏴아 소리를 내며 불어온 바람이 얼굴을 스치며 종루에 달린 풍경을 요란하게 흔들어대자 조금 전까지 잠들어 있던 세상이 아주 조금, 미세하게 깨어나는 듯했다.

석리는 매서운 눈초리로 사방을 살핀 다음 책을 싸 들고 부석을 떠나 남쪽을 향했다.

"오호, 이게 누군가, 아미타불……."

오전 예불을 끝낸 유타대사는 법당을 나서다 눈앞에 불쑥 나타난 석리를 보자 반가움을 감추지 못했다.

"대사님, 평안히 지내셨는지요?"

"대사는 무슨, 일개 땡중더러. 안 그래도 팔다리가 쑤시는 게 반가운 이가 올 것 같더라니."

"하하, 반가운 사람이 오면 팔다리가 쑤십니까?"

"몸뚱어리 어느 구석에라도 기별이 오면 되는 거지, 그게 꼭 머리나 가슴으로 와야 하나, 여하튼 잘 왔어. 금부도사 나리께서 무슨 연유로 왔는지는 몰라도."

영취산 꼭대기에 있는 작은 암자 백운암의 유타대사는 속이 탁 트인 화상으로 그가 유타라는 법명을 얻은 건 산 아래 극락암에 있는 유명한 무타대사 때문이었다. 무타대사는 툭하면 큰 소리로 "무타!"라고 외쳐 삼라만상이 무와 공이라는 걸 깨달았음을 드러냈는데 유타대사는 그가 무타라고 외치면 곧바로 "유타!"라고 외치곤 했다. 그의 이런 행동은 도량에서 같이 수행하는 도반들은 물론 절에 찾아오는 불자들로 하여금 포복절도하게 하면서 과연 누가 더 수행이 깊은가 궁금증을 품게 했다.

언젠가 무타대사가 불도란 눈에 보이는 모든 것이 무요, 공임을 깨닫는 일인데 수십 년을 수행하고도 아직 무가 아닌 유라고 외치면 어찌하는가 하며 한참이나 덜떨어져 보이는 화상을 힐난한 적이 있었다. 이에 대해 유타대사는 보이는 것을 보인다 하고 안 보이는 것을 안 보인다 하는 게 참 이치인데 내 눈에는 늘 뭔가 보이는 걸 어떡하냐, 네 눈깔엔 안 보이냐 하고 응수해 무타대사가 인근의 다른 절로 옮겨가게 한 일로 명성이 자자했다.

"괜찮으시면 당분간 신세를 지고자 합니다."

"편한 대로 하시게."

이 암자 백운암은 석리가 오래전 무과 급제를 위해 수련하던 곳으로 구름이 발밑으로 흐르는 높이에 있어 찾아오는 이가 드물었다. 법당 한 옆으로 객사랄 것도 없는 작은 방이 하나 있어 석리는 익숙한 이 방에 짐을 풀었다. 예전처럼 산에서 내려오는 얼음장 같은 찬물에 몸을 씻고 마음을 단정히 한 석리는 먼저 "절운"을 꺼내 자세히 살펴보았다.

동冬 도종절都宗切

책은 모두 이런 식으로 되어있어 이 한 문장만 풀면 두꺼운 책 모두를 이해하는 셈이었다. 동 자 다음의 도종절이란 문자 그대로 풀면 '도종으로 끊는다'인데 이 문장이 무엇을 의미하는지 알기 어려웠다. 잠시 고심하던 석리는 이 책의 제목이 "절운"인 것을 깨달았다. 즉 소리를 다루는 책이란 뜻이고 글자마다 '절'이 붙어있으니 이 책에 있는 글자는 주석을 구할 게 아니라 소리로 파악해야 한다는 생각이 들었다. 그 순간 문장은 쉽게 풀렸다.

동은 도종을 잘라 붙인 것이다.

알고 보니 무척 쉬운 얼개였다. 문장이기 때문에 보는 순간 관찰이 아닌 주석을 해야 한다는 고착된 의념이 먼저 떠오른 게 탈이었다. 석리는 턱을 쓰다듬으며 다음 글자에 눈을 돌렸다.

문文 무분절武分切

앞선 동과 같은 이치로 문장을 들여다보니 너무 쉬웠다. 여기서 무분절이 무슨 뜻인가 이해하려 할 필요가 없었다. 이 책에서 '절'과 붙은 글자는 모조리 아무 뜻 없이 소리를 내는 용도로만 쓰이고 있는 것이었다.

문은 무분을 잘라 붙인 것이다.

석리는 여기서 자른다는 절이 사실상 '붙인다'의 뜻이라 생각했다. 차라리 '절' 대신 '합'을 쓰면 오히려 이해가 쉬울 것이었다. 석리는 이 얼개에 따라 많은 글자를 해석이랄 것도 없는 해석을 하며 이 책의 성격이 뜻이 아닌 발음의 자전인 것을 알 수 있었다.

     동冬　도종절都宗切
     문文　무분절武分切
     지支　장이절章移切
     어魚　어거절語居切

     동 − 도와 종을 합쳐 '동'이라 읽는다.
     문 − 무와 분을 합쳐 '문'이라 읽는다.
     지 − 장과 이를 합쳐 '지'라 읽는다.
     어 − 어와 거를 합쳐 '어'라 읽는다.

이처럼 '절운'이란 한 글자의 발음을 두 개의 다른 글자로 나타내는데 첫 글자에서는 초성을, 두 번째 글자에서는 종성을 취하는 것이었다. 모든 글자가 이렇게 되어있어 충분히 이해되었기에 석리는 "절운"을 덮고 "금석음해"를 꺼냈다.

청동기와 비석에 새겨진 글자들을 모았다는 서문이 있는

이 책 "금석음해"는 별 설명이 없이 전서체로 쓰인 수많은
글이 있을 뿐이었다. 제목으로 보아 과거의 큰 솥이나 비석
에 쓰인 전서를 옮겨 써놓은 책일 것이었다. 석리는 매우 복
잡하게 쓰인, 아니 그려진 이 전서체를 쉽게 이해할 수 없었
다. 책을 찬찬히 훑어보던 그의 눈에 책 중간의 어느 쪽에 세
필로 쓰인 작은 글씨가 들어왔다.

　황찬黃燦

　누군가의 이름이었다. 석리는 윤 사부가 이 쪽을 읽다 이
사람을 떠올렸을 거라 생각하고 차분히 이름 아래의 글자들
을 살펴보았다.

　수결水結　목沐 만滿 말沫 몰沒

　책의 편찬 이치로 보아 물수 변이 붙은 목, 만, 말, 몰은 수
결, 즉 물 수의 묶음이라는 뜻으로 보였다. 석리는 한참 그
뜻을 생각하다 책을 덮고 말았다.
　'이런 책이 어떻게…….'
　석리는 깊고 깊은 의문에 사로잡혔다. 이 책들은 모두 글
자를 설명한 책에 불과했다. 다만 그것이 글자의 뜻이 아니

라 소리를 설명했다는 것인데 그렇다면 뜻을 설명하는 자전에 비해 더욱 탈이 날 리가 없는 책이었다. 그런데 왜 이런 책들이 반화요설의 근거가 된다는 것일까. 왜 윤 사부는 의금부에 불려 가자 이 책들을 치우라 명했고 어째서 그의 장남은 그토록 정성스럽게 책을 싸서 도피시켰을까.

윤 사부의 서자 종혁이 헤어질 때 남긴 말은 더욱 의미심장했다.

"멀리 치우지 못하고 마당에 파묻었던 걸 그날 밤 형님이 파내서 들려주셨습니다. 아버님의 옳음을 천하에 알리려는 실낱같은 희망을 품으셨을지 모르는 일입니다."

한이 서릴 대로 서린 목소리로 어린 아이가 내뱉던 말이 헛말일 리는 없었다. 그리고 그것은 아이의 말이 아니라 윤 사부의 말이었다.

'이 간단한 사실 앞에 어떤 비밀이 있단 말인가.'

석리는 너무나 단순한 이 두 권의 책과 반화요설 사이의 관계를 어떻게 밝혀내야 할지 알 수 없어 밤새 잠을 이루지 못하다 새벽이 되자 산을 내려오고 말았다.

두 책이 합쳐지면

의금부의 서고는 한낮에도 어두웠다.

사령은 두꺼운 장갑을 낀 손으로 철문을 열었다. 녹슨 문이 삐걱이며 열리자 묵은 종이의 눅눅한 냄새가 코를 찔렀다.

말이 서고이지 사실 이곳은 왕조의 어두운 그림자가 켜켜이 쌓인 장소로 오래된 원혼들이 떠도는 듯 창살 사이로 들어오는 햇빛에 먼지가 부유했다. 사령은 음침한 구석에서 뭔가를 찾아서는 석리에게 내밀었다.

"여기 있습니다. 윤의겸 사부 관련 기록은 가장 안쪽 서갑에 두었습니다."

과거의 사건 기록이 다시 꺼내질 때는 종종 세상이 뒤집어지곤 했기에 당시 사건을 조사했던 그의 목소리에는 미묘한 떨림이 배어있었다. 석리가 의금부에 온 건 한 사람의 이름 때문이었다. "금석음해" 수결水結 위에 쓰인 이름 황찬. 윤 사부의 죄목인 역모의 조사에서 가장 중요한 건 어떠한 인물들이 연루되었는지를 밝히는 것이라 혹 황찬이라는 이름이 윤 사부 조서에 있는지를 확인하려는 목적이었다. 기대와는 달리 윤 사부의 조사일지는 지극히 단순했다.

죄인 윤의겸. 역모. 세자시강원 사부로 세자를 극히 오도함. 국문을 하였으나 연관된 자는 없고 명 심양에 유배된 황찬黃燦을 세 차례 찾아갔음을 실토. 본인은 사사, 삼족은 참형에 처함.

석리의 눈이 아연 빛났다. 과연 황찬이라는 이름은 조서에 뚜렷이 기록되어 있었다. 의금부에서 상시 행해지는 피가 튀고 살이 타는 고문에 윤 사부가 황찬이라는 이름을 토해냈을 거라는 짐작은 들어맞았지만 윤 사부가 명나라로 황찬을 찾아갔다는 기록 앞에서 기대는 실망으로 바뀌었다.

"음, 명나라 사람이라니."

그는 사령에게 눈길을 돌렸다.

"윤의겸이 이 황찬이라는 인물을 왜 찾아갔는지는 밝혀졌나?"

"네, 황찬은 명의 한림원 학사로 자신의 고향인 심양에 파직 안치된 인물입니다. 윤의겸의 진술에 따르면 황찬과는 학문적 교류를 했을 뿐이라 했는데 황찬이 명나라 사람이라 더 깊은 조사는 하지 않았습니다."

"그 외 당시 무얼 캐물었나?"

"추궁이고 뭐고 없었습니다. 세자를 망친 놈이라는 주상의 분노가 워낙 커 잠시 문초하다 중단하고 물고를 냈습니다. 주상이 다 하셨고 의금부는 사실상 허수아비였습니다."

사령은 석리와 가까운 사이였음에도 불구하고 그가 지난 사건을 들추자 발뺌하기에 바빴다.

"황찬과의 교류에 대해 따로 문초한 기록은 없나?"

"네, 윤의겸 관련 기록은 이게 다입니다."

석리는 곰곰 생각했다. 이대로 두 권의 서적이 반화요설의 근거인 것 같다고 상감께 아뢰는 것만으로도 소임을 다하는 거라 볼 수도 있었다. 하지만 그것은 상감의 심기만 어지럽히는 일이었다. 누가 보아도 단순하기 짝이 없는 운서에 불과한 것 같은 이 책들을 뜻도 모르는 채 반화요설의 근거라고 상감께 내밀 수는 없었다.

한편으로는 상감이 워낙 다방면에 뛰어난 천재인 데다 특히 음운이나 예악에서는 누구도 따를 수 없다는 평판이 있어 그냥 드리는 게 맞다는 생각이 들기도 하였다. 그러나 황찬이라는 이름이 드러났고 윤의겸이 세 번이나 심양으로 그를 찾아간 사실이 드러난 이상 이를 건너뛰고 그냥 책만 드리기는 싫었다.

어찌 되었든 책의 내용을 떠나 황찬이라는 인물이 윤 사부의 자취를 더듬는 데 도움이 될 것은 자명했다. 하지만 그가 너무도 멀리 있고 무엇보다도 명나라 사람이라는 사실이 또한 이쪽이든 저쪽이든 함부로 결정하지 못하는 장벽이 되고 있었다.

집으로 돌아온 석리는 다시 두 권의 책을 펼치고 앉았다. 황찬이라는 인물이 도대체 이 책의 수결과 어떻게 연결이 되는지라도 알아야 할 것 같아 차분히 수결로 묶여있는 네 글자를 살폈다.

수결水結,
목沐 머리 감을 목
만滿 가득 찰 만
말沫 물거품 말
몰沒 물에 잠길 몰

물 수水를 줄인 삼수변이 글자의 왼쪽에 다 같이 붙어있어 이 글자들이 수결로 묶인 것을 따로 의심할 필요는 없었다. 윤 사부는 도대체 왜 여기에 황찬이라는 한림원 학사의 이름을 써놓았을까. 쉬운 글자들인데.

밤이 깊도록 생각을 거듭하던 석리는 또 한 권의 책 "절운"을 떠올렸다. 윤 사부가 두 권의 책을 숨기라 하였다면 이 두 권의 책이 연관되어 있을 가망도 컸다. 석리는 새벽녘 "절운"의 서문을 찬찬히 읽었다. 하지만 거기에는 모두 네 권의 책인 것을 하나로 묶는다는 내용과 지방마다 발음이 다 다르니 이와 같은 원칙으로 통일한다는 내용이 있을 뿐이었다. 그리고 그 원칙은 한 글자의 발음을 두 글자를 사용해 표기하되 첫 글자의 초성과 두 번째 글자의 종성을 합하여 소리 낸다는 설명이었다.

"음!"

석리의 눈길은 다시 "금석음해"에 있는 수결의 네 글자로 돌아갔다. 목, 만, 말, 몰. 아무리 들여다보아도 이상할 게 하나 없는 글자였다. 하지만 윤 사부는 여기에 황찬이라는 이름을 써놓지 않았던가. 그가 한림원 학사라는 사실을 고려하면 윤 사부는 이 글자들에 어떤 의문을 품었음이 틀림없었다. 석리는 자신이 무엇을 놓치고 있는지 찬찬히 생각을 가다듬었다.

"으음!"

정신을 가다듬고 난 석리는 눈앞의 수결을 다시 바라보았다. 글자는 분명하고 또렷했지만 사고는 여전히 꽉 막혀있었다.

'나는 지금, 제대로 보고 있는가.'

그는 눈을 감았다.

"관찰이란 무엇인가?"

그는 스스로에게 물었다. 관찰은 단순히 본다는 행위가 아니었다. 그것은 마음을 비우는 일이었다. 무엇을 보려는 욕심도, 무엇을 알고자 하는 기대도, 심지어 내가 옳다고 믿는 생각조차 모두 내려놓아야 했다.

그는 지금 자신이 그렇지 못하다고 생각했다. 네 글자의 뜻을 좇는다면서도 이미 마음속에서 답을 정해두고 있었다. 쉬운 글자다. 아무것도 아니다. 그는 고개를 숙였다. 관찰은 눈의 일이 아니었다. 마음의 벽을 걷어내는 일이었다. 석리는 검을 들고 밖에 나가 숨을 골랐다.

"이야압!"

벽력같은 기합과 함께 검을 내려치고 나자 머리도 마음도 시원했다. 다시 전후좌우로 검을 휘두른 후 숨을 들이마시고 내쉬며 마음의 번잡함을 덜어내고 조급함도 덜어낸 석리는 서탁 앞에 앉았다. 그는 무심한 마음으로 다시 글자를 바라보았다. 그제야 수결의 획 하나하나가 단순한 금석문의 자국이 아니라, 무언가를 감추고 있는 듯 떨리고 있었다.

석리는 힘 있는 손길로 "절운"을 다시 펼쳤다. 더 이상 자신 없는 시선으로 이것저것 두리번거리지 않았다.

목沐 막복절莫卜切

만滿 막한절莫早切

말沫 막발절莫勃切

몰沒 막졸절莫卒切

"아!"

석리의 입술 끝에서 탄성이 흘렀다. 돌연 모든 이치가 한 줄로 꿰어지는 듯 석리의 눈빛이 번쩍였다. 번개가 스치듯 머릿속이 밝아지고 온몸에 피가 도는 게 느껴졌다. 석리는 숨을 고르며 자리에서 일어났다. 이 깨달음을 확인할 자, 장영실뿐이었다.

"대단합니다. 저라면 도저히 찾아내지 못했을 겁니다."

"장 형, 이건 중요한 일이오. 내가 제대로 생각하고 있는 것이오?"

"찾아내는 게 어렵지 검증하는 건 그리 어려운 일이 아닙니다. 금이 어디 있는지 찾아내는 것과 그것이 탄인지 금인지 구분하는 건 하늘 땅 차이 아닙니까?”

“그래서 어떻다는 것이오?”

“도사님 말씀대로 한자 ‘수’와 연관된 이 네 글자는 모두 발음이 비슷합니다. 우리말로는 목, 만, 말, 몰 이렇게 소리 나니 비슷하지 않습니까?”

“장 형도 그걸 깨달았군. 그러니 나만의 착각은 아닌 게 요!”

석리는 인사를 남기는 듯 마는 듯 영실의 집에서 뛰쳐나 왔다.

글자의 주인

　압록강 위로 영롱한 햇살이 쏟아졌다. 하지만 그 강물은 상실로 얼어붙은 석리의 마음처럼 금빛을 묻은 채 고요히 흐르고 있었다. 숙현을 떠나보냈던 그 강물 깊은 곳에는 푸른 슬픔만이 무겁게 내려앉았다.

　강가에 말을 세운 석리의 눈앞에 얼마 전 숙현을 태우고 돌아가던 사신단의 회선이 어른거렸다. 바람에 펄럭이던 돛, 잿빛으로 흐린 하늘 아래 심하게 출렁이던 배. 단 한 번도 뒤돌아보지 않던 숙현의 모습이 가슴을 메워왔지만 석리는 어떠한 말도 입에 담을 수 없었다. 혼례식을 올렸어도 생사조차 모르는 형편, 지금이라도 당장 북경으로 달려가고픈 마음은 가슴속에서 뜨겁게 솟구쳤으나 석리는 다만 피어오르는 청회색 안개만을 잠잠히 바라볼 뿐이었다.

"숙현 아씨!"

석리는 조용히 숙현의 이름을 불렀다. 비록 낮은 소리였으나 물결을 타고 메아리 되어 번지고 또한 그 물결이 이름을 삼켰다. 그녀의 가냘픈 손끝, 목소리, 웃음, 퉁소. 그 모든 게 지금은 한 줌의 기억으로만 남았다. 석리는 이를 악문 채 그 기억을 삼켰고 터지는 울음을 참았다. 강을 건너고 난 석리는 북경을 향한 왼쪽 길이 아닌 심양을 향한 오른쪽 길로 말고삐를 잡아챘다.

역인 하나를 거느리고 이틀을 달린 석리는 마침내 심양성 외곽의 초라한 유배지에 닿았다. 짙은 안개가 산허리를 감싸고 한낮인데도 햇빛은 연기 속에 갇혀있었다.

문 앞에 닳은 죽필 한 다발이 걸려있는 작은 초옥, 역인이 문을 두드리자 안에서 어린 동자가 달려 나왔다. 나이는 어렸으나 깔끔하고 분명한 소년의 모습이 주인의 성품을 그대로 말하는 듯했다.

"어느 분이라 아뢸지요?"

역인이 질 좋은 꿀과 금산 인삼을 내밀며 말했다.

"조선에서 오신 한 선비님이 황찬 학사님을 뵙고자 한다고 아뢰거라."

동자는 깊이 고개를 숙인 후 선물을 받아 들고 안으로 들었지만 이내 선물을 다시 내놓으며 거절의 의사를 밝혔다.

"학사님께서 만나지 않으신다 하십니다."

우려하던 일이었다.

"어떤 연유인지 여쭙는다 말씀드려라."

동자는 잠시 들어갔다 나와서는 짧게 답했다.

"달리 이유는 없다 하십니다."

"윤의겸 사부의 일로 여쭐 일이 있다 하여라."

석리는 이 말에 기대를 걸었지만 황찬의 반응은 여전했다.

"만나지 않으신다 하십니다."

참으로 난감한 일이었다. 금부도사라는 자신의 신분을 밝히고 윤 사부의 죽음을 윤 사부 편에서 캔다 한들 상대가 그대로 믿을 리가 없었다. 또 상대가 윤 사부에게 우호적인지 적대적인지도 모르면서 그렇게 일방으로 접근할 수도 없는 일이었다. 석리는 한참이나 기다리다 크게 한 목소리를 내었다.

"'절운'과 '금석음해'를 같이 통찰하면 안 보이던 것이 보입니다. 저는 한자 수와 연관된 목, 만, 말, 몰의 조선말 발음이 모두 비슷한 이치를 논하고자 할 따름입니다."

역인이 똑같이 큰 소리로 외치자 정적이 흘렀다. 이번에도 대답이 없으면 돌아설 도리밖에 없다 생각한 순간 의관을 정제한 한 사람이 걸어 나와 고개를 숙였다.

"황찬이라 합니다."

그는 마흔이 넘어 보였으나 얼굴에는 세월보다 의지가 먼저 새겨져 있었다. 사역원에서 알아낸 바에 따르면 그가 황제에게 불충을 저질러 장기간의 안치형에 처해졌음에도 목숨을 부지한 채 고향으로 돌아올 수 있었던 것은 그의 학식이 한림원 내에서도 군계일학이기 때문이라고 했다. 과연 황제의 면전에서도 가리지 않고 할 말을 할 법한 강직한 인상이었다.

"한석리입니다."

황찬은 석리를 안으로 안내하고는 동자가 우려낸 차를 두 손으로 들어 석리의 앞에 내놓았다.

"먼 길 오시느라 수고하셨습니다."

"황 학사님의 고명은 조선에서도 높기만 한데 이렇게 뵈어 기쁘기 한량없습니다. 예전에 세자시강원에 계시던 윤 사부님도 여러 번 찾아뵈었다고 들었습니다."

"그러하셨습니다."

황찬은 눈을 지그시 감았다. 그는 윤 사부의 처참한 최후를 알고 있는 걸로 보였다.

"제가 그분이 남기신 '금석음해'를 읽다 보니 물 수결이 있는 쪽에 황 학사님 성명을 써놓으셨기에 이렇게 찾아뵙게 되었습니다."

"빼어난 분이셨지요. 제게 여러 번 찾아오셨지만 사실 제가 배울 게 더 많은 분이었습니다. 조선이 경학에만 치우쳐 운학을 등한시한 중에도 그런 분이 나신 게 놀랍습니다."

사실 석리 자신도 운학의 필요성을 전혀 느끼지 못했고 운학을 왜 해야 하는지조차 모르는 터라 스스럼없이 물었다.

"운학이란 글자의 발음을 따지는 학문으로 아는데 그걸 해야 하는 이치를 저는 모르겠습니다."

황찬은 의외라는 듯 석리의 얼굴을 잠시 쏘아보았다.

"이상한 일이군요. '금석음해'는 운학에서도 가장 어려운 책인데 조금 전 고함치신 분의 질문으로는 낯설기만 합니다."

"오랜 사유의 끝에 한 길에 다다르기는 했으나 대가의 말씀을 새로이 듣고자 함입니다."

석리가 둘러댄 말이 그럴싸했는지 황찬은 나직한 목소리로 얘기를 시작했다.

"어느 지역, 어느 나라나 그 고유의 말이 있는 게지요. 그 말에는 그 사람들의 시간이 녹아있습니다. 사람이란 따지고 보면 이 시간이 낳은 산물입니다. 밖에서 들여온 게 아무리 좋아도 자신들이 지내온 시간만은 못한 게지요. 그래서 말과 소리를 공부하는 건 나는 어디서 왔나, 나는 누구인가를 찾는 일과 다름이 없습니다. 조선이 말과 소리에 대한 공부가 없이 경학에만 열중하는 건 속은 내버려두고 껍데기만 꾸미는 일이라 할 것입니다.”

석리는 황찬의 말에 정신이 번쩍 드는 듯했다. 이제껏 수없는 서책을 읽었으나 이러한 가르침은 “논어”, “맹자”, “중용”, “대학”에도 없었고 “시경”, “서경”, “주역”에도 없었으며 “예기”에도, “주자가례”에도 없었다.

“아!”

이 탄성은 단지 황찬의 새로운 깨우침에 놀란 이유만은 아니었다. 상감께서는 자신이 내금위에 있을 때 사직들로 하여금 딸 정의공주의 행차를 늘 호위하게 하였는데 총명하기 이를 데 없는 정의공주는 상감의 명에 의해 조선 팔도의 모든 소리를 채집하러 다녔던 것이었다. 그녀는 사투리를 채집했고 유서 깊은 명문가의 말을 채집하고 노비의 말을 채집했으며 아낙의 베틀가와 농부의 월령가를 채집했고 어부의 노래를 채집했다. 석리는 상감과 너무나 통하는 이 사람 황찬이 유배 중임이 심히 안타까웠다. 그렇지 않다면 조선으로 모셔 상감 곁에 둘 수 있을 터였다.

“조선의 학자들이 글을 열심히는 읽으나 명의 경을 가져다 읽고 따르려고만 할 뿐 자신에 대한 공부가 없어 나라가

생동하지 못하는 것입니다. 즉 백성들이 어떻게 살아왔는지 어떻게 살고 있는지 그 삶에 어떠한 애환이 있고 고통이 있는지 무엇이 답답한지에 대한 고려가 전혀 없습니다. 하여 양반은 스스로 뽐내기만 하고 백성은 죽은 것과 다름없지요.”

황찬의 관찰은 날카로웠다.

“저희 임금께서는 온 나라의 소리를 다 모으고 계십니다.”

“지금의 상감께서 다방면에 탁월하시다는 건 알고 있습니다. 특히 군주로서 그 누구보다도 음운에 관심이 많으시다는 것도 알고 있지요.”

석리는 앞으로 많은 음운의 대화가 오갈 것이라 생각되어 자신이 오게 된 내력을 있는 그대로 털어놓았다. 다만 어명을 받았다는 얘기는 생략한 채 의금부의 옛 사건 중 억울한 일을 살피는 중이라 말하며 윤 사부를 거명하자 황찬은 바로 윤 사부와의 내력을 얘기했다.

“그 일은 참 안됐습니다.”

황찬은 윤 사부에게 불어닥쳤던 수난을 너무도 잘 알고 있었다. 윤 사부의 논설이 무엇이었는지 드러나기 직전이라 석리는 숨결마저 귀에 모았다.

“그분이 조선에서 역모에 몰렸다는 소문을 들었을 때, 세상이 어찌 이리 어리석은가 싶었어요. 지금의 임금이라면 기뻐했을 얘기지만 그때의 임금은 거꾸로 사약을 내리고 만 거지요."

석리는 조심스레 물었다.

"윤 사부는 의금부에 연행되기 전 두 권의 책을 감추었습니다. 바로 '절운'과 '금석음해'입니다. 저는 음운에는 어두우나 두 책을 비교한 결과……."

석리가 말을 채 다하기 전 황찬은 말을 끊었다.

"윤 사부는 '절운'에서 이런 깨달음을 얻었습니다."

황찬은 시동에게 탄필과 목판을 가져오게 하고는 글자를 하나 썼다.

백白

"이것은 흰 백입니다. '절운'에서는 방백절傍絈切이라 표기하여 앞 글자에서 초성, 뒤 글자에서 종성을 취하여 읽으라는 겁니다. 이 '절운'은 당나라 때의 발음인 당음의 뿌리가 되어 지금에 이르기까지 모든 자전에 표기되어 있습니다."

"알고 있습니다."

"조선에서는 '백'이라 발음하고 명에서는 '바이'라고 발음하니 그런대로 비슷합니다. 하지만 이 글자는 어떻습니까?"

학學

"배울 학인데 '절운'에서는 호각절胡覺切로 표기하고 있습니다. 이 글자를 조선에서는 '학'이라 읽지만 명에서는 '쉬에'라 읽습니다. 비슷하지조차 않지요."

"여기에서 무엇을 배워야 하겠습니까?"

"조선말의 보존성이 월등히 좋다는 것입니다."

"그런 것 같기는 합니다만……."

"'절운'은 지금으로부터 팔백 년도 더 전에 나온 책입니다. 공부가 깊었던 윤 사부는 조선말의 발음을 '절운'보다도 이전인 천팔백 년, 이천 년 전으로 가져갔던 것입니다."

"아! 그러면 은, 주 시대를 말하는 것입니까?"

"그렇습니다. 믿을 수 없는 명나라 발음이 아니라 보존성이 월등한 조선의 발음 속에서 예전 은, 주의 발음을 찾으려 했던 것입니다."

이렇게 글과 발음으로 지난날의 모습을 찾는다는 건 생각조차 해본 적이 없었던 석리는 윤 사부가 지닌 그릇의 크기에 놀라움을 금할 수 없었다.

"하지만 그게 이루어질 수 있는 일입니까? 문자라면 모르겠지만 소리는 순간적으로 사라지는 데다 기록할 수도 없고 또한 수천 년을 산 사람이 있는 것도 아닌데."

"그래서 그 두 권의 책이 필요했던 것입니다."

"윤 사부님이 '금석음해'의 수결水結 네 글자에 황 학사님의 성명을 따로 남긴 것은 아마 훗날 묻고자 했던 것으로 보입니다."

"그 글자가 바로 윤 사부님의 죽음을 초래했을 것입니다."

"수결水結이요? 그 수결이 반화요설의 근원이란 것입니까?"

"반화요설이 무엇인지는 모르겠습니다. 하지만 사대의 나라 조선에서 한자의 옛 발음을 따지는 일은 얼마든지 죽음의 이유가 될 수 있을 것입니다."

"도대체!"

석리는 황찬의 말을 도저히 좇아갈 수 없었다. 한자의 옛 발음을 따지는 일이 위험하다는 말을 도대체 어떻게 받아들여야 할지 몰랐다. 그것도 누구나 쓰는 목, 만, 말, 몰의 쉬운 글자가.

"저는 깨닫기가 너무도 어렵습니다."

"그 책 '금석음해'는 오랜 옛날의 발음을 분류한 것입니다. 청동기와 비석에 있는 전서를 발음의 갈래로 나눈 것이니까요."

황찬은 천천히 일어나 서가의 책 한 권을 꺼내 펼쳤다. 거기에는 청동기에 새겨진 문자의 탁본들이 빽빽하게 이어져 있었다. 석리에게도 낯익은 책이었다.

"'금석음해'이군요."

"'절운'도 제가 윤 사부께 드렸지만 이제 없어질 책입니다. '절운'은 그게 마지막이었고 이 책은 천하에 두세 권 더 있을 겁니다. 아까의 외침을 듣고 비로소 만날 결심을 한 것은 경위야 어떻든 이 두 권의 책을 안다면 대화가 되는 분이라 생각한 까닭입니다."

그는 손가락으로 한 장을 짚었다. 바로 윤 사부가 황 학사의 이름을 써둔 수결水結이었다. 그리고 그 옆에 붉은 주사朱砂로 적힌 작은 글귀가 있었다.

동음결同音結: 무라지성야武羅之聲也

석리가 눈을 들었다.

"아, 이 구절은 제가 가진 책에는 없었습니다."

"그렇습니다. 필사한 것이라 '금석음해'에도 '절운'에도 조금씩 차이가 있습니다."

석리가 자신의 책에는 없는 마지막 문장을 읽다 신음을 냈다.

"무라지성야, 무라와 소리가 같다고요? 물 수가 무라라고 발음된다는 얘기입니까?”

황찬은 고개를 끄덕였다.

“그렇습니다. 이 책은 청동기에 새겨진 제기祭器의 명문과 비석의 음훈을 나란히 비교해 두었는데 수水와 연관이 있는 글자들은 목, 만, 말, 몰로 물과 비슷하게 발음되지요. 아마 그 시대에는 무록, 무란, 무랄 정도로 발음했을 겁니다. 즉 ‘무라’는 ‘물’입니다.”

“무라, 물.”

석리는 두 음을 되뇌며 숨을 멈췄다.

“수水가 은나라 시대에는 물로 발음되었다는 저의 생각이 맞는 겁니까?”

황찬은 대답 대신 옥편을 꺼내 글자를 손으로 짚어나갔다.

“물 마를 무澕, 물 이름 문汶, 물 넓을 미瀰 등 한자의 수와 연관된 글자들이 ‘무라’ 계통의 소리가 나는 건 셀 수 없을 정도로 많습니다. 이것은 바로 수水의 은나라 때 발음이 물이라는 얘기입니다.”

“그렇다면 조선에는 여태 이 소리가 살아있고 명에서는 없어져 버린 건가요?”

황찬은 천천히 고개를 끄덕였다.

“그렇습니다. 명에서는 ‘절운’의 시대에 수水가 이미 ‘쉬에’로 변해버렸지만, 그보다 이천 년 앞선 은대의 금문에서는 '물'이라 발음했던 겁니다. 이 책 '금석음해'는 이를 '무라武羅'라 하여, 수결水結로 묶었고요."

석리는 고개를 들어 창밖의 하늘을 올려다보았다. 상감의 말씀을 듣던 그때로부터 가슴속 깊숙이에서 오래 묻혀있던 의문의 실마리가 풀리고 세상이 한순간에 정연해졌다. 윤 사부가 펼친 반화요설, "금석음해"의 울림과 "절운"의 질서 속에 숨겨져 있던 진실. '몇몇 한자의 원 발음이 조선말이라'는 그 불온하기 짝이 없는 실상은 세자에게 전해졌고 직정적 성격의 세자는 진실을 따질 일이지 중국이 무섭냐며 선왕에게 달려들었을 것이었다. 한마디로 양녕대군은 위태로운 세자였고 왕실의 안정을 무엇보다 중시했던 태종은 세자 폐위의 길을 갈 수밖에 없었을 터였다.

석리는 말없이 눈을 감았다.

조선이라는 나라

한양으로 돌아오는 말 위에서 석리는 깊은 생각에 잠겼다. 이제 조선이라는 새 나라의 얼개가 훤히 보였다. 조선에서 가장 무서운 힘은 왕권도 재산도 칼도 아닌 글이었다. 글을 아느냐 모르느냐에 따라 반상이 나뉘고 벼슬에 나갈 수 있느냐 없느냐가 갈렸으며 세금을 내느냐 안 내느냐, 싸움에 나가느냐 안 나가느냐가 결정되는 글의 나라였다. 그리고 그 글의 정통성은 명나라가 갖고 있었다.

"윤 사부님!"

석리는 이제야 비로소 윤 사부가 얼마나 큰일을, 얼마나 위험한 일을 하려 했는지 알 수 있었다. 윤 사부와 양녕대군은 글자의 정통성에 이의를 제기한 사람들이었다. 석리는 태종이 정도전에게 요동 정벌을 획책하는 반역을 저질렀다는 죄목을 씌웠던 사실을 떠올렸다. 누구보다도 명나라를 흠모하고 명나라의 질서 속에서 조선의 앞날을 찾으려 했던 정도전이 아니었던가. 그런 그가 요동 정벌을 획책하고 명나라를 치고자 했다면 어떤 명분이었을까. 하지만 어떤 명분이든 조선에서의 가장 큰 반역은 임금이 아니라 명나라를 거스르는 것이었다. 태종은 명나라를 가장 흠모했던 정도전에게 거꾸로 명에의 반역을 꾀했다는 죄목을 씌워 빠져나갈 길 없게 만들고 자신은 숭명하는 이들의 지지를 끌어냈을 것이었다.

"아!"

생각을 하면 할수록 석리는 조선이라는 나라의 얼개가 견딜 수 없이 갑갑했다. 위화도에서 회군한 국조에게는 명분이 필요했을 테고 따라서 그는 작은 나라가 큰 나라를 거슬러서는 안 된다는 이소역대以小逆大의 명분을 내세워 옳고 그름의 정통성이 명나라에 있음을 천명한 것이었다. 그로부터 조선이라는 나라는 스스로의 혼을 잃고 명나라를 따르지 못해 몸부림치는 나라로 전락하였고 명나라를 얼마나 잘 따르느냐의 잣대는 오로지 어렵고 어려운 글자를 얼마나 잘 아느냐에 달렸다.

석리는 양녕대군이 죽는 그날까지 입을 열지 않을 거라는 사실을 확연히 깨달을 수 있었다. 양녕대군은 상감을 보호하고자 하는 것이었다. 누구보다도 윤 사부와 가까웠던 상감이 글자의 정통성, 즉 명나라의 정통성에 의문을 품는다면 그 결과는 왕실이 붕괴하는 지경에 이를 것이라 생각하는 게 틀림없었다. 석리는 상감의 안위를 위해서는 내막을 좀 더 파헤쳐야 한다 생각했다.

한양에 당도한 석리는 도승지에게 상감의 알현을 청했지만 상감을 마주하는 그 순간까지도 입을 열어 할 말과 닿아야 할 진실을 가늠하지 못한 채 마음 깊은 곳에서 번민을 거듭했다. 상감은 이번에는 춘추전으로 석리를 불렀기에 석리는 의관을 정제하고 상감 앞으로 나아가 머리를 조아렸다.

"성과가 있었느냐?"

"소신 윤혁 대감의 서고를 깊이 조사하였으나 윤의겸 사부와 연관된 서책이나 문집을 찾을 수는 없었사옵니다."

이내 세종의 얼굴에 그늘이 드리웠다.

"하면 어찌하여 그런 소문이 난 것이냐?"

"윤혁 대감이 같은 문중인 윤 사부의 서책을 다 거두어들인 건 사실이오나 그것은 윤 사부와 문중의 차단을 위하여 취한 조처로 짐작되옵니다."

"흐음, 그가 서책을 모아 다 없앴다는 뜻인가?"

"소신은 그리 생각하옵니다."

세종의 얼굴은 더 이상 어떤 빛도 비추지 않았다. 감정이 사라진 그 고요한 표정이 오히려 석리의 가슴을 뒤흔들었다. 석리는 그 무표정 속에서 스승을 잃은 왕의 서늘한 마음을 읽었다.

종혁의 처지를 말하려 하던 석리는 끝내 입술을 다물었다. 아직 배후의 인물을 찾지 못한 형편에서 조금 더 참아야 했다.

"다만 조금 더 살필 일이 있사오니 연후에 다시 여쭙고자 하나이다."

세종은 애써 석리의 노고를 달래주었다.

"여하튼 수고하였다. 스승의 자취를 찾지 못한 아쉬움은 오래간만에 너를 다시 본 기쁨으로 대신하마."

참으로 자상하고 배려가 깊은 상감이었다. 빈말일지언정 그 깊은 슬픔을 억누르고 자신을 다시 보아 반갑다는 말씀을 하는 군주가 세상에 몇이나 될 것인가.

"성은이 망극하옵니다."

자금성의 서편

“세세연년을 지나도 중국의 굴레 안에서······.”

석리는 누구보다도 선왕을 만나고 싶었다. 그 강력한 힘이, 그 넘치는 열정이 어째서 밖으로 뻗지 못하고 제 나라 백성을 노예 만드는 일에 다 쏟았는지 목을 내놓고라도 따지고 싶었다. 숙현 또한 태조와 태종에 의해 죄 없이 화를 입은 이였다. 그녀는 자신의 왕을, 조선의 조정을, 아니 나 한석리를 얼마나 원망하며 압록강을 건넜을 것인가. 그런 처지에서도 강백창의 횡포를 막기 위해 부모도 보지 않은 채 그날로 떠나버린 여인. 숙현에게 가해진 모든 아픔은 비겁하기만 했던 자신의 책임이었다.

“숙현 아씨! 내 꼭 갈 것이오. 꼭! 꼭! 꼭! 반드시 거기서 죽을 것이오!"

오랜만에 의금부로 나선 석리는 휑하게 비어있는 관청이 마치 자신의 가슴과도 같아 둥근 기둥을 붙들어 안았다. 석리는 차라리 이 식어버린 관청이 좋았다.

"의금부에 피비린내가 안 나니 이 얼마나 좋으냐!"

석리의 이 외침은 진심이었지만 한편으로는 이미 새 나라에 미련을 버린 한탄이기도 했다.

책상에 앉긴 했으나 눈을 감고 이런저런 사념에 시달리던 그는 설핏 잠에 빠졌다.

어디선가 퉁소 소리가 들려왔다. 끊어질 듯 이어지고 이어질 듯 끊어져 그리움으로 깎은 듯한 소리는 분명 문경새재 바위 뒤에서 들었던 숙현의 퉁소였다. 석리는 고개를 들었다. 분명 의금부의 내당이었으나 벽도 문도 조금 전 얼싸안고 돌았던 둥근 기둥도 모두 사라지고 없었다.

눈앞엔 어둠과 빛 한 줄기, 그리고 그 속에서 은빛 가루처럼 흩어지는 먼지들이 천천히 떠올랐다. 석리는 손으로 허공을 더듬으며 소리가 들려오는 쪽으로 걸음을 옮겼다.

한 걸음, 또 한 걸음.

발밑은 물인지 하늘인지 알 수 없었고 소리는 그를 부르는 듯 더 또렷해졌다. 희미한 물체가 눈에 맺히는가 싶더니 안개 저편에서 한 여인의 그림자가 다가왔다.

"아아!"

숙현이었다.

통소를 들어 휘어진 소매 끝이 바람을 스칠 때마다 소리는 미묘하게 떨리며 허공을 흔들었다.

석리는 숨이 멎었다. 그토록 보고 싶던 얼굴, 한 번만이라도 다시 부르고 싶었던 이름.

"숙현 아씨."

석리는 떨리는 목소리로 불렀다. 그를 바라보는 숙현의 눈빛은 따뜻했으나 그 안엔 또한 깊은 슬픔이 있었다. 그녀가 천천히 통소를 내려놓자 스산한 바람이 스치며 소매가 팔랑거렸다.

"숙현 아씨!"

애절한 목소리와 함께 석리는 황급히 손을 내밀었다. 하지만 손끝이 닿기 직전 그녀는 홱 돌아섰고 석리의 손끝은 허공을 가르며 멈췄다.

"어딜 간단 말이오?"

다급한 목소리가 터졌지만 그 소리는 통소의 마지막 한 음과 함께 허공중에 길게 흩어졌다.

그녀의 뒷모습이 안개 속으로 사라지고 소리마저 끊기는 순간 석리는 몸을 번쩍 일으켰다. 숨이 가빴다. 책상 위에는 엎드렸던 자국만 남아있었고 창밖에서는 비둘기 울음이 맴돌았다. 방금 전까지 뚜렷하던 숙현의 얼굴이 안개 속에서 본 것마냥 사라지고 없어져 버렸다.

'꿈이었구나!'

너무도 선명한, 당장이라도 숙현이 눈앞에서 다가올 것만 같은 그런 꿈이었다. 석리의 몸이 흠칫 떨리며 무거운 숨을 내뱉었다. 석리는 오래도록 숨을 고르지 못했다. 가슴은 아직도 꿈속의 잔향에 젖어있었고 닿지 못한 손끝엔 그녀의 온기가 남은 듯했다.

그는 꿈을 붙잡으려는 듯 천천히 주위를 둘러보았다. 의금부의 내당은 조용했고 햇빛은 책상을 넘어 저만큼 가있었다. 이제 완전히 눈앞의 세상으로 돌아온 순간 석리의 시선이 책상 위의 무언가에 멈추었다.

봉투 하나가 놓여있었다. 빨간 견사가 곱게 묶인 격조 있는 봉투였다.

"이게……."

그가 봉투를 집어 드는 순간 문이 열리며 나장 한 사람이 얼굴을 내밀었다.

"도사 나리, 북경 유학생이 서편을 들고 찾아왔었습니다."

"무어! 북경에서! 어디 계시냐!"

"주무시기에 제가 대신 받아두었습니다."

"언제 오신 거냐? 바로 깨우지 그랬느냐? 어디쯤 가셨느냐? 어느 길로 가셨느냐?"

석리가 혼비백산하여 어찌할 줄을 모르자 나장은 외려 차분한 목소리로 말했다.

"제가 거처를 받아두었습니다."

말과 함께 나장이 물러난 지 한참이나 되었지만 석리는 한동안 움직이지 못했다. 차마 봉투를 열지 못하는 석리의 손끝에 종이의 감촉이 느껴졌다. 그 낯선 질감에 석리의 가슴이 자꾸 떨렸다.

'북경에서 온 서편? 설마.'

이윽고 그가 마른 손으로 봉인을 뜯자 묵향이 오래된 숨결처럼 퍼져 나왔다.

부드럽고 단정한 서편 속의 글씨는 분명 숙현의 필체였다.

먼 이국의 하늘 아래서 생각합니다.
긴 글 보내지 못함을 용서하소서.

너무도 짧은 글이었다. 하지만 그 한 줄만으로도 세상이 고요해졌다. 석리는 손끝으로 마치 그녀의 손을 다시 잡는 듯 글자 한 자마다 꼭꼭 눌렀다. 하지만 그는 이 짧은 글을 다시 읽지 못했다. 눈앞이 흐려지며 먹 냄새 속에서 그녀의 목소리가 살아나는 듯했다.

석리는 서편을 조심스럽게 봉투에 넣은 다음 품에 곱게 안았다. 어느새 들어왔는지 나장이 낮게 물었다.

"유학생 거처를 드릴까요?"

석리는 말없이 손을 내밀었다.

"저는 왕명으로 본초학을 공부하고 왔습니다."

"수고하셨소."

목욕재계하고 의관을 단정히 한 후 만난 유학생은 자신을 전의감 소속의 의생이라 소개했다.

"그런데 어떻게 이 서편을 손에 넣게 되었소?"

"저는 자금성 안의 태의원 본초학당을 수료했습니다. 태의원이란 황실 약방이니 저는 이 년간을 자금성 안에 있었던 것입니다. 같이 수료하는 의생들이 실제 황실에서 일하는 의원들이라 저도 때때로 내의원 심부름을 하였습니다. 하여 귀국 직전 권 씨 귀인을 뵈올 틈이 있었습니다."

"오오! 그분이 귀인이 되셨구려!"

석리의 얼굴에 뜨거운 눈물이 흘렀다. 하염없이 흐르는 석리의 눈물을 물끄러미 바라보던 의생은 감회 어린 목소리로 나지막하게 말했다.

"잠시 뵈었지만 참으로 기구하셨습니다."

의생이 전하는 숙현의 내력은 이러했다.

조선에서 돌아온 강백창은 자신만만하게 숙현을 사례감
태감에게 데려갔으나 예상과는 달리 사례감태감은 고개를
가로저었다. 이족 취향이던 홍희제가 죽고 오로지 한족만 좋
아하는 선덕제가 막 제위에 오른 데다 그는 어려서 혼인한
서황후에게만 빠져있어 자금성 안에 있는 만 명의 여인들은
그의 얼굴 한번 볼 수조차 없었다.

"너는 선방으로 가라!"

숙현은 자금성에 들어가는 그날로 선방녀膳房女, 즉 주방
의 하녀로 배속되어 칼을 잡은 손은 피멍이 들었다. 게다가
하루 세 번 들리는 북소리에 맞춰 불을 피웠다 끄는 바람에
밤에는 땔감 냄새가 머리카락에 배어 잠들 때조차 눈시울
이 따가웠다. 그녀의 고운 얼굴은 연기와 재에 덮여 점점 거
칠어졌고 황제는커녕 주방 밖에도 나서보지 못한 채 세월이
흘렀다.

욕설과 꾸지람은 하루의 일과처럼 들려왔다.

"이년아, 불도 제대로 못 피우느냐?"

명나라 주방은 드센 여인들이 욕설과 폭행으로 다스리는
데다 황제의 음식을 전담하다 보니 작은 실수라도 대명률에

의해 다스려져 주방은 두려움으로 짓눌려 있었다. 조선에서 온 공녀인 데다 본시 인물이 곱고 기품이 있는 숙현은 시기와 모함까지 받아 하루하루가 지옥이었다.

그러던 어느 날이었다.

정비인 서황후가 식사를 전혀 하지 않아 모든 의원과 태의가 불려 왔으나 소용이 없었다. 날이 갈수록 쇠약해지는 황후를 보는 황제는 근심에 식음을 전폐할 지경이 되었고 어느 날 황후를 대동해 직접 주방에 행차한 것이었다. 황제는 주방장을 준열히 꾸짖었다.

"황후께서 죽도, 국수도, 꿀단자도, 생선도, 육고기도 달걀도 다 입에 대지 않으니 너희들이 감히 살아남기를 바라느냐!"

황후는 광대뼈가 드러나고 혼자서는 서지도 못할 정도로 기력이 없어 보였다. 후사를 서둘러야 하는 황제의 일갈은 칼끝처럼 날카로웠다.

"죽여주시옵소서."

줄줄이 늘어선 선방녀의 맨 뒤에 있던 숙현은 문득 압록강에서 석리가 던진 서편을 떠올렸다. 결코 보지 않으리라 다짐했던 서편이었지만 세상을 하직할 결심을 하고 열어본 서편에는 가슴을 찢는 이별의 슬픔 대신 너무도 엉뚱한 한마디가 쓰여 있었다. 그리고 이상하게도 이 구절이 숙현의 마음을 붙들어 주었다.

숙현은 황제의 추상같은 질책을 받고도 아무 대책을 내놓지 못하는 수백 명 선방인들을 바라보다 활활 타는 불길로 시선을 돌렸다. 그러고는 조용히 걸음을 옮겼다. 여느 때 같으면 난리가 날 터였지만 황제의 앞이라 아무도 움직이지 못했고 대다수의 선방인들은 맨 뒤에서 무슨 일이 벌어지는지 알지도 못했다. 숙현은 아무 말 없이 철판을 불 위에 올렸다. 들기름이 떨어지자 치익 하고 연기가 피어올랐다. 그 위에 생달걀 하나를 살짝 깨뜨려 올리자 노른자가 부드럽게 번지면서 흰자 가장자리가 서서히 금빛으로 말라갔다. 낯선 소리와 기름 향에 선방인들이 뒤를 돌아보며 험상궂은 표정을 지었고 감독들은 붉으락푸르락하며 불안을 떨치지 못하였다. 숙현은 젓가락으로 달걀을 접시에 옮긴 후 두 손에 받쳐 들고 앞으로 걸어 나갔다. 누구도 헤아리지 못한 당돌한 행동에 수백 명 선방인, 선방녀들의 심사는 극도로 불안해졌고 얼굴은 붉어지다 못해 핏빛으로 물들었다.

아무도 나서 제지하지 못하는 새 황제의 앞에 다가선 숙현은 고개를 숙인 다음 조심스레 접시를 내밀었다.

철판에서 막 내려온 달걀은 노른자가 부드럽게 흔들리며 들기름 향이 고소하게 코에 스몄다. 황제는 말없이 숙현의 하는 양을 바라보았다. 그러고는 이내 황후의 표정을 살폈다. 핏기 없이 창백한 얼굴, 그리고 앙상한 손가락.

황제는 떨리는 손으로 은수저를 들어 달걀 가장자리를 조금 떼어냈다.

"한번 먹어보시오."

황후는 무표정한 얼굴로 수저를 받아 들었다. 수백 개의 눈동자가 황후의 얼굴에 가서 머무르는 순간 황후의 눈동자가 아주 작게 흔들렸다. 그녀는 잠시 흰자위를 씹는 듯하더니 문득 숙현이 들고 있던 접시를 가볍게 빼앗듯 집어 들었다. 그리고 은수저를 들어 한 번에 입안으로 밀어 넣었다.

오물오물 다 씹고 난 황후의 목에서 뜻밖의 소리가 흘러나왔다.

"맛있다. 더 다오!"

"와아!"

그 한마디가 떨어지자 주방의 모든 사람이 환성을 질렀고 황제의 눈가가 붉어졌다. 그는 한 손으로 입을 막아 터져 나오는 울음을 억지로 참으며 더듬더듬 말을 이었다.

"살아났구려……."

숙현의 눈가에 뜨거운 것이 번졌다. 생과 사의 갈림길에서 목숨을 건진 감격 때문이 아니었다. 압록강에서 돌에 묶은 서편을 던지던 석리, 그리고 전혀 짐작하지 못했던 그 두 줄 글에 새삼 터져 나오는 그리움을 주체할 수 없었다.

“입맛이 없을 때 들기름을 조금 두르고 달걀을 익혀 소금을 놔 드시오. 불길이 너무 세면 흰자가 까맣게 타니 약불에 천천히 익히시오.”

바람이 문틈을 스쳤다. 의생의 얘기가 끝나자 석리는 더 이상 서편을 쥐지 못하고 무릎 위에 떨어뜨렸다.

눈앞이 흐려졌다.

손끝이 떨리고, 이내 뜨거운 눈물이 볼을 타고 흘러내렸다.

“그토록 고단한 세월을…….”

석리는 눈을 감았다. 그의 귓가에는 여전히 그날의 압록강 물소리가 들려오는 듯했다.

“숙현 아씨, 하늘 아래 살아만 있어주시오. 언젠가 내 그대에게 반드시 닿으리라.”

소리를 그려라

겨울 햇살이 경회루의 연못 위를 부드럽게 비추고 있었다. 경회루 기둥 사이로 물비늘이 반짝였고, 멀리서 한 쌍의 학이 흰 날개를 펴며 미끄러지듯 날아올랐다.

임금은 손에 든 죽책을 덮으며 옆에 부복하고 선 장영실에게로 고개를 돌렸다. 그는 비록 노비이긴 하나 궁에서 사물의 이치에 가장 밝은 데다 온갖 기이한 물건을 만들어 내는 재주가 있어 임금이 가장 아끼는 측근이었다.

"영실아, 지난번 우리 얘기한 것처럼 '소리'는 떨림이란 동작이 기운으로 변해 허공에 흘러가는 게 아니더냐?"

영실은 가끔 상감이 생각조차 하지 못한 하문을 하는 통에 난감할 때가 많았다. 천문 기상에서부터 각종 기구의 제

작까지 대답 못할 것이 없었지만 최근 상감은 부쩍 소리에 관심이 많아졌고 가끔 도저히 대답할 수 없는 질문을 하기도 해 마음이 조여들었다.

"그렇사옵니다."

"사람의 목 안에는 그 떨리는 막이 있고."

"그러하옵니다."

"코와 입으로 들이마신 기가 폐에 저장되었다가 그 떨리는 막을 통해 나오는 게 소리의 원천이 아니더냐?"

"지난번 전하께서 제게 가르쳐 주셨사옵니다."

"하하, 너는 의금부에 가서 한석리에게 문초를 좀 받아야겠다. 이실직고할 줄을 도통 모르니."

"저도 한두 마디 했겠으나 대체로 전하께서 그리 말씀하셨사옵니다."

세종은 장영실이 좋았다. 선왕인 태종도 무슨 일이든 그에게 맡기면 못 하는 게 없다 칭찬하였으나 세종은 그가 특히 사물에 대한 관찰력이 뛰어난 점이 좋았다.

세종은 눈길을 돌려 경회루 처마를 타고 미끄러진 바람이 수면을 흐트러뜨리며 물결을 자아내는 모습을 바라보다 전연 뜻밖의 분부를 입 밖에 냈다.

"영실아, 목소리를 눈으로 볼 수 있는 장치를 만들 수 있겠느냐?"

상감의 목소리는 나직하고 평온했으나 내용은 실로 충격적이었다. 목소리를 눈으로 보다니. 얇은 막이나 거품 옆에서 큰 북을 치거나 종을 치면 가능할 수 있을까 머리가 분주하게 돌아가는 가운데 세종의 다음 한마디가 연이어 귀를 파고들었다.

"여인女이 아이子와 같이 있으면 좋을 호好가 되는 모양을 보아라. 이처럼 글자란 사실 따지고 보면 그림이 아니겠느냐?"

"그러하옵니다."

"그런데 이 글자들은 모두 소리를 가지고 있지 않으냐?"

"그렇사옵니다."

"그렇게 보면 소리를 그릴 수 있다는 얘기가 아니겠느냐?"

장영실은 상감의 이 놀라운 발상에 어찌할지 몰라 표정을 간신히 붙잡은 채 머릿속으로는 별의별 생각을 다 떠올려 보았다. 글자가 그림인 만치 그림을 목소리로 옮기는 건 그냥 글을 읽으면 되는 일이지만 목소리를 그림으로 옮긴다는 발상은 놀랍기만 했다. 고개를 멀리 북쪽 산마루 너머로 돌린 세종의 귓가에 경회루 마룻바닥을 울리던 명나라 사신 강백창의 목소리가 되살아났다.

그날, 경회루의 공기는 차가웠다. 물 위에 드리운 전각의 그림자조차 숨을 죽였다. 명 사신의 관포 자락 휘날리는 소리가 다가오는 동안 신료들은 굳은 얼굴로 저마다 마음을 다잡고 있었다. 임금, 임금은 무슨 생각을 하시는가. 명 사신이 오거든 임금이 일어나 마중하는 것이 관례이건만 이날 조선의 임금은 다만 자리에 앉아 명의 사신을 기다렸다. 이것은 예禮인가, 비례非禮인가. 신하들은 임금의 기색을 살피며 혼돈 속에 빠졌다. 임금의 뜻을 살피는 것이 우선인가, 명 사신의 기분을 살피는 것이 우선인가. 수많은 생각의 갈래들이 그저 적막 속에 이어지는 가운데 명의 사신은 석교를 건너 경회루 안으로 걸음을 성큼 내디뎠다.

"국왕."

사신은 아무런 거리낌도 없이 거친 말을 내뱉었다.

"조선 백성의 말소리란 참으로 천박하지 않소?"

"……."

"같은 글자를 쓰면서도 어찌 그리 짐승 소리 같은 것을 내느냔 말이오. 명에서는 '톈天'이라 하는데 조선인들은 '천天'이라 하니 이것은 듣는 이들의 귀를 심히 더럽히잖소?"

특별히 기분이 상한 것은 아니었다. 벌써 며칠째 사신은 비슷한 말들을 해왔고 그때마다 조선의 신료들은 얼굴빛을 무겁게 가라앉힌 채 고개만 숙일 뿐이었다.

"어느 나라나 고유한 말소리가 있는 법이옵니다."

그 처연함을 참지 못한 한 노신이 답했다.

"하면 우리 글자를 쓰지 말아야 할 것 아닌가! 고귀한 한자를 훔쳐다 쓰면서 어찌 소리는 짐승의 신음 따위를 뱉어 내느냔 말이야!"

"……."

"국왕이 답해보시오. 조선은 법률도 명의 대명률을 가져다 써, 월력도 대명력을 가져다 써, 서책도 죄다 명의 것을 가져다 써, 글자조차 명의 것을 빌려 쓰고 있지 않소. 그러면 소리라도 제대로 내야지, 그렇게 제멋대로 바꾸어 버리면 이를 야만의 전횡이라 아니 할 수 있겠소? 차제에 소리를 바르게 하시오. 바이토우샨白頭山을 바이토우샨이라 소리 내야지, 백두산이 뭐요! 글자에는 품위가 있소. 그 고귀한 한자의 품위를 이 야만의 땅에서 모두 망쳐버리는 것이 아닌가!"

"……."

"아예 백성들로 하여금 조선말을 쓰지 못하게 하시오. 그러면 조선 백성이 중국 말을 제대로 익혀 머지않아 천자의 나라에 자연스레 빨려들지 않겠소? 말이 곧 나라이니 말이 바뀌면 나라도 바뀌는 법이오."

임금은 한동안 아무 말이 없었다. 경회루 연못 위로 불어온 바람이 물결을 스치자 수면 위에 비친 서까래들이 일그러졌다. 임금은 그 일렁임을 잠시 눈으로 좇다가 시선을 돌

려 사신을 바라보았다. 입가에는 옅은 미소가 그려졌으나 눈
에는 한없이 차가운 빛이 스쳤다. 가슴속에서 타오르던 분노
의 불길은 오히려 고요히 식어가며 단단한 낯빛으로 굳어갔
다.

“사신의 뜻은 알겠소. 하나 말이란 나라의 뿌리요. 뿌리가
남의 흙에 심기면 나무가 자랄 수는 있겠지만 향기를 잃는
법 아니겠소?”

사신은 코웃음을 쳤다.

“하! 이미 글자를 빌어다 쓰면서 말은 지키겠다는 게 자
랑인가!”

“……그리고.”

잠시간의 침묵 끝에 세종은 다시금 목소리를 골랐다.

“몽골도, 왜도, 여진도, 거란도, 토번도, 안남도, 심지어는
유구琉球조차도 모두 저마다의 고유한 문자를 가지고 있소.
그런데 어째서 기나긴 역사를 가진 조선만 제 글자가 없는
지 사신은 그 까닭을 생각해 본 적 있소?”

세종의 목소리는 낮고 고요했으나 그 물음은 사신의 머릿
속에 난마처럼 얽혀들었다. 조선이 여진이나 거란이나 토번
보다 월등한 문명국임은 물어볼 필요도 없는 일이었다. 하지
만 이 모든 나라들이 고유의 문자를 가진 데 반해 조선만은
자신의 문자가 없이 상고 적부터 한자를 쓰고 있는 것이었

다.

"으음!"

위세 당당했던 사신이었지만 의표를 찌르는 세종의 물음에 당장 어떤 대답도 할 수 없었다. 세종이 던진 한마디는 묘하게 머리에 감기어들었고 이것은 시립한 중신들 역시 마찬가지였다. 변방의 작은 부족들조차 고유한 자신들의 글자가 있는데 어째서 기나긴 역사를 가진 조선 백성만은 자신의 문자가 없는 것인가. 세종의 물음은 비수처럼 모든 사람의 뇌리에 박혀 생각의 실타래를 한순간에 헝클어뜨렸다.

모두가 임금의 다음 말을 기다렸으나 임금은 말을 끊고 묵묵히 등을 돌리고 말았다.

과거 경회루의 기억을 더듬던 세종은 다시 장영실을 돌아보며 흐릿한 미소를 지었다. 웃음을 띠었음에도 슬픔이 남은, 나라의 말을 바꾸라는 그 무도한 말을 다 떨쳐내지 못해 우환이 남은 얼굴. 명석한 장영실은 세종의 가슴에 맺힌 원이 있음을 알 수 있었다. 근래 소리나 글자에 관한 말을 할 때마다 평소의 온화하기 이를 데 없는 얼굴이 어찌 그리 급히도 바뀌는지, 무슨 맺힘이 있기에 그리도 알 수 없는 말과 의문을 수없이 던져오는 것인지. 틀림없이 무언가 간절히도 원하는 것이 있건만 시원히 말하지도 못하는 사정이 있으리

라. 장영실은 그것이 무엇이든 반드시 상감의 원을 풀어드리고 싶었다. 무엇인지 잘 알 수 없었고 할 수 있을지도 알 수 없었지만, 꼭 상감께 작은 도움이나마 되어드리고 싶었다. 소리를 그린다, 소리를 그려라. 무슨 뜻인지 알 수 없지만 그려내면 되리라. 장영실은 깊이 고개를 숙이며 목소리를 내었다.

"해보겠사옵니다, 전하!"

— 2권에 계속 —

세종의 나라 1

초판 1쇄 발행 2026년 3월 3일
초판 2쇄 발행 2026년 3월 27일

지은이   김진명
발행인   김인후
편집   박 준
디자인   한명선, 김민영
마케팅   반예지
원고감수   김인서

주소   서울시 은평구 통일로 1034, 시설동 228호
문의전화   02-322-8999
팩스   02-322-2933
블로그   blog.naver.com/eta-books
인스타그램 instagram.com/etabooks
발행처   이타북스
출판등록   2019년 6월 4일 제2021-000065호

© 김진명, 2026
ISBN 979-11-6776-411-9 (04810)
      979-11-6776-410-2 (04810) (세트)